MÉTRICA

Obras da autora publicadas pela Galera Record

Série Slammed
Métrica
Pausa
Essa garota

Série Hopeless
Um caso perdido
Sem esperança
Em busca de Cinderela
Em busca da perfeição

Série Nunca jamais
Nunca, jamais
Nunca, jamais: parte 2
Nunca, jamais: parte 3

Série Talvez
Talvez um dia
Talvez agora

Série É assim que acaba
É assim que acaba
É assim que começa

O lado feio do amor
Novembro, 9
Confesse
Tarde demais
As mil partes do meu coração
Todas as suas (im)perfeições
Verity
Se não fosse você
Layla
Até o verão terminar
Uma segunda chance

MÉTRICA

COLLEEN HOOVER

Tradução
Priscila Catão

7ª edição

— Galera —

RIO DE JANEIRO

2025

CIP-BRASIL. CATALOGAÇÃO NA FONTE
SINDICATO NACIONAL DOS EDITORES DE LIVROS, RJ

Hoover, Colleen, 1979-
H759m   Métrica / Colleen Hoover ; tradução Priscila Catão. - 7. ed. -
Rio de Janeiro : Galera Record, 2025.

(Slammed ; 1)

Tradução de: Slammed
Continua com: Pausa
ISBN 978-65-5981-277-6

1. Ficção americana. I. Catão, Priscila. II. Título. III. Série.

23-81991   CDD: 813
                                                   CDU: 82-3(73)

Meri Gleice Rodrigues de Souza - Bibliotecária - CRB-7/6439

Título original:
Slammed

Copyright da edição em português © 2013 Editora Record
Copyright © 2012 Colleen Hoover

Publicado sob acordo com a editora original,
Atria Books, um selo da Simon & Schuster, Inc.

Todos os direitos reservados. Proibida a reprodução, no todo ou em
parte, através de quaisquer meios. Os direitos morais do autor foram
assegurados.

Texto revisado segundo o Acordo Ortográfico da Língua Portuguesa de 1990.

Composição de miolo: Abreu's System

Direitos exclusivos de publicação em língua portuguesa somente para o Brasil
adquiridos pela
EDITORA GALERA RECORD LTDA.
Rua Argentina 120 – Rio de Janeiro, RJ – 20921-380 – Tel.: 2585-2000
que se reserva a propriedade literária desta tradução.

Impresso no Brasil

ISBN 978-65-5981-277-6

Seja um leitor preferencial Record.
Cadastre-se no site www. record.com.br
e receba informações sobre nossos
lançamentos e nossas promoções.

EDITORA AFILIADA

Atendimento e venda direta ao leitor:
sac@record.com.br

Este livro é dedicado aos Avett Brothers, por me motivarem a "decidir o que ser, e simplesmente sê-lo".

parte um

1.

*I'm as nowhere as I can be,
Could you add some somewhere to me?**

— THE AVETT BROTHERS, "SALINA"

KEL E EU GUARDAMOS AS DUAS ÚLTIMAS CAIXAS NO CAMInhão de mudança da U-haul. Puxo a porta para baixo e tranco o ferrolho, fechando lá dentro 18 anos de lembranças, incluindo todas as relacionadas com meu pai.

Ele morreu há seis meses, tempo suficiente para que meu irmão de 9 anos, Kel, não chore mais toda vez que falamos nele. Mas ainda é pouco tempo para aceitarmos as consequências financeiras de se passar a ter um lar com apenas um chefe de família. Um lar incapaz de arcar com os custos de ficar no Texas, na única casa que já conheci.

— Lake, deixe de ser tão pessimista — diz minha mãe, me entregando as chaves da casa. — Acho que você vai adorar o Michigan.

Ela nunca me chama pelo nome na minha certidão de nascimento. Ela e meu pai discutiram por nove meses o

---

* Não estou em lugar algum/Você poderia fazer com que me sentisse em algum lugar?

nome que eu teria. Ela adorava o nome Layla, em homenagem à música do Eric Clapton. Meu pai adorava o nome Kennedy, em homenagem a qualquer um dos Kennedy.

— Não importa qual Kennedy — dizia ele. — Gosto de todos eles.

Eu tinha quase três dias de vida quando o hospital os obrigou a tomar uma decisão. Eles concordaram em pegar as três primeiras letras de cada nome e chegaram ao meio-termo: Layken. Mas nenhum dos dois jamais se referiu a mim dessa maneira.

Imito o tom de voz da minha mãe.

— Mãe, deixe de ser tão otimista! Eu vou é *odiar* o Michigan.

Minha mãe sempre teve a capacidade de dar esporro com um único olhar. E é este o olhar que recebo.

Vou até os degraus da varanda e entro na casa para uma checagem final antes de girar a chave pela última vez. Todos os quartos estão sombriamente vazios. Nem parece que estou saindo da casa onde morei desde o dia em que nasci. Os últimos seis meses foram um turbilhão de emoções, todas elas ruins. Era inevitável que nos mudássemos desta casa — isso eu entendo. Só imaginei que isso aconteceria depois que eu *terminasse* o último ano do colégio.

Estou no meio do que não é mais nossa cozinha quando avisto, debaixo do armário, uma fivela de cabelo, roxa e de plástico, no espaço onde costumava ficar a geladeira. Pego, tiro a poeira e fico brincando com ela entre os dedos.

— Vai crescer de novo — disse meu pai.

Eu tinha 5 anos, e minha mãe havia deixado sua tesourinha na bancada do banheiro. Aparentemente, fiz o que a maioria das crianças daquela idade faz. Cortei meu cabelo.

— Mamãe vai ficar com tanta raiva de mim — gritei. Achei que, se cortasse meu cabelo, ele cresceria de novo no mesmo instante e ninguém perceberia. Cortei um belo pedaço da franja e fiquei sentada na frente do espelho por cerca de uma hora, esperando que o cabelo crescesse. Peguei os fios lisos e castanhos no chão e fiquei segurando, tentando imaginar como é que eu os prenderia de novo na cabeça, e, então, comecei a chorar.

Quando meu pai entrou no banheiro e viu o que eu tinha feito, apenas deu uma gargalhada e me ergueu, sentando-me no balcão.

— A mamãe nem vai notar, Lake — prometeu, enquanto tirava algo do armário do banheiro. — Eu tenho um pouquinho de mágica bem aqui. — Ele abriu a palma da mão e deixou à mostra a fivela roxa. — Enquanto estiver com isso no cabelo, mamãe nunca vai perceber. — Ele afastou os fios restantes e prendeu a fivela. Depois, me virou em direção ao espelho. — Está vendo só? Novinha em folha!

Olhei para o nosso reflexo no espelho e me senti a garota mais sortuda do mundo. Não sabia de nenhum outro pai que tivesse fivelas mágicas.

Usei aquela fivela no cabelo por dois meses, e minha mãe nunca a mencionou. Quando penso nisso hoje, percebo que ele provavelmente contou o que eu tinha feito. Mas, quando eu tinha 5 anos, acreditava na magia dele.

Sou mais parecida com minha mãe do que com ele. Minha mãe e eu temos altura normal. Depois de dois filhos, ela não entra nos meus jeans, mas dividimos todo o resto sem problemas. Nosso cabelo é castanho e, dependendo do clima, fica liso ou ondulado. Os olhos dela são de um tom de esmeralda mais profundo que o dos meus, mas pode ser apenas a palidez de sua pele que os torna mais chamativos.

Puxei ao meu pai em todas as coisas mais relevantes. Temos o mesmo senso de humor mordaz, a mesma personalidade, o mesmo amor pela música, a mesma risada. Já Kel é outra história. Ele puxou ao nosso pai fisicamente, com o cabelo louro-escuro e as feições suaves. É pequeno para 9 anos, mas sua personalidade compensa o que lhe falta em tamanho.

Vou até a pia e abro a torneira, esfregando o dedão nos mais de 13 anos de sujeira acumulados na fivela. Kel vem entrando de costas na cozinha enquanto estou secando as mãos no jeans. É um garoto estranho, mas seria impossível amá-lo mais do que eu amo. Tem uma brincadeira que gosta de fazer, chamada "dia do oposto", em que ele passa a maior parte do tempo andando de costas, falando de trás para a frente e até pedindo a sobremesa primeiro. Acho que com uma diferença de idade tão grande entre nós, e sem nenhum outro irmão ou irmã, ele precisa encontrar alguma maneira de se entreter sozinho.

— Logo vir você para dizendo está mamãe, Layken — diz ele, ao contrário.

Coloco a fivela no bolso do jeans e vou até a porta, trancando minha casa pela última e derradeira vez.

Nos DIAS SEGUINTES, eu e minha mãe nos alternamos entre a direção do jipe e a do caminhão de mudança, fazendo apenas duas paradas para dormir em hotéis. Kel fica alternando, indo comigo ou com minha mãe, e, no último dia, me acompanha no caminhão de mudança. Nós completamos o último trecho exaustivo de nove horas ao longo da noite, parando somente uma vez para um breve intervalo. Ao nos aproximarmos da nossa nova cidade, Ypsilanti, observo os arredores e percebo que, apesar de estarmos em setembro, o aquecedor está ligado. Com certeza, vou precisar de roupas novas.

Ao dobrar à direita pela última vez e chegar em nossa rua, o GPS informa que cheguei "ao meu destino".

— Meu destino — digo, rindo alto sozinha. O GPS não sabe de nada.

A rua sem saída não é muito comprida; tem cerca de oito casas térreas de tijolos em cada lado. Numa delas, há uma cesta de basquete na entrada do carro, o que me deixa com esperanças de que Kel vá ter alguém com quem brincar. Para ser sincera, parece uma vizinhança decente. Os gramados estão bem cuidados, as calçadas limpas, mas tem muito concreto. Muito concreto mesmo. Já estou com saudades de casa.

O proprietário da nossa nova casa nos enviou fotos por e-mail, então, ao vê-la eu a reconheço imediatamente. É pequena. *Muito* pequena. No Texas, nós tínhamos uma casa bem parecida com um rancho, com vários hectares de terreno. A quantidade minúscula de terreno que cerca *esta* casa é praticamente inexistente; é apenas concreto e gnomos de jardim. A porta da frente está aberta, e vejo um homem mais velho que, suponho, seja o proprietário. Ele sai e acena para nós.

Passo uns 50 metros da casa para poder estacionar de ré na entrada, deixando a parte de trás do caminhão na frente da porta. Antes de dar a ré, estico o braço e sacudo Kel para que ele acorde. Está dormindo desde Indiana.

— Kel, acorde — sussurro. — Chegamos ao nosso *destino*.

Ele estica as pernas e boceja, depois encosta a testa na janela para dar uma olhada na nova casa.

— Ei, tem um garoto no jardim! — diz Kel. — Acha que ele também mora na nossa casa?

— Espero que não — respondo. — Mas deve ser um vizinho. Saia e vá se apresentar enquanto eu manobro.

Após estacionar, coloco o carro em ponto morto, abaixo as janelas e desligo o motor. Minha mãe para o jipe ao meu lado. Fico olhando ela sair do carro e cumprimentar o proprietário. Eu me abaixo um pouco no banco e apoio os pés no painel, observando Kel e seu novo amigo lutando com espadas imaginárias na rua. Fico com inveja dele. Inveja por ele conseguir aceitar a mudança com tanta facilidade, enquanto eu tenho de ser a filha com raiva, amarga.

Ele ficou chateado quando mamãe decidiu que nos mudaríamos. Em boa parte, porque o campeonato de beisebol da liga infantil estava na metade. Tinha alguns amigos de quem sentiria falta, mas, aos 9 anos, o melhor amigo da pessoa normalmente é imaginário e mora em outro continente. Mamãe conseguiu animá-lo com bastante facilidade ao prometer que ele poderia se inscrever na equipe de hóquei, algo que queria fazer no Texas. Era um esporte difícil de encontrar no sul rural. Depois que ela concordou com isso, ele ficou bem animado, até feliz, com toda essa história de Michigan.

Compreendo por que precisamos nos mudar. Papai ganhava bem na loja de tintas. Mamãe trabalhava como enfermeira substituta, no entanto o que mais fazia era cuidar da casa e de nós dois. Mais ou menos um mês após ele morrer, ela conseguiu um emprego em tempo integral. Dava para ver o estresse da morte do meu pai tomando conta dela, assim como o estresse de ser a nova chefe da casa.

Uma noite, durante o jantar, ela nos contou que não estava ganhando o suficiente para continuar pagando todas as contas e a hipoteca. Explicou que havia conseguido um emprego que pagaria melhor, mas que precisaríamos nos mudar. Uma de suas antigas amigas do colégio, Brenda, tinha oferecido uma colocação a ela. Elas haviam crescido juntas na cidade natal de minha mãe, Ypsilanti, nos arredores de Detroit. Pagava mais do que qualquer coisa que ela encontraria no Texas, então, teve de aceitar. Eu não a culpo pela mudança. Meus avós estão mortos e ela não tem ninguém para ajudá-la. Compreendo por que tivemos de fazer isso, mas compreender uma situação nem sempre facilita as coisas.

— Layken, você está morta! — grita Kel pela janela aberta, enfiando a espada imaginária no meu pescoço. Ele fica esperando que eu me curve, mas só faço revirar os olhos. — Eu esfaqueei você. É para você morrer! — diz ele.

— Acredite em mim, já estou morta — murmuro, enquanto abro a porta e saio.

Os ombros de Kel estão curvados para a frente, e ele está olhando para baixo, para o concreto, segurando a espada imaginária sem muita firmeza ao lado do corpo. Seu novo amigo está atrás dele, com o mesmo jeito de derrotado, fazendo eu me arrepender imediatamente de ter descontado neles meu mau humor.

— Eu já estou morta — digo, com minha melhor voz de monstro —, porque sou um *zumbi*!

Eles começam a gritar, ao mesmo tempo em que estico os braços para a frente, inclino a cabeça para o lado e começo a fazer nojentos sons gorgolejantes.

— Cérebros! — murmuro, andando atrás deles com as pernas rígidas, dando a volta no caminhão. — Cérebros!

Quando dou a volta bem devagar, braços estendidos, percebo um desconhecido segurando meu irmão e seu novo amigo pelas golas das camisas.

— Pegue-os! — grita o desconhecido, enquanto prende os dois meninos, que continuam a berrar.

Ele parece ser uns dois anos mais velho do que eu e é um tanto mais alto. "Gato" seria como a maioria das garotas o descreveria, mas não sou a maioria das garotas. Os meninos estão se debatendo, e os músculos dele se tensionam debaixo da camisa enquanto luta para manter os dois presos.

Ao contrário de mim e de Kel, dá para perceber na hora que eles são irmãos. Exceto pela óbvia diferença de idade, os dois são idênticos. Ambos têm a mesma pele marrom-clara e macia, o mesmo cabelo preto, até o mesmo corte de cabelo curtinho. Ele ri quando Kel consegue se soltar e começa a cortá-lo com a "espada". Olha para mim e pede "Socorro!" sem emitir nenhum som, então percebo que ainda estou congelada na minha pose de zumbi.

Meu instinto diz que eu devo me arrastar de volta ao caminhão e ficar escondida no chão pelo resto da vida. Em vez disso, grito "Cérebros!" mais uma vez e me jogo para a frente, fingindo morder o garoto mais novo no topo da cabeça. Agarro Kel e seu novo amigo, e começo a fazer cócegas até eles se esparramarem na entrada de concreto.

Ao me endireitar, o irmão mais velho estende a mão.

— Ei, meu nome é Will. Nós moramos do outro lado da rua — esclarece, apontando para a casa que fica bem na frente da nossa.

Eu também estendo a mão.

— Meu nome é Layken. Pelo jeito, eu moro aqui — devolvo, olhando para a casa atrás de mim.

Ele sorri. O nosso aperto de mão demora, pois nenhum de nós fala mais nada. Odeio momentos constrangedores.

— Bom, bem-vinda a Ypsilanti — diz ele, afastando a mão e colocando-a no bolso do casaco. — Onde vocês moravam?

— Texas? — respondo. Não sei por que a entonação da minha resposta saiu como uma pergunta. Não sei nem por que estou analisando o fato de ela ter saído como uma pergunta. Não sei por que estou analisando o motivo de eu estar analisando; estou confusa. Deve ser por causa de todo o sono que perdi nos últimos três dias.

— Texas, é? — diz ele, balançando-se nos calcanhares. O constrangimento se intensifica quando não respondo nada. Ele olha para o irmão e se curva, agarrando-o pelos tornozelos. — Preciso levar este carinha para o colégio — comenta, e ergue o irmão, colocando-o em cima dos ombros. — Esta noite vai chegar uma frente fria. É melhor vocês descarregarem o máximo possível hoje. Ela deve durar alguns dias, então, se precisarem de ajuda à tarde, me avisem. Vamos chegar em casa lá pelas quatro horas.

— Claro, obrigada — digo. Eles atravessam a rua, e eu fico observando até Kel me esfaquear na lombar. Caio de joelhos e aperto a barriga, curvando-me para a frente enquanto Kel sobe em cima de mim e termina de me matar. Olho para a rua novamente e vejo que Will está nos observando. Ele fecha a porta de passageiro do carro, vai até a porta do motorista e acena.

Passamos a maior parte do dia descarregando todas as caixas e os móveis. O proprietário nos ajuda a levar as coisas mais pesadas, que eu e mamãe não conseguimos levantar sozinhas. Estamos cansadas demais para pegar as caixas do jipe, então decidimos deixar isso para amanhã. Fico um pouco desapontada ao ver o caminhão vazio, pois assim não tenho uma desculpa para pedir ajuda a Will.

Assim que minha cama fica pronta, começo a pegar as caixas com meu nome no corredor. Esvazio quase todas, faço a cama, então percebo que os móveis do meu quarto estão fazendo sombras nas paredes. Olho pela janela e vejo que o sol está se pondo. Os dias aqui são mais curtos ou perdi a noção do tempo.

Na cozinha, encontro mamãe e Kel guardando a louça nos armários. Sento numa das seis cadeiras altas ao redor do balcão, que também serve como mesa de jantar, pois não há uma sala de jantar. A casa não é muito grande. Quando se atravessa a porta da frente, existe uma pequena área de entrada seguida de uma sala de estar. A sala é separada da cozinha apenas por um corredor à esquerda e uma janela à direita. O tapete bege do cômodo é cercado pela madeira que cobre o chão do resto da casa.

— É tudo tão limpo aqui — diz minha mãe, guardando os pratos. — Não vi um único inseto.

O Texas tem mais insetos do que folhas de árvores. Se a pessoa não está esmagando moscas, está matando vespas.

— Então, o Michigan tem uma coisa boa — respondo. Abro a caixa de pizza na minha frente e dou uma olhada nos sabores.

— *Uma* coisa boa? — Ela pisca para mim ao se inclinar por cima do balcão, agarrando uma fatia da de pepperoni e colocando na boca. — Achei que, com isso, já seriam *duas*.

Finjo que não estou entendendo.

— Vi você conversando com aquele garoto de manhã — diz ela, com um sorriso.

— Ah, mãe, por favor — respondo com o tom mais indiferente possível. — Tenho certeza de que todo mundo sabe que o Texas não é o único estado habitado por espécies do sexo masculino. — Vou até a geladeira e pego um refrigerante.

— O que é nabitado? — pergunta Kel.

— Habitado — corrijo. — Habitar significa ocupar, residir, popular, *morar*. — Meu curso para o SAT está mostrando resultados.

— Ah, tipo como nós nabitamos Ypsilanti? — diz ele.

— Habitamos — corrijo mais uma vez. Termino de comer meu pedaço de pizza e dou outro gole no refrigerante. — Estou morta. Vou me deitar.

— Quer dizer que vai habitar seu quarto? — diz Kel.

— Você aprende rápido, jovem gafanhoto. — Eu me curvo, beijo o topo da cabeça dele e me retiro para o quarto.

É tão bom me acomodar debaixo das cobertas. Pelo menos, minha cama é familiar. Fecho os olhos e tento imaginar que estou no quarto antigo. Meu quarto antigo e *quentinho*. Os lençóis e o travesseiro estão um gelo, por isso coloco as cobertas por cima da cabeça para criar um pouco de calor. E me lembro de uma coisa: achar o termostato assim que acordar.

É JUSTAMENTE o que faço, ao sair da cama e encostar os pés descalços no chão gélido. Tiro um suéter do armário e visto por cima do pijama, procurando um par de meias. Não acho de jeito nenhum. Percorro o corredor em silêncio, na ponta dos pés, para não acordar ninguém e também para minimizar a área em contato com o frio piso de madeira. Ao passar pelo quarto de Kel, avisto as pantufas do Darth Vader. Entro sorrateiramente e as calço, sentindo finalmente um pouco de alívio quando vou para a cozinha.

Procuro a cafeteira pelos cantos, mas não a encontro. Lembro que a coloquei no jipe, o que não é nada bom, pois o jipe está estacionado lá fora. Lá fora, neste clima absurdamente frio.

Os casacos também não estão em lugar algum. Quando é setembro no Texas, quase nunca se precisa de casaco. Pego as chaves e decido que tenho de dar um pulo no jipe. Abro a porta da frente, e uma espécie de substância branca cobre todo o jardim. Demoro um instante para perceber o que é. Neve? Em setembro? Eu me abaixo e ponho um pouco na mão para olhar com atenção. Não neva tanto no Texas, mas, quando acontece, a neve não é *assim*. A neve do Texas é mais um ou outro pedaço minúsculo de granizo, duro como pedra. A neve do Michigan é exatamente como imaginei que seria a neve de verdade: fofinha, macia e *fria*! Rapidamente solto a neve e seco as mãos no moletom conforme caminho até o jipe.

Não consigo chegar muito longe. No instante em que as pantufas do Darth Vader encostam no concreto coberto de neve, deixo de enxergar o carro. Estou com as costas no chão, olhando para o límpido céu azul. Imediatamente sinto dor no meu ombro direito e percebo que caí em cima de alguma coisa dura. Eu me viro e tiro o duende de jardim de debaixo de mim, com metade do chapéu vermelho quebrado e em pedaços. Ele está sorrindo debochado para mim. Gemo, ergo o duende com o braço que não dói e o lanço para trás, preparando-me para arremessar o objeto, mas alguém me interrompe.

— Não é uma boa ideia!

Reconheço imediatamente a voz de Will. Ela é suave e relaxante, como era a do meu pai, mas também com um quê autoritário. Eu me sento e vejo que ele está vindo em minha direção.

— Você está bem? — pergunta ele, rindo.

— Vou ficar bem melhor depois de arremessar esta coisa — digo, tentando me erguer, mas sem conseguir.

— É melhor não fazer isso, duendes dão sorte — diz ele, estendendo o braço para mim. Ele tira o duende das minhas mãos e delicadamente o coloca na grama coberta de neve.

— Pois é — respondo, olhando para o corte no ombro que tinha formado um círculo vermelho no meu suéter. — Uma sorte *enorme*.

Will para de rir ao ver o sangue na minha roupa.

— Ah, meu Deus, desculpe. Não teria rido se soubesse que você tinha se machucado. — Ele se curva, segura o braço que não dói e me ergue. — É melhor colocar um curativo nisso aí.

— Nesse momento, eu não faço ideia de onde encontrar um — respondo, referindo-me aos montes de caixas fechadas que ainda precisávamos desempacotar.

— Vem comigo. Tem na nossa cozinha.

Ele tira o casaco e o coloca ao redor dos meus ombros, segurando meu braço enquanto me ajuda a atravessar a rua. Eu me sinto um pouco ridícula com ele me amparando — sou capaz de andar sozinha. Mas não reclamo, e sinto que estou traindo todo o movimento feminista. Virei uma donzela em apuros.

Tiro o casaco dele, deixo-o nas costas do sofá e sigo Will até a cozinha. Ainda está escuro do lado de dentro, e imagino que todos ainda dormem. A casa dele é mais espaçosa que a nossa. A planta baixa é semelhante, mas a sala de estar parece ter alguns metros a mais. Há uma enorme janela saliente virada para o quintal com um banco na frente e grandes almofadas.

Há várias fotos de família penduradas na parede oposta à cozinha. A maioria é de Will com o irmão mais novo, e algumas também mostram seus pais. Eu me aproximo das fotos para observá-las enquanto Will procura o curativo. Eles devem ter puxado ao pai. Numa das fotos, que parece ser a mais recente, apesar de parecer ter sido tirada alguns anos atrás, o pai está com os braços ao redor dos dois garotos, espremendo os dois juntos para uma foto espontânea. Seu cabelo preto tem algumas mechas grisalhas, e o bigode escuro e grosso coroa um enorme sorriso. As feições são idênticas às de Will. Os dois têm olhos que sorriem quando eles riem, deixando à mostra os dentes perfeitamente brancos.

A mãe de Will é deslumbrante. Ela tem cabelos longos e louros e, pelas fotos, parece ser alta. Não consigo distinguir nenhum traço dela que os garotos tenham herdado. Talvez Will tenha a personalidade da mãe. Todas estas fotos na parede provam que há uma grande diferença entre nossas casas: esta aqui é um *lar*.

Entro na cozinha e sento na frente do balcão.

— Precisamos limpar antes de colocar o curativo — diz ele, arregaçando as mangas da camisa e abrindo a torneira. Ele está vestindo uma camisa social amarela, que fica um pouco transparente sob a luz da cozinha, revelando o contorno de uma regata. Os ombros dele são largos, e as mangas estão apertando os músculos dos braços. O topo de sua cabeça fica na altura do armário, e calculo, então, pelas semelhanças entre nossas cozinhas, que ele tenha uns 15 centímetros a mais do que eu. Estou olhando a estampa da gravata preta, que está jogada por cima do ombro para não molhar, quando ele fecha a torneira e volta para o balcão. Sinto o rosto corar enquanto pego o guardanapo molhado de suas mãos, envergonhada por estar prestando tanta atenção em seu corpo.

— Está tudo bem — digo, puxando o suéter. — Eu alcanço.

Ele abre o curativo enquanto eu limpo o sangue do machucado.

— Então, o que você estava fazendo lá fora, de pijama, às sete da manhã? — pergunta ele. — Ainda estão descarregando as coisas?

Balanço a cabeça e jogo o guardanapo na lixeira.

— Café.

— Ah. Estou vendo que não gosta de acordar cedo — diz Will, mais afirmando que perguntando.

Quando ele se aproxima para pôr o curativo no meu ombro, sinto sua respiração no pescoço. Esfrego os braços para disfarçar o fato de estar ficando arrepiada. Ele cola o curativo no meu ombro e o pressiona.

— Pronto. Novinha em folha — diz ele.

— Obrigada. E *gosto* de acordar cedo — digo. — Mas só *depois* que tomo meu café. — Levanto e olho por cima do ombro, fingindo examinar o curativo enquanto penso no que devo fazer agora. Já agradeci a ele. Posso me virar e ir embora, mas seria um pouco rude, pois ele acabou de me ajudar. Se ficar aqui parada esperando que ele puxe mais conversa, talvez eu fique com cara de babaca por *não* ter ido embora. E nem entendo por que estou analisando minhas ações mais básicas perto dele. É só mais um habitante!

Quando me viro, ele está enchendo uma caneca de café. Vem em minha direção e a coloca no balcão, bem na minha frente.

— Quer creme ou açúcar?

— Puro está ótimo. Obrigada — digo, balançando a cabeça.

Ele está inclinado por cima do balcão, observando-me enquanto tomo o café. Seus olhos têm o mesmo tom verde-escuro que os da mãe na foto. Então, ele deve ter herdado mesmo algo dela. Ele sorri e desvia o olhar, conferindo o relógio.

— Preciso ir. Meu irmão está esperando no carro, e tenho de trabalhar — diz ele. — Acompanho você até em casa. Pode ficar com a caneca.

Olho para a caneca antes de dar outro gole e percebo as letras enormes na lateral. Melhor Pai do Mundo. É exatamente a mesma caneca que meu pai usava para tomar café.

— Vou ficar bem — digo, enquanto vou em direção à porta da frente. — Acho que agora já dou conta dessa história de andar ereta.

Ele vem comigo para fora e fecha a porta após sair, insistindo para que eu leve o casaco dele. Eu o coloco por cima dos ombros, agradeço novamente e vou para o outro lado da rua.

— Layken! — grita ele, quando estou prestes a entrar em casa. Eu me viro de frente para ele, que está parado perto do carro. — Que a força esteja com você! — Ele ri e entra no carro enquanto eu fico parada, olhando para as pantufas do Darth Vader que ainda estão nos meus pés. Maravilha.

* * *

O café me faz bem. Encontro o termostato, e a casa finalmente começa a esquentar mais ou menos na hora do almoço. Mamãe e Kel foram à empresa de serviços públicos para passar tudo para o nome dela, e eu fiquei encarregada de esvaziar o resto das caixas, sem contar as que ainda estão no jipe. Desempacoto mais algumas coisas e decido que está mais do que na hora de tomar um banho. Já devo estar completando três dias de visual riponga.

Saio do chuveiro e me enrolo numa toalha, jogando o cabelo para a frente enquanto penteio e uso o secador. Quando já está seco, aponto o secador para o espelho embaçado, formando uma área circular e limpa, e posso me maquiar um pouco. Percebo que meu bronzeado começou a desaparecer. Aqui não vai rolar muito essa história de pegar um bronze, então é melhor eu me acostumar a ficar com a pele mais pálida.

Penteio o cabelo, prendo-o para trás num rabo de cavalo, e passo um pouco de gloss e de rímel. Não faço questão de blush, pois, pelo jeito, não preciso mais dele. O clima e meus breves encontros com Will já deixam minhas bochechas coradas o tempo inteiro.

Mamãe e Kel chegam e saem de novo enquanto estou no banho. Acho um bilhete avisando que ela e Kel estavam seguindo a amiga dela, Brenda, até a cidade para devolver o caminhão de mudança. Havia três notas de vinte dólares no balcão, junto das chaves do carro e de uma lista de compras. Pego tudo e vou até o jipe; desta vez, consigo chegar até ele.

Ao engatar a ré, percebo que não faço a mínima ideia de para onde ir. Não sei nada sobre a cidade; não sei nem se é para virar à direita ou à esquerda na minha própria rua. O irmãozinho de Will está no jardim deles, então paro o carro perto do meio-fio e abaixo a janela do passageiro.

— Ei, vem aqui um instante! — grito para ele.

Ele olha para mim e hesita. Talvez achasse que eu fosse virar um zumbi de novo. Ele caminha em direção ao carro, mas para a 1 metro da janela.

— Como faço para chegar ao mercado mais próximo? — pergunto a ele.

— É sério? Eu só tenho 9 anos — diz ele, revirando os olhos.

Tudo bem. Estou vendo que as semelhanças com o irmão são apenas físicas.

— Bem, obrigada por nada — digo. — E, afinal, qual é o seu nome?

Ele sorri para mim maliciosamente.

— Darth Vader! — grita, rindo enquanto corre na direção oposta.

Darth Vader? Tudo bem, entendi. Ele está zoando as pantufas que eu estava usando de manhã. Não é nada de mais. O que há de mais é o fato de que Will devia estar falando de mim para ele. É inevitável ficar tentando imaginar a conversa dos dois e o que Will acha de mim. *Se* é que ele acha alguma coisa. Por algum motivo, tenho pensado mais nele do que gostaria. Fico me perguntando qual a idade dele, em que vai se formar, se é ou não *solteiro*.

Ainda bem que não deixei nenhum namorado no Texas. Não namoro ninguém há quase um ano. Com o colégio, o emprego em meio período e a ajuda que dava a Kel nos treinos esportivos, não sobrava muito tempo para garotos.

Agora percebo que vou ter de me adaptar: deixei de ser uma pessoa sem nenhum tempo livre para ser uma que não tem absolutamente nada o que fazer.

Pego o GPS no porta-luvas.

— Não é uma boa ideia.

Olho para cima e vejo que Will está se aproximando do meu carro. Faço o máximo para conter o sorriso que tenta tomar conta do meu rosto.

— O que não é uma boa ideia? — digo, ao colocar o GPS no apoio e ligá-lo.

Ele cruza os braços e se apoia na janela do carro.

— Há muitas construções. Vai terminar se perdendo com isso.

Estou prestes a responder quando Brenda e minha mãe chegam. Brenda abaixa a janela do motorista, e minha mãe se inclina no assento.

— Não se esqueça do sabão em pó, não lembro se coloquei na lista. E xarope para tosse. Acho que vou gripar — diz ela, pela janela.

Kel sai do banco de trás, corre até o irmão de Will e o convida para ver nossa casa.

— Posso? — pergunta o irmão de Will para ele.

— Claro — diz Will, abrindo a porta de passageiro do meu carro. — Eu volto daqui a pouco, Caulder. Vou com Layken até o mercado.

Vai? Lanço um olhar na direção dele, que está colocando o cinto.

— Não sou muito bom em dar direções. Se incomoda se eu for com você?

— Acho que não — digo, rindo.

Olho para Brenda e minha mãe, mas elas já estão estacionando na entrada da casa. Dou partida no carro e fico prestando atenção às direções que Will dá para sairmos do bairro.

— E, então, seu irmãozinho se chama Caulder? — digo, tentando puxar papo sem muita vontade.

— Pois é. Depois que nasci, meus pais tentaram ter mais um filho durante anos. Terminaram tendo Caulder numa época em que nomes como "Will" não eram mais tão legais.

— Eu gosto do seu nome — digo, mas me arrependo no mesmo instante em que as palavras saem da minha boca. Ficou parecendo uma tentativa ridícula de paquera.

Ele ri. Gosto da risada dele. Odeio gostar da risada dele.

Fico surpresa quando sinto ele afastar o cabelo do meu ombro e tocar meu pescoço. Seus dedos deslizam por debaixo da gola da minha camisa, e ele a puxa um pouco para baixo, até o ombro.

— Logo vai precisar trocar o curativo — diz ele, puxando minha camisa de volta para cima e a ajeitando. Seus dedos deixam um rastro de calor que cobre meu pescoço.

— Me lembre de comprar mais na loja — digo, tentando provar que suas ações e sua presença não têm efeito algum em mim.

— E, então, Layken — diz ele, parando ao desviar o olhar de mim para as caixas ainda empilhadas no banco de trás. — Me conte mais sobre você.

— Hum, não. Isso é tão clichê — digo.

Ele ri.

— Tá certo. Vou descobrir sozinho, então. — Ele se inclina para a frente e aperta o eject no CD player. Seus movimentos são tão fluidos; é como se tivesse treinado por anos. Fico com inveja disso. Nunca fui muito graciosa. — Sabe de uma coisa? Dá pra conhecer bastante uma pessoa pelo tipo de música que ela escuta. — Ele tira o CD e examina o título. — Merdas da Layken? — diz, em voz alta, e ri. — Merdas aqui é uma descrição ou algo possessivo?

— Não gosto quando Kel mexe nas minhas coisas, tá? — tiro o CD das mãos dele e ponho de volta no player.

Assim que o banjo transborda das caixas de som no volume máximo, fico envergonhada. Sou do Texas, mas não quero que ele ache que isso é música country. Se tem uma coisa do Texas de que *não* vou sentir falta, é a música country. Estico o braço e abaixo o volume, mas ele agarra minha mão, protestando.

— Aumenta de novo, eu conheço isso — diz ele. Sua mão continua em cima da minha.

Meus dedos ainda estão no botão do volume, então aumento de novo. Ele *nunca* vai saber o que é isso. Percebo que está blefando. É sua tentativa ridícula de me paquerar.

— Ah é? — digo. Queria que ele provasse. — Qual é o nome da música?

— São os Avett Brothers — diz ele. — Eu chamo de "Gabriella", mas acho que é o fim de uma das músicas do "Pretty Girl". Adoro o final, quando as guitarras entram.

A resposta dele me deixa surpresa. Ele conhece mesmo.

— Você gosta dos Avett Brothers?

— Eu *amo*. Eles tocaram em Detroit no ano passado. Melhor show que já vi na vida.

Um jorro de adrenalina percorre meu corpo enquanto olho para a mão dele, que ainda está segurando a minha, que ainda está segurando o botão do volume. Estou gostando disso, mas também estou com raiva de mim mesma por estar gostando disso. Alguns garotos já tinham me deixado nervosa antes, mas normalmente consigo ter mais controle sobre minha suscetibilidade a gestos tão comuns.

Ele percebe que estou prestando atenção às nossas mãos e solta a minha, esfregando as palmas nas pernas da calça. Parece ter sido por nervosismo, então fico curiosa para saber se ele também não está tão à vontade.

As músicas que costumo ouvir não são tão conhecidas. É raro eu encontrar alguém que já ouviu falar de metade das bandas que gosto. The Avett Brothers é a minha banda favorita.

Meu pai e eu costumávamos ficar acordados à noite, cantando algumas das músicas juntos enquanto ele tentava tirar os acordes no violão. Ele os descreveu para mim uma vez, dizendo: "Lake, você sabe que uma banda tem talento de verdade quando suas *imperfeições* são a definição da *perfeição*."

Com o passar do tempo, quando comecei a realmente *prestar atenção* neles, finalmente compreendi o que ele quis dizer. Cordas de banjo quebradas, lapsos momentâneos e passionais de harmonia, vozes que passam de suave a rouca e depois começam a gritar, num único verso. Essas coisas todas acrescentam conteúdo, personalidade e credibilidade à musica deles.

Após a morte do meu pai, minha mãe me deu adiantado o presente que ele comprou para meu aniversário de 18 anos: um par de ingressos para o show dos Avett Brothers. Chorei quando ela o fez, pensando no quanto meu pai devia estar ansioso para ele mesmo me entregar os ingressos. Sabia que ele queria que eu os usasse, mas não consegui. O show foi apenas algumas semanas depois que ele morreu, e eu tinha certeza de que não seria capaz de me divertir de verdade. Não como eu teria me divertido se ele estivesse comigo.

— Eu também amo — digo, sem firmeza na voz.

— Você já os viu ao vivo? — pergunta Will.

Não sei a razão, mas à medida que conversamos, termino contando a história inteira do meu pai. Ele escuta atentamente, interrompendo apenas para me dizer onde e quando dobrar. Conto a ele sobre nossa paixão pela música. Conto sobre como meu pai morreu de repente e de maneira extremamente inesperada de um ataque do coração. Conto sobre meu presente de aniversário e sobre o show a que nunca fomos. Não sei por que continuo falando, mas não consigo me calar. Nunca fui de falar tão abertamente assim sobre as coisas, em especial com pessoas que mal conheço. E em particular com *garotos* que mal conheço. Ainda estou falando quando percebo que paramos no estacionamento de um mercado.

— Caramba — digo, ao olhar para a hora. — Esse é o caminho mais rápido para o mercado? Foram quase vinte minutos.

Ele pisca para mim e abre a porta do carro.

— Não, na verdade não é.

Ele está *mesmo* me paquerando. E eu estou mesmo com um frio na barriga.

A tempestade de neve começa a se misturar com granizo quando atravessamos o estacionamento.

— Corra — diz. Ele segura minha mão e me puxa para que eu vá mais rápido em direção à entrada.

Estamos sem fôlego e rindo quando entramos na loja, batendo nas roupas para que sequem um pouco. Tiro o casaco e o sacudo, então a mão dele encosta no meu rosto e afasta uma mecha de cabelo molhado que havia grudado na minha bochecha. A mão está fria, mas no momento em que seus dedos roçam minha pele, eu me esqueço da temperatura gélida, e meu rosto se aquece. O sorriso dele desaparece quando olhamos um para o outro. Ainda estou tentando me acostumar às reações que tenho perto dele. O mínimo toque e os gestos mais simples afetam meus sentidos de uma maneira intensa demais.

Limpo a garganta e desvio o olhar enquanto pego um carrinho perto da gente. Entrego a lista de compras para ele.

— Sempre neva em setembro? — pergunto, tentando parecer indiferente ao toque dele.

— Não, não vai durar mais que alguns dias, talvez uma semana. Na maioria das vezes só começa a nevar no fim de outubro — diz ele. — Você deu sorte.

— Sorte?

— Sim. É uma frente fria bem rara. Você chegou aqui na hora certa.

— Hum. Imaginei que cês odiassem a neve. Aqui não neva a maior parte do ano?

Ele riu.

— *Cês?*

— O que foi?

— Nada — diz ele, sorrindo. — É que nunca ouvi ninguém dizer "cês" na vida real antes. É bonitinho. É tão beldade do sul.

— Ah, desculpe — digo. — De agora em diante vou fazer como os ianques e desperdiçar meu fôlego falando "vo-cês" toda vez.

Ele ri e dá um pequeno empurrão no meu ombro.

— Não faça isso. Gosto do seu sotaque, ele é perfeito.

Não acredito que estou mesmo me tornando uma dessas garotas que se derrete por um garoto. Odeio tanto isso. Começo a analisar suas feições com mais atenção, tentando encontrar algum defeito. Não encontro. Até agora, tudo nele é perfeito.

Pegamos os itens da lista e vamos para o caixa. Ele não deixa que eu coloque nada na esteira do caixa, então apenas fico mais atrás, observando ele tirar os itens do carrinho. O último item que ele coloca é uma caixa de curativos. Nem percebi quando ele a pegou.

Quando estamos saindo do mercado, Will me diz para ir na direção oposta da que tínhamos vindo. Dirigimos por talvez dois quarteirões inteiros antes de ele me instruir a dobrar à esquerda... na nossa rua. Levamos vinte minutos na ida e menos de um na volta.

— Que legal — digo ao parar o carro na entrada de casa. Percebo o que ele fez, e que é óbvio que está me paquerando.

Will já foi para perto da traseira do jipe, então aperto o botão para abrir a mala. Saio e vou para perto dele, imaginando que ele vá estar com os braços cheios de compras. Em vez disso, ele está parado, segurando a porta da mala e olhando para mim.

Com minha melhor imitação de beldade do sul, ponho a mão no peito.

— Nossa! Nunca teria conseguido encontrar o mercado sem sua ajuda. *Muito* obrigada pela sua hospitalidade, gentil cavalheiro.

Eu meio que fico esperando ele rir, mas ele só fica parado, olhando para mim.

— *O que foi?* — digo, nervosa.

Ele dá um passo na minha direção e segura suavemente meu queixo com a mão livre. Fico chocada com minha própria reação, com o fato de eu o ter deixado fazer isso. Ele fita meu rosto por alguns segundos enquanto meu coração dispara no peito. Acho que ele está prestes a me beijar.

Tento acalmar minha respiração enquanto olho para ele. Ele dá mais um passo para a frente, tira a mão do meu queixo e coloca na parte de trás do meu pescoço, aproximando minha cabeça da dele. Seus lábios encostam delicadamente na minha testa e ficam alguns segundos até ele soltar a mão e se afastar.

— Você é uma gracinha — diz. Ele pega as quatro sacolas de dentro da mala de uma só vez, depois vai em direção à casa e as coloca na porta.

Fico imóvel, tentando assimilar os últimos quinze segundos da minha vida. De onde foi que surgiu aquilo? Por que é que eu fiquei lá parada, deixando que ele fizesse aquilo? Apesar das minhas objeções, percebo, de modo ridículo, que tinha acabado de vivenciar o beijo mais apaixonado que já recebi de um garoto — e foi na porcaria da testa!

ENQUANTO WILL PEGA mais um monte de compras na mala, Kel e Caulder saem correndo da casa, seguidos pela minha mãe. Os garotos atravessam a rua em disparada para ver o quarto de Caulder. Will estende a mão educadamente para minha mãe quando ela se aproxima.

— Você deve ser a mãe de Layken e Kel. Meu nome é Will Cooper. Nós moramos do outro lado da rua.

— Julia Cohen — diz ela. — Você é o irmão mais velho de Caulder?

— Sim, senhora — responde ele. — Doze anos mais velho.

— Então você tem... 21? — Ela olha para mim e dá uma piscadela. Estou atrás de Will neste momento, então aproveito a oportunidade para responder com um de seus famosos olhares fulminantes. Ela apenas sorri e volta a atenção para Will. — Bom, fico contente que Kel e Lake tenham feito amizade tão depressa — diz ela.

— Eu também — responde ele.

Ela se vira e volta em direção à casa, mas ao passar por mim dá um leve empurrão no meu ombro. Não fala nada, mas sei o que está querendo dizer: ela está me dando sua aprovação.

Will pega as duas últimas sacolas.

— *Lake*, é? Gostei disso. — Ele me entrega as sacolas e fecha a mala. — *Então*, Lake. — Ele se recosta no carro e cruza os braços. — Caulder e eu vamos a Detroit na sexta. Vamos voltar tarde no domingo... coisas de família — diz ele, balançando a mão desdenhosamente. — Estava imaginando se você tem planos para amanhã à noite, antes de eu ir?

É a primeira vez que alguém me chama de Lake sem ser meus pais. Eu gosto. Encosto o ombro no carro e olho na direção dele. Tento ficar normal, mas por dentro estou gritando de entusiasmo.

— Vai mesmo me obrigar a admitir que não tenho absolutamente nada para fazer aqui? — digo.

— Ótimo! Então está marcado. Venho buscá-la às 19h30. — Ele se vira em seguida e anda até sua casa. Só então percebo que ele não tinha me *convidado* para nada e que eu não tinha *concordado* com nada.

2.

> *It won't take long for me*
> *To tell you who I am.*
> *Well you hear this voice right now*
> *Well that's pretty much all I am.**

— THE AVETT BROTHERS, "GIMMEAKISS"

NA TARDE SEGUINTE, ESTOU TENTANDO ESCOLHER O QUE vestir, mas não consigo encontrar nada limpo que seja adequado ao clima. Não tenho muitas blusas de inverno, a não ser as que já usei esta semana. Pego uma camisa roxa de manga comprida, cheiro e decido que está limpa o suficiente. Mas borrifo um pouco de perfume nela, só para garantir. Escovo os dentes, retoco a maquiagem, escovo os dentes de novo e solto o rabo de cavalo. Faço cachos em algumas partes do cabelo e, enquanto tiro brincos prateados da minha gaveta, escuto alguém batendo na porta do banheiro.

Minha mãe entra com uma pilha de toalhas, abre o armário ao lado do chuveiro e guarda tudo lá dentro.

— Vai sair? — pergunta. Ela senta na beirada da banheira, e eu continuo me arrumando.

---

*Não vou demorar para te/Dizer quem eu sou./Bem, está ouvindo essa voz agora/Bem, é praticamente tudo que sou.

— Sim, vou. — Tento conter o sorriso enquanto coloco os brincos. — Para ser bem sincera, nem sei o que vamos fazer. Eu sequer concordei com o encontro.

Ela levanta e vai até a porta, recostando-se no batente. Fica me observando no espelho. Envelheceu tanto no curto período desde que meu pai morreu. Os olhos verde-claros, que contrastam com a pele suave e como porcelana, costumavam ser deslumbrantes. Agora as maçãs do rosto estão mais destacadas acima de suas bochechas um pouco encovadas, e as olheiras desviam a atenção do tom esmeralda das íris. Ela parece cansada. E triste.

— Bom, agora você tem 18 anos. Já recebeu conselhos meus sobre encontros para a vida inteira — diz ela. — Mas vou dar uma revisada rápida só para garantir. Não peça nada com cebola, nem alho, nunca fique longe de sua bebida e *sempre* use camisinha.

— Ai, mãe! — digo, revirando os olhos. — Sabe que eu conheço as regras e sabe que não precisa se preocupar com essa última. Por favor, não fale delas para Will. Promete? — Faço com que ela prometa.

— E então... me fale mais sobre Will. Ele trabalha? Está na universidade? Vai se formar em quê? Ele é um *serial killer*? — pergunta ela, com bastante sinceridade.

Percorro a pequena distância do banheiro para o meu quarto e me abaixo, procurando os sapatos. Ela vem atrás de mim e senta na cama.

— Sinceramente, mãe, não sei nada sobre ele. E só soube a idade dele quando ele a contou para você.

— Isso é bom — diz ela.

— Bom? — Olho para ela. — Como não saber nada sobre ele pode ser bom? Estou prestes a passar horas a sós com ele. Ele pode até ser um *serial killer*. — Pego as botas e vou até a cama para colocá-las.

— Assim terão muito sobre o que conversar. É para isso que servem os primeiros encontros.

— É verdade — digo.

Quando estava crescendo, minha mãe me deu conselhos muito bons. Ela sempre sabia o que eu queria ouvir, mas sempre dizia o que eu *precisava* ouvir. Meu pai foi seu primeiro namorado, então sempre me perguntei como é que ela sabia tanto sobre encontros, garotos e namoros. Ela só ficou com uma pessoa a vida inteira, e o conhecimento que tinha é do tipo que se adquire por experiência própria. Talvez fosse uma exceção em relação a isso.

— Mãe? — digo, enquanto coloco as botas. — Sei que você tinha apenas 18 anos quando conheceu papai. Quero dizer, você era muito jovem para conhecer a pessoa com quem passaria o resto da vida. Você se arrepende?

Ela não responde de imediato. Em vez disso, deita na minha cama e coloca as mãos debaixo da cabeça, refletindo sobre minha pergunta.

— Nunca me arrependi. Duvidar, eu duvidei. Mas me arrepender, não.

— Tem diferença entre as duas coisas? — pergunto.

— Com certeza. Arrependimento é contraproducente. É ficar se lembrando de um passado que não pode mudar. *Duvidar* das coisas à medida que elas ocorrem pode evitar que o arrependimento surja no futuro. Duvidei de muitas coisas a respeito do meu relacionamento com seu pai. As pessoas vivem tomando decisões espontâneas com base no coração. Mas os relacionamentos têm a ver com muitas outras coisas, não só com amor.

— É por isso que você sempre diz que devo obedecer ao meu cérebro, não ao meu coração?

Minha mãe senta na cama e segura minhas mãos.

— Lake, quer um conselho de verdade, que não tem a ver com a lista de comidas que deve evitar?

Será que ela não tinha me dado todos os conselhos?

— Claro — respondo.

Ela para de falar com o tom autoritário, de mãe, o que me faz perceber que a conversa é mais de mulher para mulher do que de mãe para filha. Puxa as pernas para cima da cama e as cruza, olhando na minha direção.

— Toda mulher deve ser capaz de responder três perguntas antes de se comprometer com um homem. Se disser "não" a qualquer uma das três, saia correndo.

— É só um encontro — digo, rindo. — Duvido que eu vá me comprometer com alguma coisa.

— Sei que não vai, Lake. Estou falando sério. Se não for capaz de responder "sim" às três perguntas, nem perca seu tempo num namoro.

Quando abro a boca, sinto como se estivesse apenas reafirmando que era filha dela. Não a interrompo novamente.

— Ele a trata com respeito o tempo inteiro? Essa é a primeira pergunta. A segunda é: se, daqui a vinte anos, ele fosse exatamente a mesma pessoa que é hoje, você ainda assim se casaria com ele? E, finalmente, ele faz com que você queira ser uma pessoa melhor? Se conseguir responder "sim" às três em relação a uma pessoa, então encontrou um homem decente.

Respiro fundo e assimilo seus conselhos ainda mais sábios.

— Caramba, essas perguntas são complexas — digo. — Quando foi capaz de responder "sim" às três? Quando estava com papai?

— Com certeza — diz ela, sem hesitar. — Todos os segundos em que estava com ele.

Uma tristeza toma conta de seus olhos quando ela termina a frase. Ela amava meu pai. Eu me arrependo imediatamente de mencionar o assunto. Coloco os braços ao redor dela e a abraço. Fazia tanto tempo que não a abraçava que uma pitada de culpa surge dentro de mim. Ela beija meu cabelo, depois se afasta e sorri.

Levanto e passo as mãos na camisa, alisando as dobras.

— E então? Como estou?

— Parece uma mulher — diz ela, suspirando.

São 19h30 em ponto, então vou para a sala de estar, agarro o casaco que Will tinha insistido para que eu pegasse emprestado no dia anterior e vou até a janela. Ele está saindo de casa, portanto vou lá para fora e fico parada na entrada. Ele olha para a frente e percebe minha presença enquanto está abrindo a porta do carro.

— Está pronta? — grita.

— Sim!

— Então, venha!

Não me mexo. Apenas fico parada e cruzo os braços.

— O que você está fazendo? — Ele ergue as mãos no ar, desistindo e rindo.

— Você disse que me buscaria às sete e meia! Estou esperando que venha me buscar!

Ele sorri e entra no carro. Depois vem de ré da entrada da casa dele até a minha, assim, a porta do passageiro fica mais perto de mim. Ele salta do carro e corre para abri-la. Antes de entrar, dou uma conferida nele. Está com um jeans folgado e uma camisa preta de manga longa que fica colada em seus braços. São justamente os braços bem definidos que me lembram de devolver o casaco.

— Ah, me lembrei de uma coisa — digo, entregando o casaco para ele. — Comprei isso para você.

Ele sorri ao pegá-lo e coloca os braços dentro dele.

— Nossa, valeu — diz ele. — Tem até o meu cheiro.

Ele espera eu colocar o cinto, antes de fechar a porta. Enquanto vai para o lado do motorista, percebo que o carro está com cheiro de... queijo. Não de queijo velho e mofado, mas de queijo fresco. Cheddar, talvez. A minha barriga ronca. Fico curiosa para saber onde vamos comer.

Quando Will entra, ele estica o braço em direção ao banco de trás e pega uma sacola.

— Não temos tempo de comer, por isso, fiz sanduíches de queijo pra gente. — E me entrega um sanduíche e uma garrafa de refrigerante.

— Nossa. Isso é novidade pra mim — digo, fitando os itens na minha mão. — E pra onde é que a gente vai com tanta pressa? — Abro a tampa da garrafa. — Está na cara que não é um restaurante.

Ele tira o sanduíche da embalagem e dá uma mordida.

— É surpresa — diz ele, com a boca cheia de pão, girando o volante com a mão livre enquanto dirige e come ao mesmo tempo. — Sei muito mais sobre você do que você sobre mim, então, esta noite quero mostrar a você quem eu sou.

— Bom, estou intrigada — digo. E estou *mesmo*.

Terminamos de comer os sanduíches, eu guardo o lixo de volta na sacola e o coloco no banco de trás. Tento pensar em algo para quebrar o gelo, então pergunto a respeito da família dele.

— Como são os seus pais?

Ele respira fundo e solta o ar lentamente, quase como se eu tivesse perguntado alguma coisa errada.

— Não gosto de papo forçado, Lake. Depois a gente conversa sobre isso. Vamos fazer este passeio ficar mais interessante. — Ele pisca para mim e se recosta mais no banco.

Dirigir sem falar, fazer as coisas ficarem mais interessantes. Repito o que disse na minha cabeça, na esperança de ter entendido errado o que ele quis dizer. Ao ver a hesitação no meu rosto, ele ri e percebe que eu tinha entendido de outra maneira.

— Não, Lake! — diz ele. — Só quis dizer pra gente conversar sobre outra coisa, não sobre os assuntos mais previsíveis.

Respiro aliviada. Achei que tinha descoberto o defeito dele.

— Ótimo.

— Sei de uma brincadeira que podemos fazer — diz ele. — O nome é "você prefere". Já brincou disso antes?

— Não — digo, balançando a cabeça. — Mas sei que *prefiro* que você comece.

— Tá bom. — Ele limpa a garganta e para por alguns segundos. — Certo, você prefere passar o *resto* da vida sem braço ou passar o resto da vida com braços que não consegue *controlar*?

Hã? Realmente posso dizer que este encontro não está sendo nada parecido com outros que tive. Mas está sendo imprevisível de uma maneira agradável.

— Bom... — Hesito. — Acho que prefiro passar o resto da vida com braços que não posso controlar?!

— O quê? Sério? Mas você não os controlaria! — diz ele, agitando os braços no carro. — Eles ficariam balançando, e você daria murros no próprio rosto sem parar! Ou, pior ainda, você poderia pegar uma faca e esfaquear a si mesma!

Eu rio.

— Não sabia que tinha uma resposta certa e outra errada.

— Você é muito ruim nisso — diz ele, brincando. — É a sua vez.

— Tá, me deixe pensar.

— Era para você já ter uma pronta! — diz ele.

— Caramba, Will! Não faz nem trinta segundos que descobri essa brincadeira! Me dê um instante para eu bolar uma pergunta.

Ele estica o braço e aperta minha mão.

— Estou brincando.

Então muda a mão de posição, coloca-a debaixo da minha e deixa nossos dedos entrelaçados. Gosto muito da facilidade desta transição; é como se estivéssemos acostumados a ficar de mãos dadas há anos. Até agora, tudo no encontro está sendo fácil. Estou gostando do senso de humor de Will. E do fato de eu estar rindo perto dele com tanta facilidade após ter passado tantos meses sem rir. E do fato de estarmos de mãos dadas. Estou gostando *mesmo* de ficar de mãos dadas com ele.

— Pronto, pensei numa — digo. — Você prefere fazer xixi em si mesmo uma vez ao dia, num momento qualquer, repentino? Ou prefere ter de fazer xixi em *outra* pessoa?

— Depende da pessoa em que eu tiver de fazer xixi. Pode ser em pessoas de quem não gosto? Ou seria em qualquer um?

— Em qualquer um.
— Fazer xixi em mim mesmo — diz ele, sem hesitação.
— Agora é minha vez. Você preferiria ter 1 ou 2 metros de altura?
— Dois — respondo.
— Por quê?
— Você não pode perguntar o porquê — digo. — Tá bom, vejamos. Você prefere tomar um litro inteiro de gordura de bacon todo dia no café da manhã ou ter de comer cinco quilos de pipoca no jantar toda noite?
— Cinco quilos de pipoca.

Estou gostando da brincadeira. Estou gostando do fato de ele não ter se preocupado em me impressionar com o jantar. Gosto de não ter ideia de aonde estamos indo. Até gosto do fato de ele não ter elogiado o que estou vestindo, pois isso parece ser o esperado quando duas pessoas se encontram para sair. Até agora estou gostando de tudo na noite. Por mim, nós poderíamos ficar dirigindo mais umas duas horas, só brincando de "você prefere"; seria o encontro mais divertido que já tive na vida.

Mas não é o que fazemos. Terminamos chegando ao nosso destino, e eu imediatamente fico tensa ao ver a placa no prédio.

Club N9NE

— Hum, Will? Eu não gosto de dançar — digo, torcendo para que ele fosse compreensivo.
— Hum, nem *eu*.

Saímos e nos encontramos na frente do carro. Não sei quem estendeu o braço primeiro, mas, de novo, os nossos dedos se encontram no meio da escuridão. Ele segura minha mão e me leva em direção à entrada. Ao nos aproximarmos, percebo um aviso colado na porta.

Fechado para Competição de Slam
Quintas-feiras
20h — Até terminar
Entrada: gratuita
Taxa para participar: $3

Will abre a porta sem ler o aviso. Começo a dizer que a boate está fechada, mas ele parece saber o que está fazendo. O silêncio é interrompido pelo barulho de uma multidão enquanto eu o sigo pela entrada até chegarmos ao interior do local. Tem um palco vazio à nossa direita, e mesas e cadeiras espalhadas por toda a pista de dança. O lugar está lotado. Vejo o que parece ser um grupo de adolescentes mais novos, de uns 14 anos mais ou menos, numa mesa mais à frente. Will vai para a esquerda, em direção a uma mesa vazia mais na parte de trás.

— Aqui é mais silencioso — diz ele.

— Quantos anos se precisa ter para entrar nas boates daqui? — digo, ainda observando o grupo de crianças deslocadas.

— Bom, hoje isso aqui não está funcionando como boate — diz ele, enquanto nos acomodamos numa mesa. Ela é semicircular e fica de frente para o palco, então sento mais no meio para ficar com a melhor vista. Ele senta do meu lado. — É noite de competição de slam — diz ele. — Toda quinta eles fecham a boate, e as pessoas vêm para competir no slam.

— E o que é slam? — pergunto.

— É poesia. — Ele sorri para mim. — É disso que gosto.

Será que ele está falando sério? Um cara que é gato, me faz rir *e* adora poesia? Acho que estou precisando de um beliscão. Ou não... Vai ver é melhor não acordar.

— Poesia, é? — digo. — As pessoas leem algo de autoria própria ou recitam outros autores?

Ele se recosta na cadeira e olha para o palco. Percebo a paixão que há em seus olhos quando ele fala sobre o assunto.

— As pessoas sobem lá e colocam o coração pra fora usando apenas as próprias palavras e os movimentos do corpo — diz ele. — É incrível. Você não vai escutar nada de Dickinson nem de Frost aqui.

— É tipo uma competição?

— É mais complicado — diz ele. — É diferente em cada boate. Normalmente, durante uma competição de slam, os jurados são escolhidos aleatoriamente entre as pessoas da plateia, e são elas quem pontuam cada apresentação. A que tiver mais pontos no fim da noite ganha. É assim que eles fazem aqui, pelo menos.

— E você participa do slam?

— Às vezes. Às vezes eu julgo, às vezes só assisto.

— E você vai se apresentar hoje?

— Nada. Vou apenas observar. Não estou com nada pronto.

Fico desapontada. Teria sido incrível vê-lo se apresentando no palco. Ainda não faço ideia do que seja slam, mas estou bastante curiosa para vê-lo fazer *qualquer coisa* que envolva uma apresentação.

— Que pena — digo.

Ficamos em silêncio por um instante enquanto observamos a multidão à nossa frente. Will me cutuca com o cotovelo, e eu me viro para ele.

— Quer tomar alguma coisa? — diz ele.
— Claro. Quero um achocolatado.
Ele ergue a sobrancelha e sorri.
— Achocolatado? *Sério*?
— Com gelo — digo, após concordar com a cabeça.
— *Tudo bem* — diz ele, se levantando. — Um achocolatado com gelo saindo.

Enquanto ele está longe, o apresentador vai para o palco e tenta animar a multidão. Não tem mais ninguém perto da gente na parte de trás, então me sinto um pouco boba de gritar com o resto das pessoas. Eu me recosto um pouco mais na cadeira e decido que, pelo resto da noite, vou ser apenas uma espectadora.

O apresentador anuncia que é hora de escolher os jurados, e a multidão inteira berra; quase todo mundo quer ser escolhido. Cinco pessoas são selecionadas aleatoriamente e colocadas na mesa dos jurados. Enquanto Will se aproxima de nossa mesa com as bebidas, o apresentador anuncia que é hora do "sac", e escolhe alguém ao acaso.

— O que é "sac"? — pergunto a ele.
— Sacrifício. É assim que eles preparam os jurados. — Ele senta novamente, ainda mais perto, desta vez. — Uma pessoa apresenta algo que não é parte da competição só para que os jurados possam calibrar a pontuação.
— Então, eles podem chamar qualquer pessoa? E se tivessem me chamado? — pergunto, ficando nervosa de repente.

Ele sorri para mim.

— Bom, então imagino que era para você estar com algo pronto.

Ele dá um gole em sua bebida e se recosta na cadeira, encontrando minha mão no escuro. Mas nossos dedos não se entrelaçam desta vez. Em vez disso, ele coloca minha mão em sua perna, e as pontas de seus dedos começam a percorrer a lateral do meu pulso. Delicadamente, percorre cada um dos meus dedos, seguindo as linhas e curvas da minha mão. Sinto como se as pontas de seus dedos fossem pulsações elétricas na minha pele.

— Lake — diz ele baixinho, enquanto contorna meu pulso, indo até os dedos com um movimento fluido. — Não sei o que você tem... mas gosto de você.

Os dedos dele deslizam entre os meus, então ele segura minha mão, voltando a atenção para o palco. Eu inspiro e pego meu achocolatado com a mão livre, tomando o copo inteiro. Gosto da sensação do gelo nos meus lábios, é refrescante.

Eles chamam uma jovem que parece ter uns 25 anos. Ela anuncia que vai apresentar um poema chamado "Suéter Azul". As luzes diminuem enquanto posicionam o holofote nela. Ela ergue o microfone e dá um passo para a frente, fitando o chão. O silêncio toma conta da plateia, e o único som em toda a boate passa a ser o barulho da respiração dela, amplificada pelos alto-falantes.

Ela ergue a mão até o microfone, ainda fitando o chão. Começa a tamborilar o dedo nele, num movimento repetitivo, imitando o som de um coração batendo. Noto que estou prendendo a respiração quando começa o poema.

Tum Tum
Tum Tum
Tum Tum
Está **escutando** isso?

(A voz se demora na palavra escutando.)

É o som do meu coração batendo.

(Ela bate no microfone novamente.)

Tum Tum
Tum Tum
Tum Tum
Está *escutando* isso?
É o som do *seu* coração batendo.

(Ela começa a falar mais depressa e mais alto do que antes.)

Era o *primeiro* dia de outubro. Estava com meu suéter *azul*, sabe, aquele que comprei na *Dillard's*? Com a *bainha* dupla e *buracos* nas *pontas* das *mangas*, dando até para colocar os *polegares* neles se estivesse frio e eu não quisesse usar *luvas*?
Era o *mesmo* suéter que você disse que deixava meus *olhos* parecendo reflexos das *estrelas* nos *oceanos*.
Você prometeu me amar *para sempre* naquela noite...
E, *caramba*,
foi *mesmo o que você*
fez.
Era o *primeiro* dia de *dezembro* dessa vez. Estava com meu suéter *azul*, sabe, aquele que comprei na *Dillard's*? O que tinha a *bainha* dupla e *buracos* nas *pontas* das *mangas*, dando até para colocar os *polegares* neles se estivesse frio e eu não quisesse usar

luvas? Era o *mesmo* suéter que você disse que deixava
meus **olhos** parecendo reflexos das *estrelas* no *mar*.
Eu disse que minha menstruação estava três semanas
atrasada.
Você *disse* que era o *destino*.
Você prometeu me amar para sempre naquela noite...
E, *caramba*,
foi *mesmo o que você*
fez!
Era o primeiro dia de maio. Estava com meu suéter
azul, mas, *desta* vez, a *bainha* dupla
estava *puída* e cada fio estava sendo *forçado* e *esgarçado*
por causa da *barriga que crescia*. *Você* sabe qual é. Aquele
mesmo que comprei na *Dillard's*? O que tinha *buracos* nas
pontas das *mangas*, dando até
para colocar os *polegares* neles se estivesse frio e eu não
quisesse usar *luvas*? O *mesmo* suéter
que você disse que deixava meus *olhos* parecendo reflexos
das *estrelas* nos *oceanos*.
O **MESMO** suéter que você *ARRANCOU* do meu corpo
enquanto
me *empurrava* no chão,
me chamando de <u>*puta*</u>,
dizendo que
não me *amava*
mais.
Tum Tum
Tum Tum
Tum Tum
Está *escutando* isso? É o som do meu coração

batendo.
Tum Tum
Tum Tum
Tum Tum
Está *escutando* isso? É o som do *seu* coração batendo.

(Há um longo momento de silêncio, quando ela põe as mãos na barriga, com lágrimas escorrendo pelo rosto.)

Está *escutando* isso? Claro que não. É o silêncio do meu útero.
Porque você
ARRANCOU
MEU
SUÉTER!

As luzes se acendem mais uma vez, e a plateia vibra. Respiro fundo e enxugo as lágrimas. Estou embasbacada com sua capacidade de hipnotizar uma plateia inteira com palavras tão poderosas. Apenas *palavras*. Imediatamente fico viciada, querendo escutar mais. Will coloca os braços ao redor dos meus ombros e se recosta na cadeira comigo, fazendo com que eu volte à realidade.

— E então? — pergunta ele.

Aceito o abraço e coloco minha cabeça em seu ombro enquanto olhamos para a multidão. Ele apoia o queixo no topo da minha cabeça.

— Foi inacreditável — sussurro. A mão dele toca a lateral do meu rosto, e ele roça os lábios na minha testa. Fecho os olhos e fico imaginando o quanto minhas emoções ainda vão aguentar de provação. Três dias atrás, eu estava arrasada, com raiva, sem esperanças. Hoje, pela primeira vez em meses, acordei me sentindo feliz. Estou me sentindo vulnerável. Tento disfarçar o que estou sentindo, mas também sinto como se todos aqui soubessem meus pensamentos e sentimentos, e não gosto disso. Sinto como se estivesse no palco, abrindo completamente o coração, e isso me deixa apavorada.

Ficamos sentados e abraçados, e várias pessoas apresentam seus poemas. A poesia é tão diversificada e energizante quanto a plateia. Nunca ri nem chorei tanto. A maneira como esses poetas são capazes de levar a pessoa para dentro de um mundo completamente novo, fazendo-a enxergar as coisas de um ponto de vista totalmente original. Fazendo a pessoa se sentir como uma mãe que perdeu o bebê ou um garoto que matou o pai, ou até mesmo um homem que ficou chapado pela primeira vez na vida e comeu *cinco pratos* de bacon. Sinto uma ligação com esses poetas e suas histórias. E ainda mais: sinto uma ligação mais profunda com Will. Não dá para imaginar que ele tenha a coragem de subir no palco e deixar a alma tão à mostra como essas pessoas estão fazendo. Preciso ver isso. Eu *tenho* de vê-lo fazendo isso.

O apresentador faz um último convite para novas pessoas se apresentarem.

Eu me viro na direção de Will.

— Will, você não pode me trazer aqui e não se apresentar. Pelo menos um! Por favor, por favor, por favor?

Ele inclina a cabeça e a apoia na cadeira.

— Assim você acaba comigo, Lake. Como já disse, realmente não tenho nada de novo.

— Então apresenta algo antigo — sugiro. — Ou será que todas essas pessoas deixam você *nervoso*?

Ele inclina a cabeça na minha direção e sorri.

— Todas não. Só *uma*.

De repente, sinto uma vontade incontrolável de beijá-lo. Eu me contenho por enquanto e continuo implorando. Junto as mãos debaixo do queixo.

— Não me faça implorar — digo.

— Você já está implorando! — Ele para por uns instantes, depois afasta o braço dos meus ombros e se inclina para a frente. — Tá bom, tá bom — diz ele, depois sorri para mim, colocando a mão no bolso. — Mas vou logo avisando, foi você quem pediu.

Will pega a carteira na mesma hora em que o apresentador anuncia o início do segundo round. Ele se levanta, erguendo três dólares no ar.

— Eu topo!

O apresentador protege os olhos com a mão, semicerrando-os na direção da plateia para ver quem havia falado.

— Senhoras e senhoras, este é um dos nossos: o Sr. Will Cooper. Que bom que finalmente decidiu se juntar a nós — diz ele ao microfone, brincando.

Will passa no meio da multidão, sobe no palco e fica sob o holofote.

— Qual é o nome do seu poema hoje, Will? — pergunta o apresentador.

— "Morte" — responde Will, olhando diretamente para mim, ignorando a multidão. Seu sorriso desaparece, e ele começa a apresentação.

Morte. A única coisa inevitável na vida.
As pessoas não gostam de *falar* sobre a morte porque
isso as deixa *tristes*.

Elas não querem *pensar* que a vida vai continuar
sem elas,
que *todas* as pessoas que elas amam vão ficar de luto
brevemente,
mas vão continuar *respirando*.
Elas não *querem* pensar que a vida vai continuar
sem *elas*,
Que os filhos vão *crescer* do mesmo jeito
E vão casar
E vão *envelhecer*...
Elas não querem *pensar* que a vida vai *continuar*
sem elas
Que as coisas materiais serão *vendidas*
Que os históricos médicos serão *arquivados*
Que seus nomes vão se tornar uma *lembrança* para todos
que *conheciam*.
As pessoas não *querem pensar* que a vida vai continuar
sem elas, então, *em vez de* lidar com isso
diretamente, evita-se o assunto *inteiramente*,
torcendo e *rezando* para que, *de alguma maneira*, ela...
passe direto.
Se esqueça delas,
e pule para o *próximo* da fila.
Não, as pessoas não *querem* imaginar como
a vida vai continuar...
sem elas.
Mas a morte
não
se esqueceu.
Em vez disso, as pessoas *deram de cara* com a morte,
que veio *disfarçada* de um caminhão de *dezoito rodas*

atrás de uma nuvem de *névoa*.
Não.
A morte não se **esqueceu delas**.
Se **ao menos** elas tivessem se **preparado**, **aceitado** o **inevitável**, feito **planos**, compreendido que **não se tratava** apenas da vida **delas**.
Por mais que legalmente eu fosse considerado um adulto aos 19 anos, eu ainda me sentia
completamente
como um garoto de apenas 19 anos.
Despreparado
E *sobrecarregado*
por, de repente, passar a ter a ***vida inteira*** de um garoto de
7 anos
sob meus *cuidados*.
Morte. A única coisa inevitável na ***vida***.

Will sai do holofote e do palco antes de ver as pontuações. Noto que estou torcendo para que ele se perca no caminho de volta para a nossa mesa, assim eu teria mais tempo de assimilar tudo isso. Não tenho ideia de como reagir. Não tinha noção de que esta era a vida dele. De que Caulder era a *vida inteira* dele. Fico impressionada com sua apresentação, mas também arrasada com suas palavras. Enxugo as lágrimas com o dorso da mão. Não sei se estou chorando pela perda dos pais de Will, pelas responsabilidades que essa perda acarretou ou pelo simples fato de ele estar dizendo a verdade. Ele falou de um lado da morte e da perda que nunca parece ser abordado, a não ser quando é tarde demais. Um lado que infelizmente eu conhecia bem demais. O Will que eu tinha visto caminhando em direção ao palco não é o mesmo Will que vejo caminhando de volta, em minha direção. Estou confusa, sem saber o que pensar e, acima de tudo, surpresa. Ele era tão bonito.

Ele percebe que estou enxugando as lágrimas.

— Eu avisei — diz ele, sentando novamente. Will pega a bebida e dá um gole, mexendo os cubos de gelo com o canudo. Não faço ideia do que dizer. Ele se abriu por inteiro, bem na minha frente.

Minhas emoções passam a tomar conta das minhas ações. Estico o braço, seguro a mão dele, e ele coloca a bebida de volta na mesa. Ele se vira para mim e me dá um meio sorriso, como se estivesse esperando que eu dissesse algo. Como não falo nada, coloca a mão no meu rosto, enxuga uma lágrima e, depois, percorre a lateral da minha bochecha com o dorso da mão. Não estou compreendendo esta ligação que sinto entre nós dois. Tudo parece tão rápido. Coloco a mão em cima da dele e a aproximo da minha boca, então beijo delicadamente sua palma enquanto olhamos um para o outro. De repente, passamos a ser as únicas pessoas na boate; todos os ruídos externos desvanecem a distância.

Ele aproxima a outra mão da minha bochecha e lentamente se inclina para a frente. Fecho os olhos e sinto sua respiração enquanto ele me puxa para perto dele. Seus lábios tocam os meus, mas só um pouco. Ele beija meu lábio inferior bem devagar, depois o lábio superior. Seus lábios estão gelados, ainda úmidos da bebida. Eu me inclino mais um pouco para retribuir o beijo, mas ele se afasta no instante em que minha boca reage. Abro os olhos e ele está sorrindo para mim, ainda com meu rosto entre as mãos.

— Paciência — sussurra. Ele fecha os olhos e se inclina, beijando-me suavemente na bochecha. Fecho os olhos e inspiro, tentando acalmar o impulso que tomava conta de mim, o impulso de querer jogar meus braços ao redor dele e de retribuir o beijo. Não sei como ele tem tanto autocontrole. Ele encosta a testa na minha e desliza as mãos pelos meus braços. Nossos olhos se encontram quando os abrimos. É neste momento que finalmente compreendo por que minha mãe aceitou seu destino com apenas 18 anos.

— Caramba — digo, soltando um suspiro.

— Pois é — concorda ele. — Caramba.

Ficamos olhando um para o outro mais alguns segundos até a plateia começar a se agitar novamente. Estão anunciando quem se qualificou para o segundo round. Will agarra minha mão e sussurra:

— Vamos.

Quando me levanto, parece que meu corpo inteiro vai parar de funcionar. Nunca vivenciei nada parecido com o que acabou de acontecer. *Nunca.*

Saímos de perto da mesa, e nossas mãos estão entrelaçadas enquanto ele me guia pelo meio da multidão até o estacionamento. Só percebo que estou sentindo calor quando o ar frio do Michigan entra em contato com minha pele. É revigorante. Ou vai ver eu que estou revigorada. Não sei qual dos dois. Tudo que sei é que queria que as últimas duas horas da minha vida pudessem ficar se repetindo eternamente.

— Não quer ficar mais? — pergunto.

— Lake, você está fazendo mudança e desempacotando coisas há dias. Precisa dormir. — Só o fato de ele mencionar a palavra dormir já me faz bocejar involuntariamente.

— Dormir seria ótimo — digo.

Ele abre a porta, mas, antes de eu entrar, coloca os braços ao meu redor e me aproxima dele, me dando um abraço apertado. Vários minutos se passam enquanto nós simplesmente ficamos parados, sem querer que o momento acabe. Eu poderia até terminar me acostumando a isso, o que é uma sensação completamente nova para mim. Sempre fui tão fechada. Esse novo lado que Will traz à tona me era totalmente desconhecido.

Após um tempo, nos separamos e entramos no carro. Quando saímos do estacionamento, encosto a cabeça na janela e fico observando a boate diminuir no espelho retrovisor.

— Will? — sussurro, sem parar de olhar para o prédio que reduzia de tamanho atrás de nós. — Obrigada.

Ele coloca a minha mão na dele, e eu acabo pegando no sono, sorrindo.

Acordo com ele abrindo a porta; estamos na entrada da minha casa. Ele estica o braço e segura minha mão, me ajudando a sair. Nem me lembro da última vez em que peguei no sono num carro em movimento. Will tem razão: estou *realmente* cansada. Esfrego os olhos e bocejo novamente enquanto ele me acompanha até a porta de casa. Ele põe o braço ao redor da minha cintura, eu levanto o meu e coloco ao redor de seu ombro. Nossos corpos se encaixam perfeitamente. Um arrepio percorre meu corpo inteiro enquanto a respiração dele aquece meu pescoço. Não dá para acreditar que nos conhecemos há apenas três dias; parece que estamos juntos há anos.

— Olha só — digo. — Você vai passar três dias inteiros fora. É exatamente o tempo que nos conhecemos.

Ele ri e me puxa ainda mais para perto.

— Vão ser os três dias mais longos da minha vida.

Se conheço minha mãe, ela está nos observando de algum canto, então fico aliviada quando seu beijo de despedida é apenas um beijinho bem rápido na bochecha. Ele se afasta lentamente em direção ao carro, com os dedos deslizando entre os meus até se soltarem de vez. Meu braço volta para o lado do meu corpo, e o observo entrar no carro. Ele liga o motor e abaixa a janela.

— Lake, vou demorar um tempão para chegar em casa — diz ele. — Que tal um beijo de boa viagem?

Eu rio, depois vou até o carro e me inclino na janela, esperando outro beijinho. Em vez disso, ele desliza a mão por trás do meu pescoço e me puxa delicadamente em sua direção, com nossos lábios abrindo ao se encontrarem. Nenhum dos dois se contém dessa vez. Coloco o braço para dentro da janela e passo os dedos pela parte de trás de seu cabelo enquanto continuamos a nos beijar. Tenho de me esforçar ao máximo para não abrir a porta e me sentar no colo dele. A porta entre nós funciona mais como uma barricada.

Finalmente paramos. Nossos lábios ainda ficam se tocando enquanto hesitamos em nos separar.

— Nossa — sussurra ele contra meus lábios. — Isso fica cada vez melhor.

— Nos vemos em três dias — digo. — Tome cuidado no caminho para casa. — Dou um último beijo e, relutante, me afasto da janela.

Ele sai da entrada de ré e vai reto até a entrada de sua própria casa. Sinto-me tentada a correr até ele e beijá-lo de novo só para confirmar o que ele acabou de dizer. Em vez disso, resisto à tentação e dou meia-volta para entrar em casa.

— Lake!

Eu me viro, então ele fecha a porta do carro e vem rapidamente na minha direção. Sorri ao me alcançar.

— Esqueci de dizer uma coisa — diz ele, colocando os braços ao meu redor mais uma vez. — Você está linda hoje.
— Ele beija o topo da minha cabeça, me solta e segue em direção a sua casa.

Vai ver eu estava errada mais cedo quando pensei que gostava de ele não ter me elogiado. Estava *muito* errada. Ao chegar à porta de casa, ele se vira e sorri antes de entrar.

Exatamente como imaginei, minha mãe está no sofá com um livro, tentando dar uma de desinteressada enquanto entro pela porta da frente.

— E então, como foi? Ele é um *serial killer*? — diz ela.

A esta altura, meu sorriso está fora de controle. Vou até o sofá na frente dela, jogo meu corpo nele como se fosse uma boneca de pano e suspiro.

— Você tinha razão, mãe. Eu *amo* o Michigan.

3.

But I can tell by watching you
That there's no chance of pushing through
The odds are so against us
You know most young love, it ends like this.*

— THE AVETT BROTHERS, "I WOULD BE SAD"

AO ACORDAR NA SEGUNDA DE MANHÃ, ESTOU MAIS NERVOsa do que imaginei. Minha cabeça tem estado tão obcecada com Will que nem tive tempo de pensar no desastre que se aproxima: meu primeiro dia numa escola novinha em folha.

Durante o fim de semana, mamãe e eu finalmente tivemos a oportunidade de comprar roupas adequadas para o clima daqui. Coloco o que havia escolhido na noite anterior e calço as botas de neve novas. Deixo o cabelo solto, mas ponho um elástico no pulso para quando quiser prendê-lo, o que sei que vai terminar acontecendo.

Depois de me arrumar no banheiro, vou até a cozinha e pego minha mochila e o horário das aulas no balcão. Minha mãe começou a trabalhar no turno da noite no hospital,

---

*Mas só de olhar para você, sei/Que não dá para forçar as coisas/ Nossas chances são tão pequenas/Você sabe que a maioria dos amores de juventude termina assim.

então concordei em levar Kel para a escola. Lá no Texas, eu e Kel estudávamos no mesmo colégio. Na verdade, todo mundo que morava perto da nossa cidade estudava no mesmo colégio. Aqui tem tantos colégios que precisei imprimir um mapa do distrito só para garantir que eu o levarei para o lugar correto.

Ao chegarmos à escola, Kel imediatamente avista Caulder e pula do carro sem nem dar tchau. Tudo parece ser tão fácil para ele.

Por sorte, a escola dele fica a apenas algumas quadras do meu colégio. Assim, vou ter um tempinho extra para descobrir onde é minha primeira aula. Chego ao estacionamento do que eu considero um colégio gigantesco e procuro uma vaga. A que encontro é bem distante do prédio, e há dezenas de alunos conversando perto dos carros. Hesito em sair do jipe, mas, quando saio, ninguém sequer nota minha presença. Não é como nos filmes em que a garota nova salta do carro, segurando os livros, e todos param o que estão fazendo para observá-la. Não é nada assim. Eu me sinto invisível e gosto disso.

Sobrevivo à primeira aula, que foi de matemática e não teve nenhum dever de casa, o que é bom. Estou planejando passar a noite inteira com Will. Quando saí hoje de manhã, havia um bilhete dele no meu jipe. Tudo que dizia era: "Não vejo a hora de te encontrar. Chego em casa lá pelas 16h."

Faltam sete horas e três minutos.

História também não é complicado. O professor está falando sobre as Guerras Púnicas, algo que acabei de aprender no meu colégio anterior. Está sendo difícil me concentrar, pois estou literalmente contando os minutos. O professor é bastante monótono e entediante. Normalmente, se não acho algo interessante, meus pensamentos costumam se dispersar. Agora eles estão indo parar em Will. Estou anotando as coisas metodicamente, tentando me concentrar ao máximo, mas, então, alguém me cutuca nas costas.

— Ei, deixe eu ver seu horário — diz a garota.

Discretamente, pego o horário e o coloco dobrado na mão esquerda. Ergo a mão por trás do corpo e solto rapidamente o papel na carteira dela.

— Ah, deixa disso — diz ela mais alto. — O Sr. Hanson é meio cego e mal escuta. Nem se preocupe com ele.

Seguro a risada e me viro para ela enquanto o Sr. Hanson está de frente para o quadro.

— Meu nome é Layken.

— Eddie — diz. Olho para ela em dúvida, o que a faz revirar os olhos. — Eu sei. É tradição de família. Mas, se me chamar de Eddie Spaghetti, eu acabo com você — completa, num tom levemente ameaçador.

— Vou me lembrar disso.

— Legal, nossa terceira aula é a mesma — diz ela, dando uma olhada no meu horário. — É um saco para encontrar. Fique perto de mim depois da aula que eu mostro onde é.

Eddie inclina-se para a frente para escrever algo, e seu cabelo loiro e ondulado também vai para a frente. Ele bate na altura do queixo e o corte é assimétrico. Cada uma de suas unhas está pintada com um esmalte completamente diferente, e ela tem umas quinze pulseiras em cada braço, que chacoalham e fazem barulho toda vez que se mexe. Ela tem tatuado no interior do pulso o contorno preto de um coraçãozinho.

Quando o sinal toca, eu me levanto, e Eddie me devolve o horário. Ela coloca a mão no bolso do meu casaco, tira meu telefone e começa a apertar as teclas. Olho para o horário que ela me devolveu, que agora está coberto de sites e de números de telefone escritos com caneta verde. Eddie vê que estou olhando para a folha e aponta para o primeiro site da lista.

— Essa é minha página no Facebook, mas se não conseguir me encontrar por lá, também estou no Twitter. Não peça meu endereço do MySpace porque aquilo é uma babaquice — diz ela, estranhamente séria. Seu dedo percorre o restante dos números anotados. — Esse é meu celular, e esse é o número do Getty's Pizza — diz ela.

— Você trabalha lá?

— Não, mas a pizza deles é ótima. — Ela passa na minha frente, e começo a segui-la em direção à saída da sala. Ela se vira e devolve meu telefone. — Acabei de ligar para mim mesma, assim também já fico com o seu número. Ah, e você precisa passar na administração antes da próxima aula.

— Por quê? Você não queria que eu fosse pra lá com você? — pergunto, sentindo-me um pouco sufocada com minha nova amiga.

— Você está no almoço B. Eu estou no almoço A. Vá mudar o seu para o almoço A e me encontre na terceira aula.

Então ela simplesmente desaparece. Puf.

A SECRETARIA FICA a apenas duas salas de distância. A secretária, Sra. Alex, revira tanto os olhos enquanto imprime meu novo horário *novo* que termina virando uma expert no assunto. A impressão acaba bem na hora que toca o sinal para a terceira aula.

— Você sabe onde fica essa eletiva de inglês? — pergunto antes de sair.

Ela me dá orientações um tanto longas e confusas, imaginando que sei onde fica o Corredor A e o Corredor D. Espero pacientemente ela terminar e saio, mais confusa do que antes.

Perambulo pelos diferentes corredores, entrando em duas salas erradas e no armário do zelador. Dou a volta, finalmente avistando o Corredor D, e me sinto aliviada. Coloco a mochila no chão e o horário entre os lábios, depois tiro o elástico do pulso. Não são nem dez da manhã e estou prendendo o cabelo. O dia já está sendo um desses.

— Lake?

Meu coração quase pula do peito quando escuto a voz dele. Eu me viro e vejo Will ao meu lado, com um olhar confuso no rosto. Tiro o horário da boca e sorrio, então envolvo os braços ao redor dele instintivamente.

— Will! O que está fazendo aqui?

Ele retribui o abraço apenas por um segundo antes de segurar meus pulsos e tirar meus braços de seu pescoço.

— Lake — diz ele, balançando a cabeça. — Onde... O que está fazendo aqui?

Eu suspiro e enfio o horário no peito dele.

— Estou tentando achar essa aula idiota, mas me perdi — digo, choramingando. — Me ajude!

Ele dá outro passo para trás, encostando-se na parede.

— Lake, não — diz ele, colocando o horário de novo nas minhas mãos, sem nem olhar para ele.

Fico observando a reação de Will por um instante; ele parece quase horrorizado por me ver aqui. Ele se vira e apoia as mãos atrás da cabeça. Não estou compreendendo essa reação. Fico parada, esperando algum tipo de explicação, quando finalmente percebo uma coisa. Ele veio aqui encontrar a namorada. A *namorada* que ele não mencionou. Pego a mochila e começo a me afastar imediatamente, mas ele estica o braço e me impede.

— Aonde está indo? — pergunta ele.

Reviro os olhos e suspiro baixinho.

— Já entendi, Will. Já entendi. Vou deixar você sozinho antes que sua namorada nos veja. — A esta altura, estou lutando para segurar as lágrimas, então saio do alcance dele e me viro na outra direção.

— Namora... não. Não, Lake. Acho que você não está entendendo.

O ruído baixo de passos começa a aumentar quando os alunos dão a volta para chegar ao Corredor D. Ao me virar, outro aluno se aproxima.

— Caramba, achei que estava atrasado — diz o aluno ao nos ver no corredor. Ele para na frente da sala.

— Você *está* atrasado, Javier — responde Will, abrindo a porta atrás de si, e fazendo um gesto para Javier entrar. — Javi, volto em alguns minutos. Avise à classe que eles têm alguns minutos para revisar antes da prova.

Will fecha a porta e mais uma vez ficamos a sós no corredor. O ar dos meus pulmões praticamente sumiu. Sinto uma pressão aumentar dentro do peito ao perceber outra coisa. Não pode ser verdade. Não é possível. Como é que isso é possível?

— Will — sussurro, sem conseguir soltar o ar completamente. — Não me diga que...

Seu rosto está corado e ele está com um brilho de dor nos olhos, mordendo o lábio inferior. Ele inclina a cabeça para trás e olha para o teto, esfregando as palmas das mãos no rosto enquanto caminha pelo corredor entre os armários e a porta da sala. A cada passo que dá, vejo o crachá de professor balançar para a frente e para trás em seu pescoço.

Ele encosta as palmas das mãos nos armários, batendo a testa no metal repetidamente enquanto eu continuo imóvel, incapaz de falar qualquer coisa. Ele abaixa as mãos lentamente e se vira para mim.

— Como não *percebi* isso? Você ainda está no *colégio*!

4.

*I am sick of wanting
And it's evil how it's got me
And every day is worse
Than the one before*.*

— THE AVETT BROTHERS, "ILL WITH WANT"

WILL SE RECOSTA NOS ARMÁRIOS. SUAS PERNAS ESTÃO cruzadas, os braços cruzados por cima do peito, e ele fita o chão. O desenrolar desses acontecimentos me pegou tão de surpresa que mal consigo ficar de pé. Vou para a parede à frente dele e me recosto em busca de apoio.

— Eu? — respondo. — Como é que o fato de você ser professor não foi mencionado? Como pode ser um professor? Você só tem 21 anos.

— Layken, escute — diz ele, ignorando minhas perguntas. Ele não me chamou de Lake.

— Aparentemente houve um grande mal-entendido entre nós. — Ele não olha para mim enquanto fala. — Precisamos conversar sobre isso, mas agora definitivamente não é a hora certa.

---

*Não aguento mais esse desejo/E é cruel o quanto ele tomou conta de mim/E cada dia é pior/Do que o anterior.

— Concordo — digo. Quero dizer mais alguma coisa, mas não consigo. Acho que acabaria chorando.

A porta da sala de Will se abre, e Eddie aparece. De modo egoísta, rezo para que ela também esteja perdida. Não é possível que minha eletiva seja essa.

— Layken, estava indo te procurar — diz ela. — Guardei um lugar pra você. — Ela olha para Will, depois para mim, e percebe que interrompeu nossa conversa. — Ah, desculpe, Sr. Cooper. Não reparei que estava aqui.

— Tudo bem, Eddie. Estava apenas repassando o horário de Layken com ela — diz ele, caminhando em direção à sala de aula e segurando a porta para nós duas.

Relutante, vou atrás de Eddie, passando por Will, e caminho até a única carteira vazia da sala — bem na frente da mesa do professor. Não sei como querem que eu aguente uma hora inteira de aula. As paredes não param de dançar enquanto tento me concentrar, então fecho os olhos. Preciso de água.

— Quem é a gatinha? — pergunta o garoto que, pelo que sei agora, chama-se Javier.

— Cale-se, Javi! — retruca Will enquanto vai até a mesa, erguendo uma pilha de papéis. Vários alunos sobressaltam-se com a reação dele. Acho que Will também não está se comportando normalmente.

— Relaxa, Sr. Cooper! Era um elogio. Ela é gatinha, olhe só pra ela — diz Javi, se recostando na cadeira e me observando.

— Javi, saia! — diz Will, apontando para a porta da sala.

— Sr. Cooper! Caramba! Que mau humor é esse? Como eu disse, estava apenas...

— Como *eu* disse, saia! Não pode desrespeitar as mulheres nesta sala de aula.

Javi pega os livros e retruca:

— Tá bom. Vou desrespeitá-las no corredor, então!

Após ele sair e fechar a porta, o único barulho na sala passa a ser o do ponteiro menor se mexendo no relógio acima do quadro-negro. Não me viro, mas sinto a maioria dos olhares fixos em mim, esperando alguma espécie de reação. Depois disso, não vai ser tão fácil me enturmar.

— Turma, temos uma nova aluna. Essa é Layken Cohen — diz Will, tentando acabar com a tensão. — Acabou a hora da revisão. Guardem os cadernos.

— Não vai deixar que ela se apresente? — pergunta Eddie.

— Depois fazemos isso. — Will ergue a pilha de papéis. — Hora das provas.

Fico aliviada por Will ter me poupado de falar na frente da sala. É a última coisa que eu seria capaz de fazer agora. Sinto como se tivesse uma bola de algodão na garganta enquanto tento, sem sucesso, engolir em seco.

— Lake. — Will hesita e limpa a garganta, percebendo o deslize. — Layken, se tiver outra coisa para fazer, sinta-se à vontade. A turma está fazendo um teste de fim de capítulo.

— Prefiro fazer o teste — digo. Preciso ocupar a cabeça com *alguma coisa*.

Will me entrega um teste e, no tempo que tenho para responder, faço o máximo para me concentrar totalmente nas questões, esperando assim poder escapar por alguns momentos da minha nova realidade. Apesar de terminar rápido, fico apagando e reescrevendo as respostas apenas para não ter de lidar com o óbvio: o fato de que o garoto por quem eu estava me apaixonando é meu professor.

Quando o sinal toca, fico observando o restante da turma se aproximar da mesa de Will e colocar os papéis, virados para baixo, numa pilha. Eddie deixa o dela e se aproxima da minha carteira.

— Ei, você trocou o horário do seu almoço?
— Troquei, sim — digo para ela.
— Ótimo. Vou guardar um lugar para você — diz. Ela para na mesa de Will, que olha para ela. Então tira uma latinha vermelha da bolsa e pega algumas pastilhas, colocando-as na mesa dele. — Altoids.

Will olha para as pastilhas interrogativamente.

— É só uma suposição — sussurra ela, mas numa altura suficiente para que eu escute. — Mas ouvi falar que Altoids são uma maravilha para quem está de ressaca. — Ela empurra as pastilhas para ele.

E, mais uma vez, ela simplesmente desaparece. Puf.

A esta altura, sobramos eu e Will na sala de aula. Preciso tanto falar com ele. Tenho tantas perguntas a fazer, mas sei que ainda não é o momento certo. Pego meu teste e vou até a mesa dele, colocando-o no topo da pilha.

— O meu humor está tão na cara assim? — pergunta. Ele continua fitando as pastilhas na mesa. Pego dois Altoids e saio da sala sem responder.

Enquanto percorro os corredores atrás do lugar da minha quarta aula, avisto um banheiro e rapidamente me refugio lá. Decido passar o resto da quarta aula e o almoço inteiro num dos cubículos. Sinto-me culpada por saber que Eddie está me esperando, mas não sou capaz de encarar ninguém neste momento. Então, leio e releio sem parar o que tem escrito nas paredes da cabine, torcendo para que, de alguma maneira, eu seja capaz de aguentar o resto do dia sem cair aos prantos.

As duas últimas aulas são um borrão. Por sorte, os professores também não parecem muito interessados em saber mais sobre mim. Não falo com ninguém, e ninguém fala comigo. Não faço ideia nem se me passaram algum dever de casa. Toda essa situação está ocupando minha mente.

Vou até o carro enquanto procuro as chaves na bolsa. Tiro-as e me atrapalho com o alarme; minhas mãos estão tremendo tanto que eu as derrubo. Depois de entrar, não me dou tempo de pensar no assunto, apenas coloco o carro em ré e vou para casa. A única coisa em que quero pensar é na minha cama.

Quando chego à entrada de casa, desligo o motor e paro um instante. Ainda não quero lidar com Kel nem com minha mãe, então coloco o banco para trás, cubro os olhos com os braços e começo a chorar. Fico repensando sem parar todos os acontecimentos. Como é que passei a noite inteira com ele e não descobri que era professor? Como é possível que algo tão importante como o trabalho da pessoa não tenha sido mencionado? Ou, melhor ainda, como é que no meio de tanta conversa, não mencionei que ainda estava no colégio? Tinha contado tantas coisas sobre mim mesma. Sinto como se fosse o que eu merecesse por finalmente ter baixado a guarda.

Enxugo os olhos com a manga, tentando ao máximo disfarçar as lágrimas. Tenho ficado craque nisso. Até seis meses atrás, mal tinha motivos para chorar. A minha vida no Texas era simples. Eu tinha uma rotina, um grupo de amigos maravilhosos, um colégio que amava e até um lar que amava. Chorei muito nas semanas que se seguiram à morte do meu pai; só parei quando percebi que Kel e minha mãe só seriam capazes de seguir em frente se eu fizesse o mesmo. Comecei a tentar me envolver mais na vida de Kel. Naquela época, nosso pai era o melhor amigo dele, então sinto como se Kel tivesse sofrido a perda maior. Comecei a fazer parte do beisebol juvenil, de suas aulas de karatê, até dos escoteiros — todas as coisas que meu pai fazia com ele. Assim, tanto eu quanto Kel nos ocupávamos, e, a partir de um certo momento, o luto começou a abrandar.

Até hoje.

Uma batidinha na janela do passageiro me faz voltar à realidade. Quero ignorá-la. Não quero ver ninguém, muito menos falar. Me viro e vejo uma pessoa parada; a única coisa que dá para ver é o peito e... o crachá de professor.

Baixo o espelho e limpo o rímel dos olhos. Então desvio o olhar para a janela do passageiro e aperto o botão de destrava automática, concentrando-me no duende de jardim que está olhando para mim com seu sorrisinho convencido.

Will senta-se no banco de passageiro e fecha a porta. Reclina o banco alguns centímetros e suspira, mas não fala nada. Acho que nenhum de nós sabe o que dizer a esta altura. Olho para ele, que está com o pé apoiado no painel. Ele está com o corpo rígido no assento, cruzando os braços por cima do peito e olhando diretamente para o bilhete que escreveu de manhã, que ainda está no console central. Pelo jeito, ele conseguiu mesmo chegar lá pelas 16h.

— No que está pensando? — pergunta ele.

Coloco a perna esquerda em cima do banco e a abraço.

— Estou muito confusa, Will. Não sei o que pensar.

Ele suspira e se vira para a janela do passageiro.

— Desculpe. É tudo culpa minha — diz ele.

— Não é culpa de ninguém — digo. — Para que a culpa fosse sua, você precisaria ter tomado uma decisão consciente. Mas você não sabia, Will.

Ele se estica no banco e vira para mim. A expressão brincalhona em seus olhos, a expressão que me fez gostar dele, desapareceu.

— Mas é exatamente isso, Lake. Eu devia ter sabido. Meu trabalho não requer um comportamento ético apenas na sala de aula. Ele se aplica a todos os aspectos da minha vida. Não *percebi* porque não estava fazendo meu trabalho. Quando você disse que tinha 18 anos, imaginei que estivesse na universidade. — A nítida frustração parece ser apenas consigo mesmo.

— Eu fiz 18 anos há apenas duas semanas — respondo. Não sei por que sinto a necessidade de explicar isso. Depois que falo, percebo que parece que estou colocando a culpa nele. Ele já está se culpando; não precisa que eu também fique com raiva dele. Era algo que nenhum de nós poderia ter previsto.

— Sou um professor estudante — diz ele, tentando explicar. — Mais ou menos.

— *Mais ou menos?*

— Depois que meus pais morreram, dobrei minha quantidade de cursos. Vou poder me formar com um semestre de antecedência. Como o colégio estava com poucos professores, me ofereceram um contrato de um ano. Então tenho mais três meses como professor estudante. Depois disso, meu contrato vai até junho do próximo ano.

Ouço com atenção, assimilando tudo que diz. Mas, na verdade, tudo que escuto é *"Não podemos ficar juntos... blá--blá-blá... não podemos ficar juntos"*.

Ele me olha nos olhos.

— Lake, preciso desse emprego. Foi para isso que me esforcei durante esses três anos. Estamos falidos. Meus pais me deixaram com muitas dívidas e com as mensalidades da universidade. Não posso pedir demissão agora. — Ele desvia o olhar e se encosta no banco, passando as mãos no cabelo.

— Will, eu entendo. Nunca pediria que você colocasse sua carreira em risco. Seria burrice jogar tudo isso fora por causa de alguém que você conhece há apenas uma semana.

Ele continua olhando fixamente para a janela do passageiro.

— Não estou dizendo que você *pediria* para eu fazer isso. Só quero que entenda meus motivos.

— Eu entendo — digo. — É até ridículo supor que o que nós temos é algo pelo qual vale a pena correr riscos.

Ele olha mais uma vez para o bilhete no console e responde baixinho.

— Nós dois sabemos que é mais do que isso.

As palavras dele fazem com que eu me encolha, pois sei que, no fundo, ele tem razão. Isto que está acontecendo entre a gente, seja lá o que for, é mais do que uma paixão qualquer. Neste momento, não sou mesmo capaz de compreender como deve ser ter o coração partido de verdade. Se eu sentir uma dor apenas um por cento mais forte do que a que já sinto agora, abdico do amor. Não vale a pena.

Tento evitar que as lágrimas se acumulem nos meus olhos novamente, mas não adianta. Ele tira a perna do painel e me aproxima dele. Enterro meu rosto em sua camisa, ele coloca os braços ao meu redor e alisa delicadamente minhas costas.

— Desculpe, de verdade — diz ele. — Queria ser capaz de fazer algo que pudesse mudar as coisas. Eu tenho de fazer isso direito... tenho de fazer isso pelo Caulder. — O abraço parecia mais uma despedida do que um conforto. — Não sei para onde vamos depois disso, ou como vamos fazer a transição — diz ele.

— Transição? — Começo repentinamente a entrar em pânico só de pensar em perdê-lo. — Mas... e se você conversar com o pessoal do colégio? Contar para eles que a gente não sabia. Perguntar quais são as opções... — Percebo, enquanto as palavras saem da minha boca, que não estou sendo nada realista. A esta altura, um relacionamento entre nós seria impossível.

— Não posso, Lake. — A voz dele está baixinha. — Não vai dar certo. *Não tem* como isso dar certo.

Uma porta bate, e Kel e Caulder vêm correndo pela entrada da casa. Imediatamente nos afastamos e ajeitamos os bancos. Descanso a cabeça no apoio e fecho os olhos, tentando pensar em alguma brecha na nossa situação. Tinha de haver uma.

Após os garotos atravessarem a rua e entrarem na casa de Will em segurança, ele se vira para mim.

— Layken? — diz ele, nervoso. — Preciso falar com você sobre mais uma coisa.

Ah, minha nossa, o que é que está faltando? O que mais pode ser relevante nesse momento?

— Preciso que vá à administração amanhã. Quero que saia da minha turma. Acho melhor não passarmos mais tempo juntos.

Sinto o sangue deixando meu rosto. Minhas mãos começam a suar, e o carro rapidamente fica pequeno demais para nós dois. Ele está falando sério. O que tivemos até agora acabou. Ele vai me cortar por completo da vida dele.

— Por quê? — Não me esforço para disfarçar a mágoa na voz.

Ele limpa a garganta.

— O que nós temos não é apropriado. Precisamos nos afastar.

Minha mágoa rapidamente se transforma em raiva, que começa a crescer dentro de mim.

— Não é apropriado? Nos afastarmos? Você mora do outro lado da rua, Will! — Ele abre a porta e sai do carro. Faço o mesmo, e bato a porta com força. — Nós somos maduros o suficiente para saber o que é apropriado. Você é a única pessoa que conheço aqui. Por favor, não peça para que me comporte como se nem o conhecesse — imploro.

— Ah, Lake. Você não está sendo justa. — Seu tom de voz fica igual ao meu, então sei que atingi algum ponto fraco. — Não posso fazer isso. Nós não podemos ser *apenas* amigos. É a única escolha que temos.

É inevitável sentir como se estivéssemos passando por um rompimento horrível sendo que não estamos nem namorando. Estou com raiva de mim mesma. Não sei se estou simplesmente muito chateada com o que aconteceu hoje ou se é com o que aconteceu na minha vida o *ano inteiro*.

A única coisa que sei, com certeza, é que recentemente só me senti feliz nos instantes que passei com Will. Ouvi-lo dizendo que não podemos nem ser amigos me magoou. O fato de que vou voltar a ser a pessoa que fui nos últimos seis meses me assusta; é uma pessoa de quem não tenho nem um pouco de orgulho.

Abro a porta do carro para pegar minha bolsa e as chaves.

— Então, está dizendo que é tudo ou nada, não é? E já que obviamente o tudo não é uma opção... — Bato a porta do carro com força mais uma vez e vou em direção à casa. — Antes da terceira aula de amanhã você vai estar livre de mim! — digo, chutando o duende de propósito.

Entro na casa e jogo as chaves no balcão da cozinha com tanta força que elas deslizam por toda a superfície e caem no chão. Piso no calcanhar da bota com o outro pé e a tiro de uma só vez, então minha mãe aparece.

— O que aconteceu? — pergunta ela. — Estava gritando?

— Não foi nada — digo. — Exatamente isso que aconteceu. Nadinha! — Pego as botas e vou para o meu quarto, batendo a porta com força depois de entrar.

Tranco a porta e vou direto para a pilha de roupas. Levanto-a e jogo as peças no chão, procurando no meio delas até encontrar o que queria. Minha mão desliza para dentro do bolso da calça jeans e tiro a fivela roxa. Vou até a cama, puxo as cobertas e deito. Aperto mais a fivela enquanto aproximo as mãos do rosto e choro até dormir.

Quando acordo, já é meia-noite. Fico deitada por um instante, torcendo para chegar à conclusão de que tudo não passava de um pesadelo, mas não é o que acontece. Ao me cobrir novamente, a fivela escorrega das minhas mãos e cai no chão. Esse pequeno pedaço de plástico, tão velho que provavelmente foi feito com tinta de alto nível de chumbo. Penso em como me senti no dia em que meu pai a deu para mim, e em como todos os medos e tristezas desapareceram assim que ele a colocou no meu cabelo.

Eu me inclino para a frente e a pego do chão, pressionando o centro para que ela abra. Afasto um pedaço da franja para o lado oposto e prendo com a fivela. Fico esperando que a mágica aconteça, mas claro que tudo continua doendo. Tiro a fivela do cabelo, jogo do outro lado do quarto e volto para a cama.

5.

I keep tellin' myself
That it'll be fine.
You can't make everybody happy
All of the time.*

— THE AVETT BROTHERS, "PARANOIA IN B-FLAT MAJOR"

MINHA PULSAÇÃO MARTELA MINHAS TÊMPORAS ENQUANTO levanto da cama. Preciso desesperadamente da minha própria caixinha de Altoids. Meu corpo inteiro está acabado após horas alternando entre chorar e dormir mal.

Faço um bule de café rapidamente, sento perto do balcão e bebo em silêncio, temendo o dia que está à minha espera. Após um tempo, Kel aparece de pijama e com as pantufas do Darth Vader.

— Bom dia — diz ele, sonolento, pegando uma xícara no secador de louças. Ele se aproxima da cafeteira e coloca café na xícara de Melhor Pai do Mundo.

— O que você acha que está fazendo? — pergunto a ele.

— Ei, você não foi a única a dormir mal. — Kel senta-se no banco do outro lado do balcão. — A quarta série é dure-

---

*Não paro de dizer a mim mesmo/Que vai ficar tudo bem/Impossível deixar todo mundo contente/O tempo inteiro.

za. Tive duas horas de dever de casa — diz ele, aproximando a xícara da boca.

Tiro o café das mãos dele e despejo o conteúdo na minha xícara, depois jogo a caneca no lixo. Vou até a geladeira, pego um suco e coloco na frente dele.

Kel revira os olhos e faz um buraco no topo da embalagem, levando-a até a boca.

— Viu que ontem eles entregaram o resto das nossas coisas? A van da mamãe finalmente chegou. A gente vai ter de desempacotar tudo sozinho, você sabe, né? — comenta, obviamente tentando fazer com que eu me sentisse culpada.

— Vá se arrumar — digo. — Vamos sair em meia hora.

Após eu deixar Kel no colégio, começa a nevar. Espero que Will esteja certo e que a neve vá embora logo. Odeio neve. Odeio o *Michigan*.

Quando chego ao colégio, vou direto à administração. A Sra. Alex está ligando o computador quando me vê e balança a cabeça.

— Deixe eu adivinhar, agora você quer o almoço C?

Devia ter trazido para ela o café de Kel.

— Na verdade, preciso da lista de eletivas do terceiro horário. Quero mudar de turma.

Ela abaixa o queixo e olha para mim por cima dos óculos.

— Você não está na eletiva de Poesia com o Sr. Cooper? É uma das matérias mais populares.

— Exatamente — confirmo. — Quero sair dela.

— Bom, você tem até o fim da semana antes que eu envie seu horário final — diz ela, pegando uma folha e a entregando para mim. — Qual aula você prefere?

Olho para a lista de eletivas disponíveis.
Botânica.
Literatura russa.
Minhas opções são bem limitadas.

— Fico com literatura russa por duzentos, Alex.

Ela revira os olhos e vai colocar a informação no computador. Imagino que já tenha escutado essa piada antes. Ela me entrega mais um novo horário *novo* e um formulário amarelo.

— Peça para o Sr. Cooper assinar isso, devolva antes do terceiro tempo e fica tudo resolvido.

— Ótimo — murmuro ao sair da secretaria.

Depois de encontrar o caminho até a sala de aula de Will, fico aliviada ao ver que a porta ainda está trancada, e as luzes, desligadas. Vê-lo novamente não está na minha lista de tarefas do dia, então decido resolver tudo sozinha. Abro a mochila, pego uma caneta, encosto o formulário amarelo na porta da sala e começo a falsificar a assinatura de Will.

— Isso não é uma boa ideia.

Ao me virar, vejo que ele está atrás de mim com uma bolsa de carteiro pendurada no ombro e as chaves na mão. Meu estômago dá uma reviravolta quando olho para ele. Está usando calça cáqui, com uma camisa preta para dentro. A cor da gravata combina perfeitamente com os olhos verdes, e assim fica difícil não olhar para eles. Ele está com uma aparência tão... *profissional*.

Dou um passo para trás enquanto ele passa por mim e enfia a chave na porta. Ele entra na sala, acende a luz e coloca a bolsa sobre a mesa. Ainda estou perto da porta quando ele faz um gesto indicando para que eu entre.

Espalmo o formulário na mesa, virado para cima.

— Bom, você ainda não tinha chegado, então achei melhor poupá-lo do incômodo — digo, assumindo um tom defensivo para justificar minhas ações. Will pega o formulário e faz uma careta.

— Literatura russa? Foi isso o que escolheu?

— Era isso ou botânica — respondo calmamente.

Will puxa a cadeira e senta. Então pega uma caneta e coloca o papel na mesa, pressionando a ponta do objeto na linha. Mas hesita e a pousa em cima do papel, sem assinar.

— Pensei um bocado ontem à noite... sobre o que você disse — revela ele. — Não é justo que eu peça para você mudar de aula só porque não fico à vontade com isso. Nós moramos a 100 metros de distância um do outro, nossos irmãos estão se tornando melhores amigos. Essa aula, na verdade, vai ser algo bom para nós, vai nos ajudar a descobrir como nos comportar um com o outro. Vamos ter de nos acostumar a isso de qualquer maneira. Além do mais — diz ele, enquanto tira um papel da bolsa e o empurra para a frente em cima da mesa —, está na cara que você vai se sair muito bem no meu curso.

Olho para o teste que tinha feito no dia anterior e ele traz um 10.

— Não me incomodo em mudar de aula — digo, apesar de me incomodar *muito*. — Entendo por que me pediu isso.

— Obrigado, mas daqui pra frente as coisas só vão ficar mais fáceis, não é?

Olho para ele e concordo com a cabeça.

— É, sim — minto.

Ele está completamente errado. Ficar perto dele todo dia com certeza não vai facilitar nada. Mesmo que eu voltasse para o Texas hoje, ainda continuaria perto demais. No entanto, minha mente não consegue pensar em nenhum bom argumento que me convença a mudar de turma.

Ele amassa meu formulário de transferência e o arremessa na lixeira. Erra por cerca de meio metro. Eu o pego ao me aproximar da porta e jogo dentro da lixeira.

— Então, acho que nos vemos no terceiro tempo, Sr. Cooper. — Pelo canto do olho, vejo-o franzir a testa enquanto saio da sala.

Eu me sinto um tanto aliviada. Estava odiando a maneira como as coisas ficaram ontem. Mesmo sabendo que faria de tudo para consertar essa situação constrangedora em que nos metemos, ele ainda consegue, de alguma maneira, fazer com que eu relaxe.

— O que aconteceu com você ontem? — diz Eddie, enquanto vamos para a segunda aula. — Se perdeu de novo?

— Pois é, desculpe. Problemas com a administração.

— Devia ter me mandado uma mensagem — brinca ela em tom sarcástico. — Estava preocupada.

— Ah, desculpe, querida.

— Querida? Está tentando roubar minha garota, é? — Um sujeito que ainda não conheço coloca o braço ao redor de Eddie e a beija na bochecha.

— Layken, esse é Gavin — diz ela. — Gavin, essa é Layken, sua rival.

O cabelo louro de Gavin é quase idêntico ao de Eddie, exceto pelo comprimento. Os dois até parecem irmãos, apesar de os olhos dele serem castanhos, e os dela, azuis. Está vestindo um moletom com capuz preto e calça jeans e, ao tirar o braço do ombro de Eddie para apertar minha mão, percebo uma tatuagem de coração em seu pulso... igual à de Eddie.

— Ouvi falar muito de você — diz ele, estendendo a mão para mim.

Olho para ele com curiosidade, imaginando o que é que ele poderia ter ouvido falar a meu respeito.

— Não, é mentira — admite, sorrindo. — Não ouvi falar nada sobre você. É que normalmente é isso que as pessoas falam quando são apresentadas. — Ele se vira em direção a Eddie e dá mais um beijinho em sua bochecha. — Até o próximo tempo, amor. Preciso ir para a aula.

Fico com inveja deles.

O Sr. Hanson entra na sala e avisa que vai haver um teste de fim de capítulo. Não reclamo quando ele me entrega o teste, e, então, passamos a aula inteira em silêncio.

Enquanto sigo Eddie pelo meio da multidão de alunos, meu estômago começa a dar nós. Já estou me arrependendo de não ter trocado para literatura russa. Não sei como achamos que isso facilitaria as coisas.

Chegamos à sala de Will, e ele está segurando a porta, cumprimentando os alunos à medida que chegam.

— Sr. Cooper, o senhor parece um pouco melhor hoje. Precisa de uma pastilha? — diz Eddie, enquanto vai até sua carteira.

Javi entra e lança um olhar para Will enquanto se acomoda na carteira.

— Tá certo, pessoal — diz Will, fechando a porta atrás de si. — Vocês se saíram bem no teste de ontem. "Elementos da poesia" é uma seção bem entediante, então sei que todos devem estar contentes por termos nos livrado dela. Imagino que vão achar a seção de performance mais interessante, e é nela que vamos ficar o resto do semestre. Poesia de performance parece com a poesia tradicional, mas tem um elemento a mais: a *performance* de fato.

— Performance? — pergunta Javi, desdenhosamente. — Tipo naquele filme sobre os poetas mortos? Em que eles têm que ler baboseiras na frente da sala inteira?

— Não exatamente — diz Will. — Aquilo é só poesia.

— Ele está falando de slam — acrescenta Gavin. — Como fazem lá no Club N9NE às quintas.

— O que é slam? — pergunta uma garota no fundo da sala.

Gavin vira-se para ela.

— É incrível! Eu e Eddie vamos lá às vezes. A pessoa precisa ver para poder entender o que é de verdade — acrescenta ele.

— É uma das formas — diz Will. — Alguém já foi a uma competição de slam?

Alguns alunos erguem as mãos. Eu, não.

— Sr. Cooper, mostre para eles. Recite um dos seus poemas — diz Gavin.

Percebo a hesitação nos olhos de Will. Já notei que ele não gosta de ser colocado numa posição difícil.

— Vamos fazer o seguinte. A gente faz uma troca. Se eu apresentar um dos meus poemas, todo mundo tem de concordar em ir a uma competição no Club N9NE pelo menos uma vez durante o semestre.

Ninguém faz objeções. Eu até gostaria de fazer uma, mas para isso precisaria levantar a mão e falar. Então, fico quieta.

— Nenhuma objeção? Tá certo. Vou apresentar um pequeno poema que escrevi. Lembrem-se, o slam tem a ver com poesia e com performance.

Will fica em pé na frente da sala, olhando para os alunos. Balança os braços e alonga o pescoço para a direita e para a esquerda, tentando relaxar. Quando limpa a garganta, não é como as pessoas fazem quando estão nervosas; é mais como fazem logo antes de gritar.

Expectativas, avaliações, evasões internas
Saem voando de mim como *poças* de *sangue* de uma
ferida
Um feto do *útero* de um *cadáver* numa *tumba*
Murcho e *espargido* como lençóis vermelhos na cama
De um imaculado *quarto.*
Não consigo *respirar,*
Não consigo *ganhar,*
Nesta indelével *posição* em que estou
Isso *controla* a única parte da minha alma infeliz
Que precisa se *defender* sozinha neste buraco oco
Que *cavei* de dentro para fora, feito um *prisioneiro* no
interior de
uma cela *destrancada*, sentado nos *poços* mais profundos
do inferno
Estorvado por *não* estar em seu lugar asfixiante
Ele poderia até abrir a porta, pois não *precisa* de
uma maldita chave
Mas, por outro lado,
Por que é que ele *faria* isso?
O *circunlóquio* é a *sua* revolução.

O silêncio na sala é ensurdecedor. Ninguém fala, ninguém se mexe, ninguém bate palmas. Estamos embasbacados. *Eu* estou embasbacada. Como é que ele espera que passemos a ser apenas amigos se ele continua fazendo coisas assim?

— Pronto — diz ele calmamente ao retornar à cadeira. O assunto do restante da aula foi o slam. Eu me esforço bastante para acompanhar o resto de sua explicação, mas o tempo inteiro estou mais focada no fato de ele não olhar para mim. Nem uma vez.

Ocupo o lugar ao lado de Eddie na hora do almoço. Percebo que um garoto que senta algumas fileiras atrás de mim na aula de Will está vindo em nossa direção. Está equilibrando duas bandejas com o braço esquerdo e, com o direito, a mochila e um pacote de fritas. Ele se acomoda no banco na minha frente e começa a juntar a comida toda numa bandeja só. Depois de terminar, tira uma Coca de dois litros da mochila e coloca na frente dele. Desenrosca a tampa e bebe direto do gargalo. Enquanto dá um longo gole no refrigerante, olha para mim e põe a garrafa de volta na mesa, limpando a boca.

— Vai tomar esse achocolatado, novata?

Faço que sim com a cabeça.

— Por isso comprei.

— E esse pãozinho? Vai comer o pão?

— Também peguei o pão porque quero comer.

Ele dá de ombros, estica o braço para a bandeja de Gavin e agarra outro pão. No mesmo instante, Gavin se vira e tenta atingir a mão dele, mas é tarde demais.

— Cara, Nick! Você nunca vai ganhar cinco quilos até sexta. Desiste disso — diz Gavin.

— Quatro — corrige Nick com a boca cheia de pão. Eddie pega o próprio pão e arremessa para o outro lado da mesa. Nick o agarra no meio do ar e dá uma piscadela para ela. — Sua garota tem fé em mim — diz para Gavin.

— Ele faz halterofilismo. — Eddie me explica. — E precisa ganhar quatro quilos até sexta pra poder competir na sua faixa de peso, mas pelo jeito não vai dar certo.

Com isso, pego meu pão e jogo na bandeja de Nick. Ele pisca para mim e o mergulha num monte de manteiga.

Fico agradecida por Eddie me incluir em seu grupo de amigos com tanta facilidade. Não que eu tivesse escolha; foi algo feito bem à força. No Texas, havia apenas 21 pessoas na turma do meu último ano. Eu tinha amigos, mas, com opções tão restritas, nunca considerei nenhum deles meu melhor amigo ou amiga. Eu passava mais tempo com minha amiga Kerris, mas nem falo com ela desde que mudei. Pelo que sei da Eddie até agora, achei-a bem intrigante, então espero que fiquemos mais próximas.

— Então, há quanto tempo você e Gavin estão juntos? — pergunto para ela.

— Desde o primeiro ano. Eu bati nele com o carro. — Ela olha para ele e sorri. — Foi amor à primeira pancada. E você? — pergunta ela. — Tem namorado?

Queria poder contar a ela sobre Will. Quero contar que, assim que nos conhecemos, senti algo que nunca senti antes por um garoto. Quero falar do nosso primeiro encontro e de como passei a noite inteira com a sensação de que nos conhecíamos há anos. Quero contar sobre a poesia dele, nosso beijo, tudo. E, mais do que tudo, quero contar sobre como foi vê-lo no corredor quando percebemos que nosso destino não estava em nossas mãos. Mas sei que não posso. Não posso contar para ninguém. Então é o que faço. Respondo apenas:

— Não.
— Sério? Não tem? Bom, a gente pode consertar isso — diz ela.
— Não precisa. Não tem nada quebrado.
Eddie ri e vira para Gavin, discutindo possíveis candidatos para sua nova amiga solitária.

O FIM DA semana de aulas finalmente chega, e nunca senti tanto alívio na vida ao sair de um estacionamento. Mesmo sabendo que Will mora do outro lado da rua, sinto-me menos vulnerável dentro da minha casa do que na sala de aula, a meio metro de distância dele. Will conseguiu mesmo passar a semana inteira sem olhar para mim nem sequer um segundo. Não estou dizendo que não fiz meu máximo para ver se ele dava ao menos uma olhadela na minha direção: eu praticamente o encarei o tempo inteiro.

No caminho para casa, faço um desvio para organizar melhor meu plano de passar o fim de semana inteiro sem sair. Ou seja, meu plano de ver filmes e comer besteiras.

Minha mãe está sentada na frente do balcão da cozinha quando cruzo a porta de entrada. Noto pelo olhar severo que ela não está tão feliz assim em me ver. Vou até a cozinha e coloco os filmes e as sacolas com as guloseimas no balcão.

— Vou passar o fim de semana com Johnny Depp — digo, tentando fingir que não percebi o jeito diferente dela. Ela não sorri.

— Hoje levei Caulder para casa — diz ela. — Ele mencionou algo bem interessante.

— Ah, é? Você parece estar doente, mãe. Está gripada? — Tento parecer despreocupada, mas dá para perceber pelo tom de voz que o que ela está querendo dizer na verdade é *"Soube de uma coisa pelo amigo do seu irmão que era para ter sabido por você"*.

— Tem algo para me contar? — pergunta ela, fulminando-me com o olhar.

Tomo um gole d'água da garrafa e sento ao balcão. Eu tinha planejado contar tudo para ela hoje à noite, mas pelo jeito vai acontecer antes disso.

— Mãe. Ia contar para você. Juro.

— Ele é professor do seu colégio, Lake! — Ela começa a tossir e pega um Kleenex, depois se levanta. Após se recompor, abaixa a voz para não atrair a atenção dos garotos de 9 anos que estão por perto. — Não acha que é algo que devia ter mencionado antes que eu deixasse você sair com ele?

— Eu não sabia! *Ele* não sabia! — digo num tom excessivamente defensivo. Ela inclina a cabeça para o lado e revira os olhos como se eu a estivesse insultando.

— O que está fazendo, Lake? Não percebe que ele está criando o irmão? Isso poderia arruinar a...

Nossos olhos disparam para a porta da frente ao escutarmos o carro de Will chegando na entrada de sua casa. Rapidamente vou para a porta da frente, na tentativa de bloqueá-la para que ela me deixe explicar. Mas ela chega primeiro, então saio da casa atrás dela, implorando.

— Mãe, por favor. Deixe eu explicar tudo. *Por favor*.

Ela está chegando na entrada da casa de Will quando ele percebe nós duas voando em sua direção. Sorri assim que vê minha mãe, mas o sorriso desaparece ao perceber que estou logo atrás; ele entende que não é uma visita amigável.

— Julia, por favor — diz ele. — Podemos conversar sobre isso lá dentro?

Ela não responde. Apenas vai em direção à porta da casa dele e entra.

Will olha para mim interrogativamente.

— Seu irmão mencionou que você era professor. Não tive a oportunidade de explicar nada à minha mãe — digo.

Ele suspira, e nós dois entramos relutantemente.

É a primeira vez que entro na casa dele desde que soube da morte de seus pais. Nada mudou, mas, ao mesmo tempo, tudo mudou. Naquele primeiro dia, quando sentei na frente deste balcão, imaginei que tudo nesta casa pertencia aos pais dele; que a situação de Will não era tão diferente da minha. Agora, ao observar atentamente as coisas ao meu redor, passo a ter uma imagem diferente dele. Uma imagem de responsabilidade. De maturidade.

Minha mãe está sentada de forma tensa no sofá. Will caminha em silêncio pela sala e senta na beirada do sofá oposto. Ele se inclina e junta as mãos na frente do corpo, com os cotovelos apoiados nos joelhos.

— Vou explicar tudo — diz ele com um tom de voz sério e respeitoso.

— Sei que vai — responde ela calmamente.

— Em resumo, é o seguinte: imaginei muitas coisas. Achei que ela fosse mais velha. Ela *parecia* mais velha. Quando ela me disse que tinha 18 anos, pensei que estivesse na universidade. Estamos apenas em setembro; a maioria dos alunos não tem 18 anos quando começa o último ano.

— A maioria. Ela fez 18 anos há apenas duas semanas.

— É, eu... Agora eu sei disso — diz ele, lançando um olhar na minha direção.

— Ela não foi para o colégio na primeira semana em que vocês chegaram, então simplesmente supus isso. E, de alguma maneira, o assunto nunca foi mencionado quando estávamos juntos.

Minha mãe começa a tossir novamente. Will e eu esperamos um pouco, mas a tosse aumenta. Ela se levanta e respira fundo algumas vezes. Eu até diria que ela está tendo um ataque de pânico, se não soubesse que está gripando. Will vai até a cozinha e volta com um copo d'água. Ela toma um gole e se vira para a janela da sala de estar que dá vista para o jardim na frente da casa. Caulder e Kel estão lá fora agora; dá para ouvir as risadas deles. Minha mãe vai até a porta principal e a abre.

— Kel, Caulder! Não deitem no meio da rua! — Ela fecha a porta e se volta para nós. — Então me digam, quando é que o assunto *foi* mencionado? — pergunta ela, olhando agora para nós dois.

Não consigo responder. Por algum motivo, na presença dos dois, eu me sinto pequena. Dois adultos discutindo na frente das crianças. É assim que me sinto.

— Nós só descobrimos quando ela apareceu na minha aula — responde Will. Minha mãe olha para mim, e o queixo dela cai.

— Ele é seu *professor*? — Ela olha para Will e repete o que disse. — Você é *professor* dela?

Jesus, isso soa péssimo saindo de sua boca.

Ela se levanta e caminha de um lado para outro da sala enquanto eu e Will damos tempo para que assimile as informações.

— Estão dizendo que vocês não sabiam *nada* sobre isso antes do primeiro dia de aula?

Nós dois confirmamos com a cabeça.

— Bom, e o que diabos vai acontecer agora? — pergunta. Ela está com as mãos nos quadris. Will e eu ficamos em silêncio, torcendo para que ela seja capaz de pensar, como num passe de mágica, na solução que nós dois passamos a semana inteira procurando.

— Bom — responde Will. — Lake e eu estamos fazendo o possível para enfrentar isso um dia de cada vez.

Ela o fulmina com um olhar de acusação.

— *Lake*? Você a chama de Lake?

Will fita o chão e limpa a garganta, incapaz de olhar nos olhos dela.

Minha mãe suspira e senta ao lado de Will no sofá.

— Vocês precisam encarar a gravidade da situação. Eu conheço minha filha, e ela gosta de você, Will. *Muito*. Se você também sentir ao menos uma parte do que ela sente por você, vai fazer tudo que for necessário para se afastar dela. Isso inclui parar com os apelidos. Isso pode colocar em risco sua carreira *e* a reputação dela. — Ela se levanta e vai para a porta da frente, segurando-a para que eu também saia. Ela não ia nos dar a oportunidade de ter um tempo a sós.

Kel e Caulder passam correndo por nós, em direção ao quarto de Caulder. Mamãe observa os dois desaparecerem no corredor.

— Kel e Caulder não precisam ser afetados por isso — diz ela, voltando a atenção para Will. — Sugiro que pensemos em algo agora mesmo para que possamos restringir o contato entre você e Lake ao mínimo.

— Com certeza. Concordo totalmente — diz ele.

— Eu trabalho à noite e durmo de manhã. Se quiser levá-los para a escola, Lake ou eu podemos buscá-los. Para onde eles vão depois disso, podem decidir. Eles parecem gostar de variar entre as duas casas.

— Parece ótimo. Obrigado.

— Ele é um bom garoto, Will.

— É mesmo, Julia. Por mim está ótimo. Não vejo Caulder tão feliz assim desde... — A voz de Will vai diminuindo, e ele não termina a frase. — Julia? — diz ele. — Você vai levar esse assunto ao colégio? Quero dizer, vou entender se achar necessário. Eu apenas gostaria de estar preparado, caso aconteça.

Ela olha para ele, depois para mim, e o encara enquanto fala.

— Não tem nada acontecendo agora que o colégio *precise* saber, tem?

— De maneira alguma. Eu juro — respondo rapidamente. Quero que Will olhe para mim para ver a expressão de desculpa nos meus olhos, mas ele não faz isso. Apenas fecha a porta após sairmos e então não consigo mais segurar a língua. — Por que você *faria* isso? — grito. — Você nem me deu a oportunidade de me explicar! — Saio em disparada pela rua e não olho para trás. Corro para dentro de casa, para o isolamento do meu quarto, onde sei que vou ficar até ela sair para o trabalho.

— Layken, temos algum pacote de refresco em pó? — Kel está na entrada da casa, coberto de neve semiderretida. Não é a coisa mais estranha que já me perguntou na vida, então não falo nada, pego um pacote sabor uva no armário da cozinha e levo para ele.

— Roxo não, precisamos de vermelho — diz ele. Eu tiro o pacote roxo de suas mãos e volto com um vermelho. — Valeu!

Fecho a porta atrás dele, pego uma toalha e coloco em cima dos azulejos da entrada. Não são nem nove da manhã ainda, mas ele e Caulder estão lá fora brincando na neve há mais de duas horas.

Sento ao lado do balcão e termino meu café, fitando a pilha de porcarias que não estou mais tão animada para comer. Esta manhã minha mãe chegou em casa lá pelas sete e meia e foi direto para a cama, onde deve ficar até umas duas da tarde. Ainda estou com raiva dela e não sinto a mínima vontade de lidar com essa situação hoje, então imagino que tenho mais umas cinco horas antes de precisar me trancar no quarto de novo. Pego um filme no balcão e, apesar da minha falta de apetite, um pacote de chocolates. Se existe um homem capaz de me fazer parar de pensar em Will, ele com certeza é Johnny Depp.

No meio do filme, Kel entra pulando na casa, ainda coberto de neve, pega minha mão e começa a me puxar para fora.

— Kel, para! Não vou lá fora! — exclamo.

— Por favor? Só um minutinho. Você tem de ver o boneco de neve que a gente fez.

— Tá bom. Mas me deixe colocar os sapatos, pelo menos.

Assim que coloco a segunda bota, Kel agarra minha mão mais uma vez e me puxa para fora da casa. Continuo deixando Kel me rebocar enquanto protejo meus olhos. Eles demoram um instante para se ajustar ao reflexo da luz do sol na neve.

— E bem aqui. — Escuto Caulder dizendo, mas não para mim. Olho para cima e vejo que Caulder está fazendo com seu irmão o mesmo que Kel está fazendo comigo. Nós dois somos levados até a traseira do jipe, onde eles nos colocam a centímetros de distância, bem na frente da vítima.

Agora entendo porque Kel me pediu suco vermelho. À nossa frente, deitado no chão, debaixo da traseira do meu jipe, está o boneco de neve morto. Os olhos são dois pequenos gravetos torcidos, deixando-o com uma expressão sombria. Seus braços são dois galhos finos, posicionados na lateral do corpo, um deles partido no meio e posicionado debaixo do pneu traseiro. A cabeça e o pescoço têm manchas salpicadas de refresco em pó vermelho que vão formando uma linha até virarem uma poça de neve vermelha a uns trinta centímetros do boneco.

— Foi um acidente terrível — diz Kel, com ar sério, antes de cair na gargalhada com Caulder.

Will e eu olhamos um para o outro, e, pela primeira vez na semana inteira, ele sorri para mim.

— Nossa, preciso da minha câmera — diz ele.

— Vou pegar a minha — digo. Sorrio de volta para ele e volto para dentro. Então, é assim que vai ser daqui pra frente? Conversar por causa de algum pretexto na frente dos nossos irmãos? Evitar um ao outro em público? *Odeio* essa fase de transição.

Quando volto com a câmera, os garotos ainda estão admirando a cena do crime, então tiro algumas fotos.

— Kel, vamos matar agora um boneco de neve com o carro de Will — diz Caulder antes de eles saírem em disparada pela rua.

A tensão é palpável enquanto eu e Will encaramos por um tempo excessivo o boneco de neve na nossa frente, sem saber para onde olhar. Após uns instantes, ele desvia o olhar para a própria casa, para os garotos.

— Sabe, eles têm sorte de ter um ao outro — diz ele baixinho.

Eu analiso a frase e fico imaginando se há algum outro sentido ou se ele estava apenas fazendo uma observação.

— Sim, têm mesmo — concordo.

Nós dois ficamos lá parados, observando-os pegarem mais neve. Will respira fundo e estica os braços por cima da cabeça.

— Bom, é melhor eu voltar lá pra dentro — diz ele. E se vira.

— Will, espere. — Ele se volta para mim novamente e coloca as mãos no bolso, mas não diz nada. — Me desculpe por ontem. Pela minha mãe — digo, fitando o chão entre nós. Não consigo olhá-lo nos olhos por dois motivos. Um, a neve ainda está me cegando. Dois, olhar para ele dói.

— Tudo bem, Layken.

Pelo jeito, nada mais de apelido.

Ele fita o chão onde o "sangue" manchou a neve e a chuta com o sapato.

— Ela está apenas cumprindo seu papel de mãe, sabe. — Ele para e baixa ainda mais o tom de voz. — Não fique com tanta raiva dela. Você tem sorte de tê-la.

Ele se vira mais uma vez e volta para casa. A culpa toma conta de mim enquanto penso em como deve ser para eles dois terem apenas um ao outro enquanto eu fico aqui reclamando do único pai ou mãe que sobrou entre nós quatro. Fico com vergonha por ter mencionado o assunto. Fico com mais vergonha ainda por ter ficado com raiva da minha mãe pelo que ela fez. Foi minha culpa, eu que não conversei com ela antes sobre o assunto. Will tem razão, como sempre. Eu *tenho* mesmo sorte de tê-la.

O CHUVEIRO DA suíte da minha mãe está ligado após a hora do almoço, então esquento as sobras de comida e faço uma xícara de chá para ela. Coloco tudo no lugar em que ela sempre senta e a aguardo. Quando ela finalmente aparece no corredor e vê a comida, me dá um meio sorriso e se acomoda no banco.

— É uma oferta de paz ou você botou veneno na minha comida? — pergunta, colocando o guardanapo no colo.

— Acho que você vai ter de comer para descobrir.

Ela me olha cautelosamente, leva um pouco da comida à boca e fica mastigando um instante. Depois de ver que ainda está viva, come mais um pouco.

— Desculpe, mãe. Devia ter conversado com você antes. É que estava muito chateada.

Ela olha para mim com pena, então eu me viro na outra direção e ocupo minhas mãos com a louça.

— Lake, sei o quanto gosta dele, sei mesmo. Eu gosto dele também. Mas, como disse ontem, isso não pode acontecer. Você precisa me prometer que não vai fazer nenhuma idiotice.

— Eu juro, mãe. Ele deixou bem claro que não quer nada comigo, então não precisa se preocupar.

— Espero que não — diz ela, enquanto continua comendo.

Termino de lavar a louça e volto para a sala para continuar meu namoro com Johnny.

6.

Your heart says not again
What kind of mess have you got me in?
But when the feeling's there
It can lift you up and take you anywhere. *

— THE AVETT BROTHERS, "LIVING OF LOVE"

AS SEMANAS SEGUINTES PASSAM VOANDO À MEDIDA QUE O dever de casa aumenta, assim como meu isolamento na aula de Will. Não nos falamos desde o dia em que o boneco de neve foi assassinado. Também não trocamos olhares desde então. Ele está me evitando como se eu fosse uma praga.

Não tenho me adaptado tão bem ao Michigan. Talvez tudo que aconteceu com Will tenha dificultado ainda mais o processo de mudança. Só tenho vontade de dormir o tempo inteiro. Acho que é porque, quando durmo, a dor não é tão grande.

Eddie continua falando em possíveis candidatos para ocupar a vaga de namorado na minha vida, mas eu rejeitei todos. Na aula de Will, ela até trocou de lugar com Nick, na esperança de que algo aconteça entre nós.

---

*O seu coração diz: de novo, não/Em que tipo de confusão você me meteu?/Mas quando tem sentimento/Ele consegue levar você para qualquer lugar.

Não vai acontecer nada.

— Ei, Layken — diz Nick sorrindo, enquanto senta em seu novo lugar, perto de mim. — Tenho mais uma piada pra você. Quer ouvir?

Só na última semana, tive de aguentar Nick contando pelo menos três piadas por dia sobre o Chuck Norris. Ele presume, erroneamente, que, como sou do Texas, devo ser obcecada com o programa *Walker, Texas Ranger*.

— Claro. — Não tento mais impedi-lo de ter esse privilégio; não adianta.

— Chuck Norris abriu uma conta no Gmail hoje. O endereço é gmail@chucknorris.com.

Demoro um segundo para entender. Costumo entender piadas rapidamente, mas minha cabeça tem estado meio preguiçosa ultimamente, por um bom motivo.

— Engraçado — respondo para deixá-lo contente.

— Chuck Norris contou até o infinito. Duas vezes.

Por mais que não estivesse com vontade de rir, acabei rindo. Nick me irritava um pouquinho, mas a ignorância dele era cativante.

Quando Will entra na sala, seus olhos disparam na direção de Nick. Apesar de nem assim ele olhar para mim, é bom imaginar que tem um pouquinho de ciúme se acumulando dentro dele. Ultimamente, toda vez que Will entra na sala, faço questão de dar mais atenção a Nick. Odeio esse novo desejo que tomou conta de mim, esse desejo de causar ciúmes em Will. Sei que preciso parar antes que Nick fique imaginando coisas, mas não consigo. Sinto como se esse fosse o único aspecto de toda essa situação sobre o qual tenho alguma forma de controle.

— Peguem seus cadernos, hoje vamos fazer poesia — diz Will ao sentar-se em sua mesa. Metade da sala geme. Escuto Eddie aplaudindo.

— Pode ser em dupla? — pergunta Nick. Ele começa a aproximar a carteira da minha.

Will o fulmina com o olhar.

— Não.

Nick dá de ombros e volta a carteira para o lugar de antes.

— Cada um de vocês precisa escrever um pequeno poema, que será apresentado amanhã na frente da turma.

Começo a fazer anotações sobre o dever, sem querer observá-lo enquanto fala. Ficar nessa aula foi uma péssima ideia. Não consigo me concentrar em nada do que ele diz. Fico imaginando o tempo inteiro o que está se passando na sua cabeça, se ele está pensando em nós, o que faz em casa à noite. Mesmo na minha casa, só consigo pensar nele. A toda oportunidade que tenho, termino olhando para o outro lado da rua. Sinceramente, acho que, se eu tivesse mudado de turma, não teria feito muita diferença. Eu apenas iria para casa correndo para contemplar o momento que ele chegasse em casa. Este jogo que estou fazendo comigo mesma é exaustivo. Queria ser capaz de encontrar uma maneira de exterminar o que sinto por ele. Ele parece ter deixado tudo para trás com bastante facilidade.

— Vocês só precisam ter umas dez frases para a apresentação de amanhã. Podemos desenvolver o resto durante as próximas semanas, assim vão se preparando para a competição de slam — diz Will. — E não pensem que esqueci. Até agora ninguém foi assistir. Nós fizemos um acordo.

A turma inteira começa a protestar.

— O acordo não foi esse! Você disse que a gente só precisava observar. Agora vamos ter de nos apresentar? — diz Gavin.

— Não. Bem, tecnicamente não. Todo mundo aqui é obrigado a comparecer a, pelo menos, uma competição. Vocês não são obrigados a se apresentar; quero apenas que observem. Entretanto, existe a possibilidade de a pessoa ser escolhida para ser o sacrifício, então não custa ter algo pronto.

Vários alunos perguntam simultaneamente o que é ser o sacrifício. Will explica o termo e que qualquer um pode ser escolhido aleatoriamente. Portanto, ele quer que todos tenham um poema pronto antes de comparecer, só para garantir.

— E se quisermos nos apresentar? — pergunta Eddie.

— Vamos fazer o seguinte. Mais um acordo. Quem quiser participar da competição de slam por vontade própria não precisa fazer a prova final.

— Ótimo, eu topo — diz Eddie.

— E se a gente não for? — pergunta Javi.

— Aí você vai deixar de ver algo fantástico. E vai tirar um zero em participação — responde ele.

Javi revira os olhos e geme em resposta.

— E, então, sobre o que a gente pode escrever? — pergunta Eddie.

Will vai para a frente de sua mesa e senta-se a apenas centímetros de mim.

— Não existem regras, pode escrever sobre o que você quiser. Amor, comida, seu hobby, algo importante que aconteceu na sua vida. Pode escrever sobre o quanto você odeia seu professor de poesia. Use qualquer coisa, contanto que seja algo que realmente mexa com você, que emocione. Se a plateia não sentir sua empolgação, eles não vão sentir quem você é. E isso nunca é divertido, acreditem em mim — diz ele, como se estivesse falando por experiência própria.

— E sexo? Podemos escrever sobre sexo? — pergunta Javi. É óbvio que ele está tentando irritá-lo. Will permanece calmo.

— Qualquer coisa. Contanto que seus pais não tenham problema com isso.

— E se eles não deixarem a gente ir? Afinal, é numa boate — pergunta um aluno lá de trás.

— Eu compreendo se eles tiverem objeções. Se o pai ou a mãe de alguém não se sentir à vontade, posso conversar e explicar. Também não quero que transporte seja um problema. A boate é um pouco longe, então se isso for uma questão, pego algum veículo do colégio. Qualquer que seja o obstáculo, a gente dá um jeito. Sou realmente apaixonado por slam e acho que não serei digno de ser professor de vocês se não permitir que tenham a oportunidade de presenciar isso ao vivo e em cores.

"Durante a semana eu respondo sobre a tarefa do fim do semestre. Agora vamos voltar à tarefa de hoje. Vocês têm a aula inteira para terminar o poema. As apresentações começam amanhã. Ao trabalho."

Abro o caderno e o coloco em cima da mesa. Fico olhando para ele, sem ter a mínima ideia do que escrever. Ultimamente, só tenho pensado em Will, e eu nunca escreveria um poema sobre ele.

Quando a aula chega ao fim, a única coisa que está escrita no papel é meu nome. Olho para Will, que está sentado à sua mesa, mordendo o canto do lábio inferior. Seus olhos estão concentrados na minha carteira, no poema que ainda tenho de escrever. Ele olha para cima e vê que o estou observando. É a primeira vez que olhamos nos olhos um do outro em três semanas. Surpreendentemente, ele não desvia o olhar no mesmo instante. Se tivesse ideia do quanto essa mania de morder o lábio mexe comigo, pararia. A intensidade em seus olhos me faz corar, e, de repente, um calor toma conta da sala. Seu olhar continua firme até o sinal tocar. Ele se levanta, vai até a porta e a segura para que os alunos saiam. Imediatamente, guardo o caderno e jogo a mochila sobre o ombro. Não olho para ele ao sair da sala, mas consigo sentir que ele está me observando.

Bem quando estava começando a achar que ele tinha se esquecido de mim, ele vai e faz algo desse tipo. Passo o resto do dia extremamente quieta, tentando interpretar suas ações. Termino chegando a apenas uma conclusão: ele está tão confuso quanto eu.

FICO ALIVIADA AO sentir o sol quente no rosto enquanto caminho em direção ao jipe. O tempo estava incrivelmente frio no início de outubro. A previsão é de que as duas próximas semanas sejam um bom descanso da neve antes que o inverno comece de verdade. Coloco a chave na ignição e giro.

Nada acontece.

Ótimo, meu jipe morreu. Não tenho ideia do que estou fazendo, mas abro o capô do carro e dou uma olhada. Tem um monte de fios e de metal; é tudo que sei do ponto de vista mecânico. Sei como é uma bateria, então pego o pé de cabra na mala e dou uma leve pancada nela. Depois de mais uma tentativa fracassada de ligar o carro, volto a bater, dessa vez mais forte, até praticamente dar a maior surra na bateria por pura frustração.

— Isso não é uma boa ideia. — Will se aproxima de mim, com a alça da bolsa atravessada no peito, parecendo muito mais um professor do que o Will.

— Você já deixou claro que acha que muito do que faço não é uma boa ideia — digo, enquanto volto minha concentração para debaixo do capô.

— Qual é o problema, não quer pegar? — Ele se inclina para a frente e começa a mexer nos fios.

Não entendo o que ele está fazendo. Num instante, diz que não quer falar comigo em público, no outro, fica me encarando na aula, e agora está debaixo do meu capô tentando me ajudar. Não sou muito fã de inconstâncias.

— O que está fazendo, Will?

Ele sai de baixo do capô e inclina a cabeça para mim.

— O que parece que estou fazendo? Estou tentando descobrir o que tem de errado com seu jipe. — Ele vai até o lado do motorista e tenta ligar o motor. Vou atrás dele.

— Quero dizer, *por que* está fazendo isso? Você deixou bem claro que não quer que eu fale com você.

— Layken, você é uma aluna que está encalhada no meio do estacionamento. Não vou simplesmente entrar no carro e ir embora.

Sei que o fato de ele se referir a mim como aluna não foi um insulto, mas realmente pareceu um. Ele percebe que escolheu mal as palavras e suspira ao sair do carro e olhar novamente para o capô.

— Escute, não foi o que quis dizer — diz ele, mexendo em outros fios.

Eu me inclino para perto do motor com ele e continuo argumentando.

— É só que tem sido tão difícil, Will. Para você foi tão fácil aceitar e deixar isso no passado. Mas para mim, não foi. É a única coisa em que consigo pensar.

Will segura a beirada do capô com as mãos e vira a cabeça em minha direção.

— Você acha que é fácil para mim? — sussurra ele.

— Bom, você passa essa impressão.

— Lake, nada a respeito dessa situação tem sido fácil. Para mim, é uma luta diária ter de vir trabalhar sabendo que é exatamente por causa desse trabalho que não estamos juntos. — Ele fica de costas para o carro e se apoia nele. — Se não fosse por Caulder, eu teria pedido demissão no primeiro dia em que a vi no corredor. Eu poderia ter tirado um ano sabático... Esperado até você se formar para voltar. — Ele se vira para mim, com a voz mais baixa do que antes. — Acredite em mim, pensei em todas as alternativas possíveis. Como você acha que me sinto, sabendo que é por minha causa que você está sofrendo? Que é por minha causa que está tão triste?

A sinceridade na voz dele é surpreendente. Eu não fazia ideia.

— Eu... Desculpe. Só achei que... — Will me interrompe no meio da frase e volta para o carro.

— Sua bateria está bem, pelo jeito o problema é com o alternador.

— O carro não quer pegar? — pergunta Nick, aproximando-se de nós, o que explica a mudança repentina no comportamento de Will.

— Não, o Sr. Cooper acha que preciso de um alternador novo.

— Que chato — diz Nick, enquanto olha mais de perto.
— Posso te dar uma carona, se precisar.

Eu começo a recusar, mas Will me interrompe.

— Seria ótimo, Nick — diz Will, enquanto fecha o capô.

Lanço um olhar para Will, que ignora meu protesto silencioso e se afasta, deixando-me sozinha com Nick e sem nenhuma outra opção de carona.

— Meu carro está aqui — diz Nick, indo em direção ao veículo.

— Deixe eu pegar minhas coisas primeiro. — Alcanço a mochila, e minha mão não encontra nada na ignição. Will deve ter levado minhas chaves por engano. Deixo a porta destrancada, caso ele não esteja com elas. Não quero acrescentar a conta de um chaveiro às nossas dívidas já tão grandes.

— Nossa. Que carro legal — digo, chegando ao carro de Nick. É um carro esportivo preto e pequeno. Não sei qual é o modelo, mas não tem nenhuma manchinha de sujeira.

— Não é meu — diz ele, enquanto entramos. — É do meu pai. Ele me deixa usá-lo quando não está trabalhando.

— Continua sendo legal. Você se incomoda se passarmos na Chapman Elementary? Para eu buscar meu irmão.

— Sem problemas — diz ele, virando à esquerda no estacionamento.

— E então, novata. Já está com saudade do Texas? — Apesar de já ter passado um mês, ele ainda me chama de novata.

— Hum-hum — respondo sucintamente.

Ele tenta puxar mais papo, mas trato as perguntas como se fossem retóricas, apesar de não serem. Não consigo parar de pensar nas coisas que Will disse antes de Nick nos interromper. Ele percebe que não estou a fim de conversar e aumenta o volume do rádio.

Paramos na escola de Kel e saio do carro para que ele me veja, pois não estou no jipe. Quando me avista, vem correndo em minha direção, com Caulder logo atrás.

— Ei, cadê seu jipe?

— Não quis ligar. Entra, Nick vai dar uma carona pra gente.

— Ah. Bom, é pro Caulder voltar com a gente hoje.

Abro a porta traseira enquanto os dois entram no pequeno banco de trás. Imediatamente começam a soltar *oohs* e *aahs* de admiração. O resto do curto caminho foi tomado por comparações entre Transformers e o carro de Nick. Ao chegarmos em casa, os dois saltam e correm lá para dentro. Agradeço e vou atrás dos garotos em direção à casa, então escuto Nick abrir a porta do carro.

— Layken, espera — chama Nick.

Argh. Quase me livrei. Eu me viro e vejo que ele está parado na entrada da minha casa, parecendo nervoso.

— Daqui a uns dias, Eddie, Gavin e eu vamos ao Getty's. Quer vir com a gente?

Eu não devia ter dado em cima do Nick tão abertamente. Sinto-me culpada, sabendo muito bem que mandei sinais errados para ele.

— Não sei. Tenho de ver com minha mãe. Amanhã eu respondo, tá? — Vejo a esperança tomar conta de seus olhos e me arrependo de não ter recusado de uma vez. Não quero alimentar falsas esperanças mais do que já fiz.

— Tá bom. Amanhã. Até mais — diz Nick.

Quando entro em casa, Kel e Caulder estão sentados ao lado do balcão, fazendo o dever de casa.

— O que é isso, Caulder, está morando com a gente agora, é? — Ele olha para mim com os grandes olhos verdes, parecidos com os de Will.

— Posso ir pra casa, se você quiser.

— Não. Estava brincando. Gosto de quando você está aqui; assim este pentelho aqui me deixa em paz. — Aperto os ombros de Kel, vou para a cozinha e pego algo para beber.

— Então, esse tal de Nick é seu namorado? Achei que meu irmão é que ia ser seu namorado.

Caulder me pega de surpresa com essa observação, fazendo o suco borrifar para fora da minha boca.

— Não, nenhum deles é meu namorado. Seu irmão e eu somos apenas amigos, Caulder.

— Mas Layken. — Kel dá um sorriso malicioso para Caulder. — Eu vi vocês dois se beijando naquela noite, quando chegaram. Na entrada de casa. Eu estava vendo da janela do meu quarto.

Meu coração salta até a garganta. Eu me aproximo e coloco as mãos com firmeza no balcão na frente deles.

— Kel, nunca mais repita o que acabou de dizer. Está ouvindo? — Os olhos dele se arregalam, e ele e Caulder se recostam nas cadeiras enquanto eu me inclino para a frente por cima do balcão. — Estou falando sério. Você não viu o que acha que viu. Will pode se meter na maior encrenca se você repetir o que acabou de dizer. É sério.

Os dois concordam com a cabeça enquanto me afasto e vou em direção ao meu quarto. Tiro o caderno da bolsa e me jogo na cama para começar o dever de casa, mas não consigo. Fico distraída só de pensar em algum boato sobre nós dois se espalhando. Por mais que odeie o fato de não podermos ficar juntos, odiaria mais ainda se ele fosse demitido. Ele precisa do emprego. Will tinha apenas um ano a mais do que tenho agora quando seus pais morreram, e praticamente teve de se transformar em pai. Quanto mais penso nisso, mais culpada me sinto por ter sido tão dura com ele e com a decisão que tomou. A dor que sinto por não estarmos juntos não é nada em comparação ao que Will deve estar passando. Sinto-me cada vez menos como uma pessoa igual a Will e cada vez mais como sua aluna.

Decido me dedicar ao poema que ainda preciso começar, mas, depois de meia hora, ainda estou olhando para uma página em branco, e minha mãe entra no quarto.

— Onde está seu jipe?

— Ah, esqueci de avisar. Ele não está ligando. Problema no alternador, algo assim. Está estacionado no colégio.

— Como é que você se esqueceu de me dizer isso? — diz ela, obviamente frustrada.

— Desculpe. Você estava dormindo quando cheguei. Sei que passou a semana doente, então não quis acordá-la. — Ela suspira e senta na minha cama.

— Não sei quando vou ter tempo de mandá-lo para o conserto. Vou trabalhar nos próximos dias. Você se incomoda de deixá-lo no colégio por uns dias até eu poder resolver isso?

— Amanhã eu pergunto. Duvido que eles sequer percebam que o jipe está lá.

— Tá certo. Bom, tenho de ir para o trabalho. — Ela se levanta para ir embora.

— Espera. Seu turno só começa daqui a algumas horas.

— Preciso resolver umas coisas — responde rapidamente. Ela fecha a porta, me deixando sozinha e duvidando da veracidade de sua resposta.

Estou secando o cabelo quando tenho a impressão de escutar a campainha. Desligo o secador e fico prestando atenção por um instante, até que ela toca novamente.

— Kel, atende a porta! — grito, enquanto visto a calça de moletom. Prendo meu cabelo ainda molhado com um elástico e o dobro no topo da cabeça enquanto visto uma regata. A campainha toca novamente.

Vou até a porta da frente e dou uma olhada pelo olho mágico. Will está lá fora com os braços cruzados, encarando o chão. Ao vê-lo, meu coração para de bater, e eu me viro para conferir meu reflexo no espelho da entrada. Claro que parece que acabei de sair do banho. Pelo menos, não estou com as pantufas de Kel. Argh! Para que me preocupar com isso?

Abro a porta e faço um gesto para que ele entre. Ele se aproxima o suficiente para que eu consiga fechar a porta, mas não mais do que isso.

— Eu só vim buscar Caulder. É hora do banho.

Os braços dele ainda estão cruzados, e ele fala de uma maneira seca. Interpreto isso como um sinal de que não vou escutar mais nenhuma confissão sua agora, então digo para ele me dar um instante enquanto vou buscar Caulder. Vejo no quarto de Kel, no da minha mãe, e até no meu, até não ter mais quartos para checar.

— Eles não estão aqui, Will — digo, voltando para a sala.

— Bom, eles têm de estar. Não estão na minha casa. — Ele percorre o corredor e confere os quartos enquanto chama os garotos. Abro a porta de trás, acendo a luz externa e dou uma rápida olhada no pequeno quintal.

— Não estão aqui atrás — digo quando nos encontramos de novo na sala.

— Vou olhar na minha casa outra vez — diz ele.

Will atravessa a rua, e vou atrás dele. Está escuro, e a temperatura diminuiu em relação ao começo do dia. Fico cada vez mais preocupada enquanto nos aproximamos da casa de Will. Sei que Kel e Caulder não estariam fora de casa a essa hora da noite. Se não estão em nenhuma das duas casas, não sei onde poderiam estar.

Will dá uma olhada rápida na casa inteira. Não me sinto à vontade para andar por ela, pois nunca fui além do corredor, então fico parada perto da porta, esperando.

— Eles não estão aqui — diz ele, incapaz de disfarçar a incerteza na voz. Imediatamente fico boquiaberta, percebendo a seriedade da situação. Will consegue ver o medo nos meus olhos e coloca os braços ao meu redor. — A gente vai encontrá-los. Eles devem apenas estar brincando em algum canto. — Ele me reconforta só por um instante e logo está saindo da casa mais uma vez. — Vá ver no quintal; depois nos encontramos aqui na frente — diz ele.

Nós dois gritamos os nomes dos garotos enquanto o pânico toma conta do meu peito. Me lembro da vez em que estava tomando conta de Kel quando ele tinha 4 anos e achei que o tinha perdido. Procurei na casa inteira por vinte minutos, e acabei tendo uma crise de choro e ligando para minha mãe. No mesmo instante, ela chamou a polícia, que chegou em questão de minutos. Ainda estávamos procurando quando ela finalmente chegou em casa. Ao passar pela porta, o pânico em seus olhos me atingiu e nós duas começamos a chorar. Depois de procurar por mais de quinze minutos, um policial encontrou Kel dormindo em cima das toalhas dobradas no armário do banheiro. Aparentemente ele estava se escondendo de mim e pegou no sono.

Espero sentir esse mesmo alívio enquanto procuro no quintal de Will, mas eles não estão aqui. Dou a volta pela lateral da casa e vejo Will na entrada, olhando para dentro do carro. Quando ele me vê correndo em sua direção, seu dedo vai até a boca, indicando para que eu ficasse quieta. Olho para o chão do banco de trás, onde Kel e Caulder estão encolhidos, com os dedos em forma de revólveres; os dois estão dormindo.

Eu suspiro, aliviada.

— Eles seriam péssimos policiais — sussurra ele.

— Pois é, com certeza.

Nós dois continuamos parados, encarando nossos irmãozinhos. O braço de Will cerca meu corpo, e ele dá um aperto rápido nos meus ombros. Mas o abraço não demora nada, então percebo que foi apenas um gesto expressando alívio por nossos irmãos estarem em segurança.

— Ei, antes de acordá-los, estou com uma coisa sua lá dentro. — Ele vai em direção à casa, então vou atrás dele até a cozinha.

Meu coração ainda está disparado no peito, apesar de eu não saber se é resultado da busca pelos nossos irmãos ou se é simplesmente por estar na presença de Will.

Ele tira algo da bolsa e me entrega.

— Suas chaves — diz, colocando-as na minha mão.

— Ah, obrigada — agradeço, um tanto desapontada. Não sabia o que estava esperando que ele me desse, mas fiquei sonhando que talvez fosse sua carta de demissão.

—Agora ele está funcionando. Amanhã você já deve poder voltar para casa com ele. — Ele vai para o sofá e senta.

— O quê? Você consertou? — digo.

— Bom, *eu* não consertei. Conheço um cara que conseguiu colocar um alternador novo agora à tarde.

Sua confissão no estacionamento me volta à cabeça. Por alguma razão, duvido que ele fosse mandar colocar um alternador novo no carro de algum outro aluno.

— Will, não precisava — digo, enquanto sento ao lado dele no sofá. — Mas agradeço. Vou pagar de volta.

— Não se preocupe. Vocês têm me ajudado muito com Caulder ultimamente; é o mínimo que posso fazer.

E, mais uma vez, fico sem saber o que dizer em seguida. Parece aquele primeiro dia em que eu estava nesta mesma cozinha, contemplando o que devia fazer enquanto ele me ajudava com o curativo. Sei que devia me levantar e ir embora, mas gosto de ficar aqui ao lado dele. Mesmo sabendo que estou devendo uma a ele, de novo. De alguma maneira, encontro coragem para falar novamente.

— E, então, podemos terminar a nossa conversa de antes? — digo. Ele se ajeita no sofá e coloca os pés na mesinha à nossa frente.

— Depende — diz ele. — Você arranjou alguma solução?

— Bem, não — respondo, no mesmo instante em que uma possível solução brota na minha mente. Encosto a cabeça no sofá e humildemente sugiro a ideia que tive. — Imagine que esses nossos sentimentos só fiquem cada vez mais... complexos. — Paro por um momento. Não sei como ele vai reagir, então vou falando aos poucos. — Eu não teria problemas em fazer um supletivo.

— Isso é ridículo — diz ele, olhando para mim com ar severo. — Nem pense nisso. Você não pode abandonar o colégio de jeito nenhum, Lake.

E, então, passei a ser *Lake* de novo.

— Foi só uma ideia.

— Bem, foi uma ideia idiota.

Ficamos pensando em silêncio, sem nenhum dos dois falar em outra solução. Minha cabeça ainda está apoiada no sofá enquanto o observo. As mãos dele estão entrelaçadas atrás da cabeça, e ele está fitando o teto. Seu maxilar está tenso, e ele está estalando as juntas, distraído.

Ele não está mais com as roupas do trabalho. Em vez disso, veste uma camiseta branca colada e uma calça de moletom cinza que é quase idêntica à minha. Pela primeira vez na noite, percebo que o cabelo dele está molhado. Não fico tão perto assim dele há semanas; já estava começando a me esquecer de seu cheiro. Inspiro e sinto o perfume da loção pós-barba. É o mesmo cheiro que tem o ar do Texas antes da chuva.

Tem um restinho de creme de barbear bem abaixo de sua orelha esquerda. Minha mão instintivamente vai até seu pescoço e limpa. Ele se mexe e vira na minha direção, então levanto o dedo defensivamente, como se quisesse mostrar o motivo pelo qual o toquei. Ele puxa minha mão e esfrega meu dedo em sua camisa, tirando o excesso do creme de barbear.

Nossas mãos param em seu peito, e continuamos olhando um para o outro em silêncio. Minha palma está bem em cima de seu coração; dá para senti-lo batendo rapidamente contra ela. Sei que esse contato entre nós é errado, mas sinto como se fosse incrivelmente certo.

Ele deixa que minha mão fique em seu peito enquanto ela sobe e desce no ritmo de sua respiração. A expressão em seus olhos é a mesma de quando ele estava me observando na sala hoje mais cedo. Mas, desta vez, a reação física que sinto é mais intensa e sou obrigada a me esforçar para controlar a vontade imensa que tenho de me aproximar e beijá-lo. Já faz mais de um mês que estava querendo conversar com Will assim. Quando ele começou a fingir que eu não existia, eu ainda tinha muitas coisas a dizer. Estou com medo de que, assim que eu sair dessa casa, o isolamento volte, então decido dizer a ele o que queria dizer há semanas.

— Will? — sussurro. — Eu vou esperar por você... até me formar.

Ele solta o ar e fecha os olhos, alisando a parte de trás da minha mão com o polegar.

— É muito tempo, Lake. Muita coisa pode acontecer em um ano. — Com a palma da mão, consigo sentir sua pulsação acelerando.

Não sei o que toma conta de mim, mas eu me aproximo e viro seu rosto em direção ao meu. Só precisava que ele olhasse para mim.

Seus olhos não encontram os meus. Eles se direcionam para a mão dele, que sobe pelo meu braço lentamente. As mesmas sensações que percorreram meu corpo na primeira noite em que nos beijamos voltam de uma só vez. Estava com tanta saudade do seu toque.

Ele leva a mão para o meu ombro e desliza os dedos por debaixo da alça da minha camisa, lentamente percorrendo a beirada. Seus movimentos são lentos e metódicos. Ele tira as pernas da mesa à sua frente e vira o corpo na minha direção. A expressão em seu rosto é de confusão, mas lentamente ele se aproxima e pressiona os lábios contra meu ombro. Coloco as mãos na parte de trás de seu pescoço e inspiro. Sua respiração fica mais pesada enquanto os lábios percorrem lentamente meu ombro em direção ao pescoço. A sala começa a girar, então fecho os olhos. Seus lábios chegam até meu queixo e se aproximam da minha boca. Quando eu o sinto se afastar, abro os olhos e vejo que está me observando. Há um breve momento de hesitação em seus olhos logo antes de os lábios cobrirem os meus.

No passado, os beijos dele foram bem delicados e suaves. Mas agora ele parece estar com uma espécie diferente de desejo. Desliza as mãos por debaixo da minha camisa e segura minha cintura. Eu retribuo os beijos com a mesma paixão febril. Passo as mãos em seus cabelos e o puxo para perto de mim enquanto deito no sofá. Assim que ele começa a acomodar o corpo em cima do meu, seus lábios se afastam e ele se senta novamente.

— Precisamos parar — diz ele. — Não podemos fazer isso. — Ele aperta os olhos até fechá-los e apoia a cabeça no sofá.

Sento novamente e ignoro o que ele disse, fazendo minhas mãos deslizarem por cima de seu pescoço e cabelo. Pressiono os lábios nos dele e subo em seu colo. As mãos dele envolvem minha cintura novamente, e ele me puxa para perto do seu corpo, retribuindo o beijo com mais intensidade do que antes.

Ele tem razão; eles ficam cada vez melhores.

Minhas mãos encontram a parte de baixo de sua camisa, e eu a puxo para cima. Nossos lábios se separam por um breve instante, para a camisa passar entre nós. Coloco as mãos em seu peito e percorro os contornos de seus músculos enquanto continuamos a nos beijar. Ele agarra meus braços e me empurra no sofá. Fico esperando que encontre minha boca novamente, mas, em vez disso, ele se afasta de mim e se levanta.

— Layken, levante-se! — ordena. Ele agarra minha mão e me ergue do sofá.

Eu me levanto, ainda absorta pelo momento, incapaz de recobrar o fôlego.

— Isso... isso não pode acontecer! — Ele também está tentando recobrar o fôlego. — Sou seu professor agora. Tudo mudou. Não podemos fazer isso.

Que hora péssima para dizer isso. Estou com os joelhos fracos, então sento de novo no sofá.

— Will, eu não vou contar nada, juro. — Não queria que ele se arrependesse do que tinha acabado de acontecer entre nós. Por um instante, pareceu que tudo estava no lugar certo. Agora, segundos depois, estou confusa outra vez.

— Desculpe, Layken, mas não é certo — diz ele, andando de um lado para o outro. — Isso não é bom para nenhum de nós. Não é bom para *você*.

— Você não sabe o que é bom para mim — retruco. Estou ficando na defensiva mais uma vez. Ele para de andar e vira em minha direção.

— Você não vai esperar por mim. Não vou deixar que abdique do que deve ser o melhor ano de sua vida. Eu precisei crescer rápido demais; não vou deixar que aconteça o mesmo com você. Não seria justo. Não quero que espere por mim, Layken.

A mudança em seu comportamento e a maneira como meu nome inteiro sai de sua boca faz o oxigênio da sala diminuir. Fico tonta.

— Não vou abdicar de *nada* — respondo com voz fraca. Teria gritado se tivesse conseguido juntar energia suficiente.

Ele pega a camisa e a veste por cima da cabeça enquanto se afasta de mim. Vai para o lado oposto da sala e fica atrás do outro sofá. Então se apoia no encosto e deixa a cabeça cair entre os ombros, evitando olhar para mim mais uma vez.

— Minha vida é feita de responsabilidades. Pelo amor de Deus, eu estou criando um *garotinho*. Não seria capaz de colocar suas necessidades em primeiro lugar. Caramba, eu não seria capaz de colocá-las nem em *segundo* lugar. — Ele ergue a cabeça lentamente e volta a olhar para mim. — Você merece mais do que ficar em terceiro lugar.

Eu me aproximo dele e me ajoelho no sofá, à sua frente, colocando as mãos em cima das dele.

— Suas responsabilidades *devem* vir antes de mim, e é por isso que quero esperar por você, Will. Você é uma pessoa boa. Essa característica que você está chamando defeito... é por causa dela que estou me apaixonando por você.

As últimas palavras saem como se eu tivesse perdido o resto de controle que tinha sobre mim mesma. Mas não me arrependo de dizê-las.

Ele tira as mãos das minhas e as coloca firmemente nas laterais do meu rosto. Olha direto nos meus olhos.

— Você não está se apaixonando por mim — diz, como se fosse uma ordem. — Você *não pode* se apaixonar por mim.

— Seus olhos estão sérios, e a mandíbula volta a ficar tensa. Sinto as lágrimas se acumulando nos olhos enquanto ele me solta e vai em direção à porta da frente. — O que aconteceu hoje... — Ele aponta para o sofá. — Não pode acontecer de novo. Não *vai* acontecer de novo — diz ele, como se não estivesse tentando convencer só a mim.

Depois de sair, ele bate a porta, e eu fico sozinha na sala. Minhas mãos apertam minha barriga; sinto a náusea aumentar. Receio que, se não me acalmar logo, não vou conseguir ficar em pé tempo o suficiente para sair da casa. Inspiro pelo nariz e solto o ar pela boca, depois começo a contar de trás para frente, a partir de dez.

É uma técnica para relaxar que aprendi com meu pai quando era mais nova. Eu costumava ter o que meus pais chamavam de "excessos emocionais". Meu pai colocava os braços ao meu redor e me apertava o máximo possível enquanto contávamos. Às vezes, eu fingia ter um chilique só para ele me apertar. Eu daria qualquer coisa para sentir mais uma vez o abraço de papai agora.

A porta da frente se abre e Will entra carregando Caulder, que dorme em seus braços.

— Kel acordou; ele está indo para casa. É melhor você ir também — diz baixinho.

Eu me sinto completamente envergonhada. Envergonhada pelo que acabou de acontecer entre nós e pelo fato de ele estar fazendo eu me sentir desesperada, *mais fraca* do que ele. Pego as chaves na mesinha e vou em direção à porta, parando na frente dele.

— Você é um *babaca* — digo. Então me viro e vou embora, batendo a porta com força ao sair.

Assim que entro no quarto, me jogo na cama e choro. Apesar de ser uma coisa negativa, finalmente tenho a inspiração para o poema. Pego uma caneta e começo a escrever enquanto enxugo as lágrimas que mancharam o papel.

7.

You can't be like me
But be happy that you can't
I see pain but I don't feel it.
*I am like the old Tin Man.**

— THE AVETT BROTHERS, "TIN MAN"

DE ACORDO COM ELISABETH KÜBLER-ROSS, A PESSOA PASsa por cinco fases de luto ao perder um ente querido: negação, raiva, barganha, depressão e aceitação.

Tive aulas de psicologia durante o último semestre do segundo ano quando morávamos no Texas. Estávamos discutindo a quarta fase quando o diretor entrou na sala, pálido como um fantasma.

— Layken, posso falar com você no corredor, por favor?

O diretor Bass era um homem agradável. Gordinho na barriga, gordinho nas mãos, gordinho em lugares que eu nem sabia que dava para ser gordinho. Era um dia de primavera estranhamente frio para o Texas, mas não daria para saber isso pelas manchas de suor debaixo de seus braços. Ele era o tipo de diretor que passava o tempo todo no escri-

---

*Você não pode ser como eu/Fique feliz por isso/Eu vejo, mas não sinto a dor/Sou como o velho Homem de Lata.

tório, não nos corredores. Nunca ia atrás de encrenca, apenas esperava que ela chegasse até ele. Então, por que ele estava ali?

Senti um vazio no estômago enquanto me levantava e caminhava o mais lentamente possível até a porta da sala de aula. Ele não queria olhar para mim. Eu me lembro de olhar diretamente para ele e de seus olhos desviarem para o chão. Estava com pena de mim. Mas por quê?

Quando cheguei ao corredor, minha mãe estava lá parada, com rímel manchando as bochechas. A expressão em seus olhos entregou o motivo de ela estar lá. O motivo de *ela* estar lá, e o meu pai, não.

Balancei a cabeça, recusando-me a acreditar no que eu sabia que era verdade. Gritei "não" repetidas vezes. Ela lançou os braços ao meu redor e começou a desmoronar no chão. Em vez de segurá-la, simplesmente desmoronei com ela. Naquele dia, eu vivenciei a primeira fase do luto no chão do corredor do meu colégio: a negação.

GAVIN ESTÁ SE preparando para apresentar seu poema. Está na frente da turma, com o papel tremendo entre os dedos enquanto limpa a garganta e se prepara para ler.

Fico me perguntando, ao ignorar a presença de Gavin e me concentrar em Will: será que as cinco fases do luto só se aplicam à morte de um ente querido? Será que elas também não se aplicam à morte de algum aspecto de sua vida? Nesse caso, estou bem no meio da fase dois: a raiva.

— Qual é o título, Gavin? — pergunta Will. Ele está sentado à mesa, anotando no bloco enquanto os alunos se apresentam. Fico com ódio disso; da maneira como ele está sendo tão atencioso, concentrando-se em tudo, menos em mim. O jeito que ele me faz sentir como um grande vazio invisível me deixa com ódio. A maneira como ele para e mastiga a tampa da caneta me deixa com ódio. Ontem à noite, esses lábios que agora cercam a tampa dessa caneta vermelha e feiosa estavam subindo pelo meu pescoço.

Tiro a lembrança do beijo da mente com a mesma rapidez com que surgiu. Não sei quanto tempo vou levar, mas estou determinada a acabar de vez com o que sinto por ele.

— Hum, eu não dei um título — responde Gavin. Ele está na frente da turma; é a penúltima pessoa a se apresentar. — Acho que dá pra chamar de "Pré-pedido de casamento"?

— "Pré-pedido de casamento". Vá em frente — diz Will numa voz de professor que também me deixa com ódio.

— Aham. — Gavin limpa a garganta. Sua mão começa a tremer mais ainda quando ele começa a ler.

Um milhão, cinquenta e um mil e
duzentos minutos.
É mais ou menos a quantidade de minutos
que amo você,
É a quantidade de minutos que *pensei* em você,
A quantidade de minutos que me *preocupei* com você
A quantidade de minutos que agradeci a *Deus* por você
A quantidade de minutos que agradeci a ***todas as
divindades*** do
Universo por você
Um milhão
Cinquenta e um mil
E
Duzentos
Minutos...

Um milhão, cinquenta e um mil e
duzentas vezes.
É a quantidade de minutos que você me fez *sorrir*,
a quantidade de minutos que você me fez *sonhar*,
a quantidade de minutos que você me fez *acreditar*,
a quantidade de minutos que você me fez *descobrir*,
a quantidade de minutos que você me fez *adorar*,
a quantidade de minutos que você me fez *valorizar*
Minha vida.

(Gavin vai em direção ao fundo da sala, onde Eddie está sentada. Ele se ajoelha na frente dela quando lê a última frase do poema).

E exatamente daqui a **um milhão, cinquenta e um mil e duzentos minutos**, vou *pedir* você em casamento e perguntar se você quer compartilhar *todos* os minutos restantes da sua *vida* comigo.

Os olhos de Eddie estão brilhando quando ela se abaixa e o abraça. A turma está dividida; os garotos gemem, as garotas se derretem. Eu simplesmente fico inquieta na carteira, ansiosa com o último poema do dia: o meu.
— Obrigado, Gavin, pode se sentar. Muito bem. — Will não levanta o olhar ao me chamar. A voz dele está suave e trêmula ao dizer meu nome.
— Layken, é sua vez.
Estou pronta. Sinto-me bem com meu poema. É curto, mas direto. Já o decorei, por isso deixo o papel na mesa e vou até a frente da sala.
— Tenho uma pergunta. — Meu coração dispara quando percebo que é a primeira vez que falo em voz alta com

Will durante a aula desde que comecei a frequentá-la, há um mês. Ele hesita, como se não conseguisse decidir se devia ou não me dar o direito de fazer uma pergunta. Então faz que sim com a cabeça. — Tem tempo mínimo de duração?

Não sei o que ele achou que eu ia perguntar, mas parece aliviado por ter sido essa a minha pergunta.

— Não, pode durar o tempo que for, contanto que você deixe a mensagem clara. Lembre-se de que não há regras. — A voz dele estremece um pouco ao responder. Pela expressão no rosto, dá para ver que o que aconteceu entre nós ontem à noite ainda está vivo em sua mente. Melhor ainda.

— Ótimo. Então — gaguejo —, meu poema se chama "Malvado". — Fico de frente para a turma e orgulhosamente recito meu poema de cor.

De acordo com o dicionário...
e de acordo *comigo*...
existem mais de trinta significados diferentes e de
sinônimos para a palavra
malvado.

(Eu grito rapidamente as palavras seguintes, fazendo a turma inteira se sobressaltar; inclusive Will.)

*Mau, idiota, cruel, imbecil, indelicado, grosso, perverso,
detestável, odioso, desalmado, virulento, implacável,
tirânico, malevolente, atroz, desgraçado, bárbaro,
amargo, brutal, insensível, maligno, estúpido, imoral,
ruim, feroz, difícil, implacável, rancoroso, pernicioso,
desumano, monstruoso, impiedoso, inexorável.*
E *meu* preferido — *babaca*.

Olho para Will ao voltar para minha carteira, e seu rosto está vermelho. Ele está quase trincando os dentes. Eddie é a primeira a aplaudir, e o resto das garotas faz o mesmo. Cruzo os braços e fico olhando apenas para minha carteira.

— Caraca — diz Javi. — Quem foi que te deixou com tanta raiva?

O sinal toca, e os alunos começam a sair. Will não fala uma palavra. Arrumo minhas coisas na mochila, e Eddie se aproxima de mim.

— Você já falou com sua mãe? — pergunta ela.

— Com minha mãe? Sobre o quê? — Não faço ideia do que ela está falando.

— Sobre o encontro. Nick não convidou você pra sair ontem? E você não disse que precisava perguntar para sua mãe?

— Ah, isso — respondo.

Aquilo foi ontem? Parecia ter sido anos atrás. Lanço um olhar rápido na direção de Will e vejo que ele está me observando, esperando minha resposta para Eddie. A expressão em seu rosto é indecifrável. Neste momento, queria que ele fosse mais transparente em relação ao que sente. Imagino que, por dentro, ele está é com ciúme e pronto.

— Sim, claro. Diga a Nick que eu adoraria — minto, e continuo olhando diretamente para Will. Ele pega a caneta e o papel, abre uma das gavetas da mesa e guarda tudo, fechando-a com força. O barulho assusta Eddie, que dá um pulo, virando-se para olhá-lo. Ele percebe que chamou atenção, então levanta-se e finge não ligar para a nossa presença enquanto apaga o quadro. Eddie vira-se novamente na minha direção.

— Ótimo! Ah, e decidimos que vai ser na quinta, assim depois do Getty's podemos ver a competição de slam. Só faltam algumas semanas; é melhor nos livrarmos logo disso. Quer que a gente busque você?

— Hum, claro.

Eddie bate palmas, animada, e sai em disparada da sala. Will continua apagando o nada enquanto vou em direção à saída.

— Layken — diz ele com voz severa.

Eu paro na porta, mas não me viro para ele.

— Sua mãe trabalha na quinta à noite. Eu sempre chamo uma babá nas quintas para poder ir à competição. É só mandar Kel ir lá pra casa antes de sair. Você sabe, antes do seu *encontro*.

Não respondo nada. Apenas saio.

O almoço é constrangedor. Eddie já tinha avisado Nick que eu concordara em sair com eles, então todo mundo fica tagarelando a respeito dos nossos novos planos. Todo mundo, menos eu. Não digo nada, fico apenas fazendo sim com a cabeça ocasionalmente e murmurando para concordar. Estou sem fome, e Nick come a maior parte da minha comida. Fico remexendo o arroz-doce com a colher, pingando umas gotas de ketchup aqui e ali; o que me faz lembrar dos resquícios do boneco de neve assassinado na entrada lá de casa. Durante dias, toda vez em que eu dava ré, meu pneu deslizava por cima de seu corpo de gelo. Será que o jipe ficaria igualmente silencioso se eu atropelasse Will e, por acidente, desse ré por cima dele, depois colocasse o carro em primeira e seguisse em frente?

— Layken, você vai apenas ignorá-lo? — pergunta Eddie.

Olho para cima e vejo que Will está atrás de Nick, olhando para a bagunça que fiz na minha bandeja.

— O quê? — digo para Eddie.

— O Sr. Cooper quer falar com você — diz ela, apontando a cabeça na direção de Will.

—Aposto que você está encrencada por causa do xingamento — diz Nick.

Coloco a mão na garganta, com medo de que ela vá explodir. O que diabos ele está fazendo? Por que está dizendo na frente de todo mundo que quer falar comigo? Será que perdeu a cabeça de vez?

Empurro a cadeira para trás e deixo a bandeja na mesa enquanto o observo cautelosamente. Ele sai do refeitório em direção à sala de aula, e eu vou atrás dele. É uma caminhada bem longa. Uma caminhada bem longa, constrangedora, silenciosa e cheia de tensão.

— Precisamos conversar — diz ele, fechando a porta depois de entrarmos. — Agora.

Não sei se ele está sendo "Will". Não entendo de que maneira ele está me tratando. Não sei se devo obedecê-lo ou se devo dar um murro nele. Não entro na sala. Cruzo os braços no peito e tento ficar com cara de irritada

— Então, converse! — digo.

— Que droga, Lake! Não sou seu inimigo. Pare de me odiar.

Ele está sendo Will.

Corro na direção dele e jogo as mãos no ar, frustrada.

— Parar de *odiar* você? Tome uma maldita decisão, Will! Ontem à noite você disse para eu parar de amar você, e agora está dizendo para eu parar de *odiar* você? Você diz que não quer que eu espere por você e, mesmo assim, age como um garotinho imaturo quando concordo em sair com Nick! Quer que eu aja como se não o conhecesse, mas daí me tira do refeitório na frente de todo mundo! Temos todo esse joguinho entre a gente, como se fôssemos pessoas diferentes o tempo inteiro, e isso é exaustivo! Nunca sei se você está sendo Will ou o Sr. Cooper e não sei *mesmo* quando é para eu ser Layken ou Lake.

Cansei de fazer esses joguinhos mentais. Cansei mesmo. Eu me jogo na carteira que ocupo durante a aula. Ele está indecifrável, nem se mexe. Nenhuma expressão no rosto. Lentamente, passa ao meu lado e senta-se atrás de mim. Continuo sem olhar para trás quando ele se inclina para a frente na carteira, ficando perto o suficiente para sussurrar. Meu corpo fica tenso, e sinto um aperto no peito quando ele começa a falar.

— Não achei que seria tão difícil — diz.

Não quero que ele tenha a satisfação de ver as lágrimas que estão escorrendo pelas minhas bochechas.

— Me desculpe pelo que falei mais cedo sobre a quinta-feira — diz ele. — Em grande parte, estava sendo sincero. Sei que precisa de alguém para cuidar de Kel e sei que fiz da competição uma tarefa obrigatória. Mas não era para eu ter reagido daquela maneira. Foi por isso que pedi para você vir aqui: só queria pedir desculpas. Não vai acontecer de novo, prometo.

A porta da sala se escancara, e Will dá um pulo para longe da carteira. O movimento brusco assusta Eddie, que fica nos olhando com curiosidade da porta. Ela está segurando a mochila que deixei no refeitório. Não consigo disfarçar as lágrimas que ainda estão saindo dos meus olhos, então me viro na outra direção. Não há nada que eu e Will possamos fazer a esta altura para disfarçar a tensão entre nós.

Eddie ergue a palma da mão e põe minha mochila delicadamente na carteira mais perto da porta.

— Foi mal... continuem. — Ela fecha a porta ao sair.

Will passa as mãos no cabelo e começa a andar de um lado para o outro.

— Que maravilha — murmura.

— Deixa pra lá, Will — digo, me levantando e indo em direção à mochila. — Se ela me perguntar, digo que você estava chateado porque falei babaca. E imbecil. E idiota. E desgra...

— Já entendi!

Minha mão está na maçaneta quando ele me chama de novo, e eu fico parada.

— Também queria pedir desculpas... por ontem à noite — diz ele.

Eu me viro para ele ao falar.

— Está arrependido porque aconteceu? Ou porque você parou?

Ele inclina a cabeça e dá de ombros, como se não estivesse entendendo minha pergunta.

— Tudo. Aquilo nunca devia ter acontecido.

— Desgraçado — termino.

O MOTOR DO meu jipe dá a mesma ronronada de sempre ao ser ligado, e isso também me deixa com ódio. Dou uma pancada no volante com o punho, querendo inúmeras coisas diferentes. Queria não ter conhecido Will na primeira semana em que cheguei aqui. Teria sido tão mais fácil se eu o tivesse conhecido na sala de aula. Ou, melhor ainda, queria que nunca tivéssemos nos mudado para Ypsilanti. Queria que meu pai estivesse vivo. Que minha mãe não estivesse sendo tão vaga a respeito das *coisas que tem de fazer*. Queria que Caulder não estivesse lá em casa todos os dias. Toda vez que o vejo, me lembro de Will. Queria que Will nunca tivesse consertado meu jipe. Odeio o fato de ele fazer essas coisas atenciosas. Seria tão mais fácil odiá-lo se ele realmente *fosse* todas aquelas coisas de que o xinguei. Ah, meu Deus, não acredito que xinguei ele de tudo aquilo. Espere; nada de arrependimentos.

BUSCO OS GAROTOS na escola e dirijo até em casa. Chego antes de Will, mas não vou ficar esperando na janela. Cansei de ficar esperando na janela.

— Vamos pra casa de Caulder — grita Kel, enquanto eles batem a porta do jipe.

Ótimo.

Enquanto ando pelo corredor, escuto minha mãe conversando com alguém em seu quarto, então paro na frente da porta. Só ouço sua voz; ela deve estar falando ao telefone. Normalmente, nunca ficaria escutando escondida uma de suas conversas. No entanto, seu comportamento recente justifica um pouco de bisbilhotice. Ou talvez *meu* comportamento esteja pedindo um pouco de rebeldia. Seja lá o que for, encosto a orelha na porta.

— Eu sei. *Eu sei.* Vou contar para eles em breve — diz ela.

— Não, acho que é melhor contar sozinha...

— Claro que vou. Também te amo.

Ela está se despedindo. Sigo nas pontas dos pés até meu quarto e entro sorrateiramente. Fecho a porta e deito no chão.

Sete meses. Ela demorou meros sete meses para partir para outra. Não é possível que já esteja saindo com outra pessoa, mas suas palavras ao telefone não podiam ter sido mais claras. E mais uma vez estou na fase um: negação.

Como é que ela foi capaz disso? E, quem quer que seja, ele já quer que ela o apresente para nós? Já não gosto nada dele. E que cara de pau que ela tem! Como foi capaz de repreender Will daquele jeito quando o que ela está fazendo é igualmente desprezível, se não pior? A fase um é extremamente breve. Estou de volta à fase dois mais uma vez: a raiva.

Decido não mencionar o assunto imediatamente. Quero descobrir mais a respeito antes de confrontá-la. Quero ter alguma vantagem nessa situação, portanto preciso pensar direitinho nas coisas.

— Lake? Você voltou? — Ela bate na minha porta. Rolo para a frente e pulo para sair do caminho quando ela abre a porta. Ela me vê pular e me olha com curiosidade. — O que está fazendo? — pergunta.

— Me alongando. Minhas costas estão doendo.

Ela não acredita, então junto as mãos atrás do corpo e alongo os braços para cima, inclinando-me para a frente.

— Tome uma aspirina — diz ela.

— Tá bom.

— Estou de folga hoje à noite, mas estou com muito sono atrasado. Não dormi nada essa noite, então vou me deitar. Pode pedir para Kel tomar banho antes de dormir?

— Claro.

Nós duas saímos pelo corredor.

— Espera... Mãe? — Ela se vira para mim, com as pálpebras pesadas por cima dos olhos vermelhos. — Vou sair na quinta à noite. Pode ser?

Ela olha para mim de maneira suspeita.

— Com quem?

— Eddie, Gavin e Nick.

— Três garotos? Você não vai a lugar algum só com três garotos.

— Não. Eddie é uma garota. Ela é minha amiga. Gavin é o namorado dela, vai ser um encontro duplo. Eu vou com Nick.

Os olhos dela brilham um pouco.

— Ah. Que bom. — Ela sorri e abre a porta do quarto. — Espera — diz ela. — Na quinta, eu trabalho. E Kel?

— Will costuma chamar uma babá nas quintas. Ele já disse que Kel pode ficar lá.

Ela parece contente, mas isso dura apenas um segundo.

— Will concordou em pagar uma babá? Para tomar conta de Kel? Para você poder ir num *encontro*?

Droga. Não percebi o que isso ia ficar parecendo.

— Mãe, já se passaram semanas. Nós saímos juntos apenas uma vez, já esquecemos tudo.

Ela fica me encarando por vários segundos.

— Humm. — Mamãe volta para o quarto, ainda insatisfeita.

A suspeita dela me dá um pouco de satisfação. Ela acha que estou mentindo sobre alguma coisa. Agora estamos quites.

— Não vou para a terceira aula — digo para Eddie quando saímos da aula de história.

— Por que não?

— Não estou a fim, só isso. Dor de cabeça. Acho que vou para o pátio tomar um ar fresco.

Eu me viro e começo a ir em direção ao pátio, mas ela segura meu braço.

— Layken? Isso tem algo a ver com o que aconteceu ontem no almoço com o Sr. Cooper? Está tudo bem?

Sorrio para ela, tranquilizando-a.

— Está tudo bem, sim. Ele só pediu para eu escolher melhor minhas palavras na aula dele.

Ela aperta os lábios e se afasta com o mesmo olhar de insatisfação que minha mãe me deu ontem à noite.

O pátio está vazio. Vai ver nenhum dos outros alunos precisa de um tempinho longe do professor por quem estão secretamente apaixonados. Sento num banco e tiro o telefone do bolso. Nada. Só falei com Kerris uma vez desde que me mudei. Ela era a amiga no Texas de quem eu era mais próxima, mas na verdade ela era melhor amiga de *outra* garota. É estranho quando sua amiga mais próxima tem uma amiga mais próxima ainda. Imaginei que fosse porque eu era ocupada demais para ter uma melhor amiga, mas talvez fosse mais que isso. Talvez eu não fosse muito boa em escutar as pessoas. Talvez eu não fosse muito boa em *desabafar* com as pessoas.

— Posso sentar com você?

Olho para cima e vejo Eddie se sentando no banco à minha frente.

— A infelicidade adora companhia — digo.

— Infelicidade? E por que infelicidade? Amanhã você tem um encontro. E sua melhor amiga sou eu.

Melhor amiga. Talvez. Espero que sim.

— Não acha que Will vai vir procurar a gente? — digo.

Ela inclina a cabeça para mim

— *Will*? Quer dizer o Sr. Cooper?

Minha nossa, acabei de chamá-lo de Will. Ela já está desconfiada. Sorrio e falo a primeira desculpa que passa pela minha cabeça.

— Sim, o Sr. Cooper. Nós chamávamos os professores pelo primeiro nome no meu último colégio.

Ela não responde. Está descascando a tinta do banco com a unha azul. Nove unhas estão pintadas de verde; só uma está de azul.

— Vou dizer uma coisa — diz ela, com a voz calma. — Talvez eu esteja viajando, talvez não. Mas o que quer que seja, não quero que me interrompa.

Concordo com a cabeça.

— Acho que o que aconteceu ontem no almoço foi mais do que uma reclamação por você ter usado palavras inadequadas. Não sei o quanto mais, e sinceramente não é da minha conta. Só quero que saiba que pode conversar comigo. Se precisar. Eu nunca contaria nada; não tenho ninguém para contar coisas, só Gavin.

— Ninguém? Melhores amigos? Parentes? — digo, na esperança de mudar de assunto.

— Não. Ele é tudo que tenho — diz ela. — Bom, tecnicamente, se quer saber a verdade, eu tive 17 irmãs, 12 irmãos, seis mães e sete pais.

Não sei se ela está fazendo uma piada, por isso não rio, caso ela esteja falando sério.

— Acolhimento familiar — diz ela. — É minha sétima casa em nove anos.

— Ah. Lamento. — Não sei o que dizer, além disso.

— Não lamente. Estou com Joel há quatro desses nove anos. Ele é meu pai adotivo. Funciona direitinho. Eu fico contente, e ele recebe o cheque dele.

— Algum dos seus 29 parentes era de sangue?

Ela ri.

— Caramba, você presta mesmo atenção. E não, sou filha única. Filha de uma mãe que gostava de crack barato e bebês caros.

Ela percebe que não estou entendendo.

— Ela tentou me vender. Não se preocupe, ninguém me quis. Ou vai ver ela estava pedindo dinheiro demais. Quando eu tinha 9 anos, ela me ofereceu para uma senhora num estacionamento do Walmart. Contou uma história triste sobre não poder tomar conta de mim, blá-blá-blá, e disse um preço para a senhora. Ela estava pedindo cem. Não foi a primeira vez que fez isso na minha frente. Estava me cansando disso, então olhei bem para a senhora e falei "Você tem um marido? Aposto que ele é gostosão!". Minha mãe me deu um tapa por eu ter estragado a venda. E me abandonou no estacionamento. A mulher me levou para a delegacia e me deixou lá. Foi a última vez que vi minha mãe.

— Caramba, Eddie. Isso é surreal.

— É, é sim. Mas é real pra mim.

Deito no banco e fico olhando para o céu. Ela faz o mesmo.

— Você disse que Eddie era um nome tradicional na família — digo. — Que família?

— Não ria.

— Mas e se eu achar engraçado?

Ela revira os olhos.

— Tinha um DVD de comédia na casa da minha primeira família adotiva. Eddie Izzard. Eu achei que tinha o nariz parecido com o dele. Vi o DVD um milhão de vezes, fingindo que ele era meu pai. Depois disso, pedi para as pessoas me chamarem de Eddie. Até tentei Izzard por um tempo, mas nunca pegou.

Nós duas rimos. Tiro o casaco e o coloco em cima de mim, deslizando os braços para dentro dele pelo avesso, assim aqueço as partes do corpo que ficaram expostas ao frio por tempo demais. Fecho os olhos.

— Meus pais eram maravilhosos — suspiro.

— Eram?

— Meu pai morreu há sete meses. Minha mãe fez a gente se mudar pra cá, dizendo que era por motivos financeiros, mas agora não sei mais se ela estava sendo sincera. Ela já está saindo com outra pessoa. Então, sim, maravilhoso fica no passado por enquanto.

— Que saco.

Nós duas ficamos lá deitadas, pensando na sorte que nos foi dada. A minha não é nada em comparação à dela. Ela deve ter visto cada coisa. Hoje Kel tem a mesma idade que Eddie tinha quando foi enviada às famílias de adoção. Não sei como é que consegue andar por aí tão feliz, tão cheia de vida. Estamos em silêncio. Está tudo silencioso de uma maneira bem confortável. Fico me perguntando se ter uma melhor amiga não é exatamente isso.

Após um tempo, ela senta-se no banco com as mãos esticadas na frente do corpo enquanto boceja.

— O que falei sobre Joel antes... que eu só significo um cheque para ele? Não é assim. Na verdade, ele é uma pessoa ótima. É que, às vezes, quando as coisas ficam sérias demais, meu sarcasmo aparece.

Sorrio, compreensiva.

— Obrigada por matar aula comigo, estava mesmo precisando.

— Obrigada por precisar. Pelo jeito eu também estava precisando. E quanto ao Nick... ele é um cara legal, só não combina com você. Vou deixar isso pra lá. Mas você ainda precisa vir com a gente amanhã.

— Sei que preciso. Se eu não for, Chuck Norris vai me pegar e me dar uma surra. — Viro o casaco do outro lado e o visto ao passarmos pela porta e voltarmos ao corredor. — Então, se Eddie é algo que você inventou, qual é seu nome verdadeiro? — pergunto antes de nos separarmos.

Ela sorri e dá de ombros.

— Nesse momento, é Eddie.

8.

I wanna have friends
that will let me be alone
All alone when being alone
is all that I need.*

— THE AVETT BROTHERS, "THE PERFECT SPACE"

— CADÊ A MAMÃE? — PERGUNTO PARA KEL. ELE ESTÁ sentado ao balcão com o dever de casa.

— Ela acabou de deixar eu e Caulder aqui. Disse que volta daqui a umas duas horas. Quer que você peça pizza.

Se eu tivesse chegado em casa uns minutos antes, eu a teria seguido.

— Ela disse para onde ia? — pergunto.

— Pode pedir para colocarem os pepperonis debaixo do molho dessa vez?

— Para onde ela falou que ia?

— Não, espere. Diga para colocarem os pepperonis primeiro, depois o queijo e o molho em cima.

— Caraca, Kel! Pra onde ela foi?

Os olhos dele se arregalam enquanto ele desce do banco e anda de costas em direção à porta da frente. Ele abaixa os

---

*Quero ter amigos/que me deixem/Sozinho quando ficar sozinho/é tudo de que preciso.

ombros e calça os sapatos. Eu nunca tinha falado assim com ele antes.

— Sei não eu. Caulder do casa a para vou.

— Volte antes das seis, eu peço sua pizza.

Decido me livrar logo do dever de casa. O Sr. Hanson pode até ser meio surdo e meio cego, mas compensa isso com a quantidade gigantesca de tarefas que passa. Termino em uma hora. São apenas quatro e meia.

Aproveito a oportunidade para brincar de detetive. Estou decidida a descobrir o que ela está fazendo. E com quem ela está. Reviro as gavetas da cozinha, os armários, o corredor. Nada. Nunca saí bisbilhotando no quarto dos meus pais antes. Nunca na vida. Mas este, com certeza, era o ano das novidades, então entro e fecho a porta.

Está tudo igual ao quarto antigo deles. Mesmos móveis, mesmo carpete bege. Se não fosse pela falta de espaço, mal saberia distinguir este cômodo do que ela dividia com meu pai. Vou primeiro conferir no lugar mais óbvio: a gaveta de lingerie. Não encontro nada. Vou para a beirada da cama e abro a gaveta da mesa de cabeceira. Máscara de dormir, caneta, hidratante, livro, bilhete...

Bilhete.

Eu o tiro da gaveta e abro. Está escrito em tinta preta, no centro da página. É um poema.

Julia,
Um dia vou pintar um mundo para você
Um mundo onde os sorrisos não desvanecem
Um mundo onde risadas são ouvidas
Ao fundo
Como um aviso de alto-falante
Vou pintá-lo quando o sol se puser

Enquanto você estiver ali deitada de camisola
No momento em que seu sorriso se inverter
Vou pintá-lo bem em cima de seu rosto triste
E vou terminar quando o sol nascer
Você vai acordar com um sorriso ainda úmido
E vai ver que eu termino o que começo
O mundo que pintei no seu queixo...

Que ridículo. O mundo que pintei no seu queixo? Como num alto-falante? Como assim? Quem fala assim? Quem quer que seja, já não gosto dele. Odeio. Dobro o bilhete e guardo onde estava.

Ligo para o Getty's e peço duas pizzas. Mamãe chega em casa no instante em que desligo o telefone. Hora perfeita para um banho. Eu me tranco no banheiro antes de ela entrar. Não quero ver o olhar em seu rosto. O olhar de "estou me apaixonando".

— Que diabos é isso? — diz minha mãe ao abrir a caixa da pizza.

— É a do Kel. Está ao contrário — digo para ela. Ela revira os olhos enquanto puxa a segunda caixa para perto de si. Fico nervosa ao vê-la examinar todos os pedaços de pizza, como se estivesse tentando achar o mais gostoso. São todos pedaços da mesma pizza! — Escolhe logo! — falo, com rispidez. Ela se assusta.

— Nossa, Lake. Você comeu alguma coisa hoje? Está bem mal-humorada, não? — Ela pega um pedaço e o empurra na minha direção. Eu o jogo no prato e sento na frente do balcão, então Kel aparece correndo de costas.

— Chegou pizza a? — pergunta ele, logo antes de tropeçar no tapete e cair de bunda no chão.

— Caramba, Kel, deixe de ser criança! — grito.

Minha mãe lança um olhar fulminante para mim.

— Lake! O que há de errado com você? Precisa conversar sobre alguma coisa?

Empurro a pizza para o outro lado da mesa e me levanto. Não consigo mais fingir.

— Não, mãe! Não preciso conversar sobre nada. *Eu não guardo* segredos!

Ela fica boquiaberta por um instante. E pronto; ela sabe que eu sei.

Fico esperando que vá se defender, gritar comigo, discutir ou me mandar para o quarto. *Que faça algo*. Não é isso que acontece quando as coisas chegam ao clímax?

Em vez disso, ela simplesmente desvia o olhar e pega um prato para Kel, enchendo-o com pedaços de pizza às avessas.

Vou para o quarto e bato a porta com força. De novo. Quem sabe quantas portas já bati desde que nos mudamos para cá? Fico o tempo todo entrando ou saindo de cômodos com raiva de alguém. Will desconta nos poemas dele, eu desconto nas portas.

O ALARME ESTÁ piscando em vermelho quando acordo. Deve ter faltado luz à noite. O sol está estranhamente claro para ser tão cedo assim, então pego o telefone para conferir a hora; claro que dormi demais. Pulo da cama, ponho a roupa correndo, escovo os dentes e prendo o cabelo no topo da cabeça. Não vou ter tempo de me maquiar. Acordo

Kel e mando ele se vestir rapidamente enquanto pego meu dever de casa. Também não vou ter tempo de tomar café.

— Mas eu vou com Caulder para a escola — choraminga Kel quando colocamos os casacos.

— Hoje, não. Perdemos a hora.

Fica claro que não fomos os únicos a perder a hora quando vejo que o carro de Will ainda está estacionado na frente de casa. *Ótimo*! Não posso simplesmente ir embora e não acordá-los.

— Kel, vá bater na porta deles para acordá-los.

Kel atravessa a rua correndo e bate na porta enquanto eu entro no jipe. Ligo o aquecedor no máximo, pego o raspador e começo a tirar o gelo das janelas. Quando Kel volta, estou terminando a última janela.

— Ninguém abriu a porta. Acho que ainda estão dormindo.

Argh! Entrego o raspador para Kel, digo para ele entrar no jipe e vou até a casa de Will. Kel já tentou a porta da frente, então vou para a lateral da casa onde ficam os quartos. Não sei qual é a janela de Will, então bato nas três só para garantir que vou acordar alguém.

Enquanto vou para a frente da casa, a porta é aberta e Will aparece, protegendo os olhos do sol e *sem camisa*. Minhas mãos já tocaram esse abdômen antes. Eu me obrigo a desviar o olhar.

— Faltou energia. Nós perdemos a hora — digo para ele. Falar "nós" é estranho. É como se eu estivesse insinuando que somos uma equipe.

— O quê? — diz ele, ainda tonto, esfregando o rosto. — Que horas são?

— Quase oito.

Ele desperta imediatamente.

— Merda! — exclama, lembrando-se de alguma coisa. — Tenho uma conferência às oito!

Ele volta para dentro, mas deixa a porta aberta. Coloco a cabeça no interior da casa, mas não ouso ultrapassar o vão da porta.

— Quer que eu leve Caulder para a escola? — grito para ele.

Ele reaparece no corredor.

— Você faria isso? Pode mesmo? Não se incomoda? — Ele está mesmo a mil. Está com a gravata ao redor do pescoço, mas continua sem camisa.

— Não me incomodo. Qual é o quarto dele? Vou arrumá-lo.

— Ah. Sim. Seria ótimo. Obrigado. É o primeiro à esquerda. Obrigado. — Ele desaparece mais uma vez no corredor.

Vou para o quarto de Caulder e o sacudo para que ele acorde.

— Caulder, vou levar você para a escola. Você precisa se vestir.

Ajudo Caulder a se arrumar, vendo Will passar com o canto dos olhos algumas vezes. Depois de um tempo, a porta da frente se fecha, e, em seguida, a porta do carro. Ele foi embora. E eu estou na casa dele. Que estranho.

— Pronto, camarada?

— Estou com fome.

— Ah, é. Comida. Vejamos. — Dou uma olhada nos armários da cozinha de Will. A comida enlatada está empilhada de acordo com os rótulos. Tem muita massa. É o mais fácil de preparar, acho. Tudo é tão limpo. Não é como a maioria das cozinhas de pessoas de 21 anos. Encontro uns Pop-Tarts em cima da geladeira, pego um para Kel e outro para Caulder.

CHEGO MEIA HORA atrasada para a primeira aula e decido ficar no jipe até ela acabar. É a segunda aula que perco em dois dias. Estou virando uma rebelde e tanto.

Quando me sento na carteira na aula de história, Eddie se aproxima de mim.

— Você matou a aula de matemática e nem me levou junto? — sussurra atrás de mim.

Eu me viro para ela, que encolhe o pescoço e faz um bico.

— Ah. Você perdeu a hora.

Maquiagem. Esqueci de trazer minha maquiagem. Eddie coloca a mão dentro da bolsa e tira a *nécessaire*. Ela consegue mesmo ler minha mente. Não é isso que as melhores amigas fazem?

— Minha heroína — digo, enquanto pego a *nécessaire* e me viro. Tiro o batom e o rímel, e um espelho. Maquio o rosto rapidamente e devolvo a *nécessaire* para ela.

Quando estou entrando na terceira aula, Will olha nos meus olhos e articula um mudo "obrigado". Eu sorrio e dou de ombros, indicando que não foi nada de mais. Eddie belisca meu braço ao passar por mim, indicando que viu o que se passou.

Olhando para Will, não dá para dizer que ele se arrumou em menos de três minutos. Sua calça preta não está nada amassada, e a camisa branca está para dentro. A gravata... meu Deus, a gravata. Dou uma gargalhada, e ele olha na minha direção. Ele não deve ter percebido que colocou a gravata primeiro; mal dá para vê-la por baixo da camisa branca. Eu puxo o colarinho da minha camisa e aponto para ele. Ele olha para baixo e dá um tapinha no peito, onde a gravata deveria estar. E ri enquanto se vira de frente para o quadro para ajeitar a roupa. Os outros alunos ainda estão se sentando e conversando, mas sei que Eddie viu o que acabou de acontecer. Dá para sentir seu olhar nas minhas costas.

Nick senta-se do meu lado no almoço. Eddie está bem na minha frente. Fico achando que ela vai me lançar *o* olhar a qualquer minuto, mas ela não faz isso. Continua com a mesma exuberância de sempre. Ela já sabe coisas demais. Temo que esteja imaginando algo que não aconteceu. Eu cheguei atrasada na aula; Will obviamente se vestiu com pressa. Ela tem todo o direito de me encher de perguntas, mas não faz isso. Eu a respeito por isso; por me respeitar.

— Novata, que horas a gente vai? — pergunta Nick, empilhando a comida.

— Não sei. Quem vai de carro?

— Eu — diz Gavin.

Nick olha para ele.

— De jeito nenhum, cara. A gente vai no carro do meu pai. Zero possibilidade de eu andar no Monte Car-no.

— Monte Car-no? — Olho para Gavin.

— Meu carro — responde ele.

— Qual seu endereço, Layken? — pergunta Eddie. Fico chocada por ela não ter obtido essa informação quando nos conhecemos.

— Ah, eu sei onde ela mora — diz Nick. — Dei carona uma vez. É na mesma rua do Sr. Cooper. A gente pega ela por último.

Como é que Nick sabe disso? Olho para minha bandeja e fico remexendo o purê de batatas, tentando fingir que não percebi que Eddie está me encarando.

NICK E GAVIN estão na frente, então sento no banco de trás com Eddie. Quando entro, ela me dá um sorriso amigável. Não vai me pressionar em relação a nada. Respiro aliviada.

— Layken, precisamos da sua ajuda — diz Gavin. — Tira uma dúvida pra gente?

— Claro. Diz aí — digo, enquanto coloco o cinto.

— Nick acha que no Texas não tem nada além de tornados. Ele diz que lá não tem furacão porque não tem praia. Diga ao garoto que ele está errado.

— Bom, ele está duplamente errado — digo.

— Não pode ser — diz Nick.

— *Tem* furacões, sim — digo. — Você se esqueceu de uma areazinha chamada *Golfo do México*. Mas não tem tornado.

Os dois param.

— Tenho certeza de que tem tornado — diz Gavin.

— Não — digo. — Não existem tornados, Gavin. É que Chuck Norris odeia estacionamentos de trailers, só isso.

Há um momento de silêncio antes de os dois caírem na gargalhada. Eddie se aproxima de mim e põe a mão perto do meu ouvido.

— Ele sabe.

Prendo a respiração, repassando as conversas que poderiam me dar alguma pista sobre o que ela estava falando.

— *Quem* sabe? E o que ele sabe? — pergunto finalmente.

— Nick. Ele sabe que você não está interessada nele. Por ele, tudo bem. Nenhuma pressão quanto a isso. Hoje somos todos amigos, só isso.

Fico aliviada. Muito aliviada. Já estava planejando como explicaria isso para ele.

Não cheguei a provar a pizza do Getty's que pedimos ontem à noite. É maravilhosa. Tivemos de pedir duas, pois Nick vai comer uma inteira. Até agora não pensei no fato de estar com raiva da minha mãe. Nem pensei (tanto) em Will. Estou me divertindo. É legal.

— Gavin, qual foi a coisa mais idiota que você já fez? — pergunta Nick.

Todos nós ficamos em silêncio depois da pergunta.

— Só posso escolher uma? — pergunta Gavin.

— *Só* uma. A *mais idiota* — responde Nick.

— Hum. Acho que foi uma vez em que estava visitando meus avós no rancho deles, que fica perto de Laramie, no Wyoming. Estava desesperado para ir ao banheiro. Não tem nada de mais: sou um garoto. É só colocar para fora em qualquer lugar. O problema era que era a *minha* vez.

— De quê? — pergunto.

— De completar o desafio. Meus irmãos costumavam me desafiar a fazer coisas o tempo inteiro. Eles faziam algo primeiro e depois eu tinha de fazer também. O único problema é que sou bem mais novo que eles, então eles sempre me enrolavam de alguma maneira. Naquele dia em particular, me disseram que minhas botas de borracha estavam molhadas demais, que não dava para usar, então coloquei minhas botas de escalada. Claro que eles estavam com botas de borracha. Bom, eles inventaram um desafio para ver quem faria xixi na cerca elétrica.

— Não — diz Eddie, rindo.

— Ah, espera um pouco, amor. Fica melhor ainda. Eles foram primeiro. Hoje eu entendo que a borracha isola a eletricidade, então eles não sentiram nada. Eu não dei tanta sorte. Caí de costas no chão e fiquei chorando, tentando me levantar, e terminei tropeçando. Caí para a frente, de boca na cerca. Saliva e eletricidade não combinam tanto assim. Levei um choque tão forte que minha língua começou a inchar, e meus irmãos surtaram. Os dois correram pra casa para buscar meus pais enquanto fiquei lá parado, sem conseguir nem me mexer, com o pau para fora das calças.

Eddie, Nick e eu estamos rindo tanto que os outros fregueses começam a olhar para nós. Eddie enxuga uma lágrima, e Gavin diz que é a vez dela.

— Acho que foi quando atropelei você com meu carro — diz Eddie.

— Não — diz Gavin.

— O quê? Mas foi isso, sim! Foi a coisa mais idiota que já fiz na vida.

— E *depois* que você me atropelou? Conte para eles o que aconteceu — diz ele, rindo.

— Nós nos apaixonamos. Fim de história. — Ela obviamente está com vergonha do que aconteceu depois do acidente.

— Agora vai ter de contar — digo.

— Tá bom. Eu tinha tirado a carteira de motorista dois dias antes. Joel deixou que eu fosse com o carro dele para o colégio, então eu estava tomando o maior cuidado. Estava concentrada. Quando Joel me ensinou a dirigir, ele prestou muita atenção na maneira como eu estacionava. Ele odeia gente que ocupa duas vagas. Na verdade, eu sabia que ele ia pedir para alguém passar com ele pelo estacionamento só para ver se eu tinha estacionado direito, e eu queria que ficasse perfeito. Então, foi nisso que me concentrei. Não gostei da maneira como o carro ficou na primeira vez que estacionei...

— Nem na segunda, nem na terceira e nem na quarta — diz Gavin. Eddie dá um sorriso estranho.

— Na *quinta* vez, eu estava determinada a acertar. Dei uma ré exagerada para ficar num ângulo melhor, e foi aí que aconteceu. A pancada. Eu me virei e não vi ninguém, então entrei em pânico achando que tinha batido no carro do meu lado, algo assim. Continuei dando ré para fora da vaga, então engatei a primeira e comecei a procurar uma vaga em que desse para ver melhor se o carro tinha ficado amassado. Fui até a outra vaga, parei e saí. Foi aí que o vi.

— Você o *arrastou*? — pergunto, tentando conter a gargalhada.

— Quase 200 metros. Depois que bati, continuei dando ré, e a perna da calça dele ficou presa no para-choque. Quebrei a perna dele. Joel ficou tão preocupado, com medo de que fossem processá-lo, que me fez levar comida para ele no hospital todos os dias, durante a semana inteira. Foi assim que nos apaixonamos.

— Sorte sua ele não ter morrido — diz Nick. — Você estaria presa por atropelamento *e* homicídio culposo. E o coitado do Gavin estaria a dez palmos de profundidade.

— A *sete* palmos! — digo, rindo.

— Adoraria ouvir a história da sua maior idiotice, Layken, mas vai ficar pra depois. Vamos acabar nos atrasando — diz Eddie, se levantando.

* * *

No caminho para a competição de slam, Eddie tira uma folha de papel dobrada do bolso de trás da calça.

— O que é isso? — pergunto.

— É o meu poema. Vou participar da competição.

— Sério? Caramba, como você é corajosa.

— Não, na verdade não sou. Na primeira vez em que Gavin e eu fomos até o clube, prometi a mim mesma que me apresentaria uma vez antes de fazer 18 anos. Meu aniversário é semana que vem. Quando o Sr. Cooper disse que quem se apresentasse não precisaria fazer a última prova, imaginei que era um sinal.

— Eu simplesmente diria que me apresentei. O Sr. Cooper não vai nem saber. Duvido que apareça — diz Nick.

— Não — diz Gavin. — Ele vai estar lá, sim, ele sempre está.

Volto a sentir um vazio no estômago, apesar de ele estar cheio por causa do jantar. Deslizo as mãos pela calça e fixo o olhar numa estrela através da janela. Fico esperando o assunto mudar para poder voltar a participar da conversa.

— Puxa, Vaughn deixou mesmo ele arrasado — diz Nick.

Inclino a cabeça na direção de Nick. Eddie nota que me interessei pelo assunto, dobra o papel e o guarda no bolso.

— A ex dele — diz ela. — Eles namoraram nos dois últimos anos do colégio. Eram o casal. Rainha do baile, estrela de futebol americano...

— Futebol americano? Ele jogava? — Fico chocada. Nem parece Will.

— Pois é, ele foi o quarterback principal três anos seguidos — diz Nick. — Estávamos no primeiro ano quando ele estava no último. Ele era legal, acho.

— Já Vaughn nem tanto — diz Gavin.

— Por quê? Ela era uma vaca? — pergunto.

— Sinceramente, ela não era tão ruim assim no colégio. O problema foi o que fez com ele depois que se formaram. Depois que os pais dele... — A voz de Eddie vai diminuindo.

— O que ela fez? — Sei que estou parecendo interessada demais.

— Deu o fora nele. Duas semanas depois que os pais dele morreram num acidente de carro. Ele tinha uma bolsa de estudos por causa do futebol americano, mas perdeu porque teve de voltar pra casa para cuidar do irmão. Vaughn contou pra todo mundo que não ia se casar com um cara que nem tinha se formado e tinha de cuidar de uma criança. E foi isso. Ele perdeu os pais, a namorada, a bolsa *e* se tornou um tutor de uma criança, tudo no espaço de duas semanas.

Volto a olhar pela janela. Não quero que Eddie veja as lágrimas que estão se acumulando nos meus olhos. Isso explica tanta coisa. Explica por que ele está com medo de tirar tudo de mim, pois foi exatamente o que aconteceu com ele. Eu me desligo da conversa enquanto seguimos em direção a Detroit.

— Tome — sussurra Eddie, colocando algo no meu colo. Um lenço. Aperto a mão dela para agradecer e enxugo as lágrimas.

9.

A slight figure of speech
I cut my chest wide open
They come and watch us bleed
*Is it art like I was hoping now?**

— THE AVETT BROTHERS, "SLIGHT FIGURE OF SPEECH"

AO ENTRARMOS NA BOATE, IMEDIATAMENTE PROCURO Will. Nick e Gavin nos levam para uma mesa no centro, num local bem mais chamativo do que a mesa em que fiquei com Will. O sacrifício já se apresentou, o primeiro round está rolando. Eddie vai para a mesa dos jurados, paga e volta.

— Layken, vem no banheiro comigo — diz ela, enquanto me puxa pra fora da cadeira.

Quando chegamos lá, ela me encosta na pia e fica na minha frente, com as mãos nos meus ombros.

— Sai dessa, garota! Estamos aqui para nos divertir. — Ela coloca a mão dentro da bolsa e tira a *nécessaire* de maquiagem. Umedece os dedos na pia e limpa o rímel que está debaixo dos meus olhos. Ela me maquia meticulosamente,

---

*Uma figura de linguagem sutil/Rasgo meu peito bem no meio/Eles aparecem e ficam nos vendo sangrar/Será que isso é arte como eu estava esperando?

bastante concentrada. Ninguém nunca fez isso antes, só eu mesma. Tira uma escova da bolsa e me empurra para a frente, penteando meu cabelo de trás para frente. Sinto-me como uma boneca de pano. Ela me levanta novamente e faz alguma coisa com meu cabelo, girando os dedos e puxando os fios. Dá um passo para trás e sorri, como se estivesse admirando sua obra-prima. — Pronto.

Ela me vira para o espelho, e meu queixo cai no chão. Não consigo acreditar. Estou... *bonita*. Ela fez uma trança na minha franja que se desfaz na altura do ombro. O tom suave da sombra cor de âmbar realça meus olhos. Meus lábios estão definidos, mas não coloridos demais. Estou igual à minha mãe.

— Nossa. Você tem um dom, Eddie.

— Eu sei. Com 29 irmãos e irmãs em nove anos, a pessoa termina aprendendo alguns truques.

Ela me puxa para fora do banheiro, e nós voltamos para a mesa. Quando estamos quase chegando, paro. Eddie também para, pois ela está segurando minha mão e foi repentinamente puxada para trás. Acompanha meu olhar até a mesa e avista Javi... e Will.

— Pelo jeito, temos companhia — diz ela. Então pisca para mim e me puxa para a frente, mas eu puxo a mão dela de novo. Meus pés estão grudados no chão.

— Eddie, não é nada do tipo. Não quero que fique pensando que é algo assim. — Ela se vira para mim e coloca minha mão na dela.

— Eu não estou pensando *nada*, Layken. Mas se realmente for algo assim, isso explicaria a tensão óbvia que existe entre vocês — diz ela.

— Só é óbvia para você.

— E vai continuar assim — diz ela, me puxando novamente.

Quando chegamos na mesa, quatro pares de olhos viram-se para mim.

— Caramba, garota, você está bonita — diz Javi. Gavin lança um olhar para Javi e depois sorri para mim.

— Eddie aprontou com você, não foi? — Ele coloca o braço ao redor da cintura de Eddie, puxando-a para perto, assim passo a ter de me virar sozinha. Nick puxa uma cadeira para mim, e eu me sento. Olho para Will, e ele me dá um meio sorriso. Sei o que isso significa. Ele acha que estou bonita.

— Muito bem, temos mais quatro apresentações para o primeiro round. O próximo é Eddie. Onde ele está?

Eddie revira os olhos e se levanta.

— É *ela*!

— Ah, desculpe. Lá está ela. Pode vir, Srta. Eddie.

Eddie dá um beijo rápido em Gavin e vai correndo para o palco, com o sorriso cheio de confiança. Todos se sentam, exceto Will. Javi senta à minha esquerda, e o único lugar que sobra na mesa é à minha direita. Will hesita antes de se aproximar e finalmente se sentar.

— O que vai apresentar, Eddie? — pergunta o apresentador para ela.

Ela se inclina para perto do microfone e diz:

— Balão rosa.

Assim que o apresentador sai do palco, Eddie perde o sorriso e se abstrai.

Meu nome é Olivia King.
Tenho 5 anos.

Minha mãe comprou um *balão* pra mim. Lembro do dia em que
chegou em casa com ele. A fitinha rosa
parecendo um caracol, *descendo* em seu braço, *dando voltas* em seu *pulso*. Ela *sorria* para mim enquanto *desatava*
o nó e o colocava ao redor da minha mão.
— Tome, Livie, comprei isso para você.
Ela me chamava de Livie.
Fiquei tão *feliz*. Eu nunca tinha tido um *balão* antes. Quero dizer, sempre via balões amarrados nos pulsos das *outras* crianças no estacionamento do *Walmart*, mas nunca *sonhei* que teria um balão só *meu*.
Um balão rosa *só meu*.
Fiquei tão *animada*! Tão *entusiasmada*! Tão *emocionada*! Não dava para *acreditar* que minha mãe tinha comprado algo para mim. Ela *nunca* tinha
comprado *nada* pra mim antes! Fiquei brincando com ele durante *horas*. Ele estava cheio de *hélio* e *dançava, balançava* e
flutuava enquanto eu o *puxava* comigo de um *canto* para o *outro* da casa, pensando aonde ia levá-lo. Pensando em lugares onde o balão *nunca* tinha ido. Levei-o para o *banheiro*, para o *armário*, para a *área de serviço*, para a *cozinha*,
para a *sala de estar*. Queria que meu novo melhor amigo visse *tudo* que eu via! Levei-o para o *quarto* da minha mãe!
O *quarto*
da minha mãe?
Onde não era para eu ir?

Com meu
balão
rosa...
Cobri os ouvidos quando ela *gritou* comigo, *limpando* os *vestígios* de seu *nariz*. Ela me *bateu* no rosto e me lembrou do quanto eu era *má*!
Do quanto eu me *comportava mal*! De como eu nunca *prestava atenção*! E me *empurrou* para o corredor, *batendo* a porta, e trancando meu balão rosa lá dentro com ela. Queria ele *de volta*! Ele era *meu* melhor amigo. *Não dela*! A fita rosa *ainda* estava amarrada no meu *pulso*, e fiquei *puxando* e *puxando*, tentando tirar meu novo melhor amigo de *perto* dela.
E
ele
estourou.
Meu nome é Eddie.
Tenho 17 anos.
Meu *aniversário* é semana que vem. Vou fazer *18*, que data importante. Meu pai adotivo vai me dar uma bota que estou querendo. Tenho certeza de que meus amigos vão me levar para jantar. Meu namorado vai comprar um *presente*, talvez até me levar para ver um *filme*. E vou até receber um cartãozinho legal da funcionária do sistema de adoção, desejando um feliz aniversário e me informando que agora não tenho mais idade para participar do *sistema*.
Vou me divertir. Sei que vou.
Mas de *uma* coisa
eu tenho *certeza*.
Acho bom ninguém me dar
nenhuma porra de balão rosa!

* * *

Quando a multidão começa a vibrar por sua causa, Eddie adora. Ela fica pulando no palco, aplaudindo junto com a multidão, esquecendo tudo a respeito do poema sombrio que acabou de apresentar. Ela leva jeito para isso. Nós a aplaudimos de pé quando ela volta para a mesa.

— Isso foi tão maravilhoso — diz, empolgada. Gavin dá um abraço nela, levantando-a do chão, e beija sua bochecha.

— Minha garota — diz ele, enquanto se sentam novamente.

— Foi muito bom, Eddie. Acho que você está dispensada da prova — diz Will.

— Foi tão fácil! Layken, você precisa apresentar um semana que vem. Você nunca fez a prova final do Sr. Cooper antes. Vai por mim, elas não são nada divertidas.

— Vou pensar — digo. Ela fez a apresentação parecer tão fácil.

Will ri e se inclina para a frente.

— Eddie, você *também* não fez minha prova final nenhuma vez. É minha aluna há apenas dois meses.

— Bom, tenho certeza que elas são péssimas — diz ela e ri.

Eles chamam outra pessoa para se apresentar no palco, e a mesa fica em silêncio. Javi não para de ficar encostando a perna na minha. Tem alguma coisa nele que me deixa inquieta. Talvez seja o fato de ele ser tão estranho. Ao longo da apresentação, fico me afastando sem parar, mas por algum motivo ele continua vindo para perto de mim. Quando estou prestes a dar um murro nele, Will se aproxima e sussurra no meu ouvido.

— Troque de lugar comigo.

Eu me levanto e ele senta no meu lugar, então sento no dele. Agradeço-o em silêncio com um olhar. Javi endireita a postura e encara Will. Está na cara que os dois não gostam muito um do outro.

Quando o segundo round começa, todos da mesa estão espalhados no meio da multidão. Avisto Nick no bar, conversando com uma garota. Javi termina se afastando, emburrado, deixando apenas Will e eu na mesa com Gavin e Eddie.

— Sr. Cooper, você viu...

— Gavin — interrompe Will. — Não precisa me chamar de Sr. Cooper aqui. Nós estudamos no mesmo colégio, no mesmo ano.

Um sorriso maldoso toma conta do rosto de Gavin. Ele cutuca Eddie, e os dois sorriem para Will.

— Podemos chamá-lo de...

— Não! Não podem! — interrompe Will mais uma vez. Ele está corando.

— Tem alguma história aí no meio que não conheço — digo, olhando de Will para Gavin.

Gavin inclina-se para a frente e coloca os cotovelos nos joelhos.

— É que, Layken, uns três anos atrás...

— Gavin, vou reprová-lo. Vou reprovar sua namoradinha também — diz Will.

A esta altura todos estão rindo, mas eu ainda não estou entendendo.

— Três anos atrás, o Durex aqui decidiu começar uma guerra de trotes com o pessoal do primeiro ano.

— Durex? — digo. Olho para Will, e o rosto dele está afundado nas mãos.

— Ficou meio na cara que Will, quero dizer, Durex, era quem estava por trás de todos os trotes. Nós sofremos na mão desse senhor. — Gavin ri enquanto aponta para Will. — Aí decidimos que aquilo tinha de acabar. Criamos o nosso próprio plano, agora conhecido como Vingança contra Durex.

— Droga, Gavin. Sabia que tinha sido você! Eu *sabia* — diz Will. Gavin ri.

— Will era conhecido pelas sonecas diárias que tirava no carro. Especialmente durante a aula de história do Sr. Hanson. Então, um dia a gente foi atrás dele no estacionamento e esperamos que ele estivesse na terra dos sonhos. Pegamos uns 25 rolos de fita adesiva e o prendemos dentro do carro. Acho que já tinha umas seis camadas de fita quando ele finalmente acordou. Dava para ouvir os gritos e os chutes na porta até de dentro do colégio.

— Meu Deus. Quanto tempo você ficou lá dentro? — pergunto para Will. Nem hesito em falar com ele. Gosto do fato de estarmos interagindo novamente, mesmo que seja só como amigos. É legal.

Ele ergue a sobrancelha para mim ao responder.

— Essa é a melhor parte. A aula de história do Sr. Hanson era no segundo tempo. Só me tiraram do carro quando meu pai ligou pro colégio tentando descobrir onde eu estava. Não lembro da hora, mas já estava escuro.

— Você ficou lá umas 12 horas?

Ele faz que sim com a cabeça.

— Como você foi ao banheiro? — pergunta Eddie.

— Nunca vou contar — diz ele, rindo.

Dá para a gente fazer isso, sim. Observo Will enquanto ele conversa com Eddie e Gavin; estão todos rindo. Antes não achei que uma amizade entre nós dois fosse possível. Mas agora, aqui, acho que pode funcionar.

Nick volta para a mesa com um olhar irritado no rosto.

— Não estou me sentindo muito bem. Podemos ir embora?

— Quanto você comeu, Nick? — diz Gavin, levantando-se.

Eddie olha para mim e inclina a cabeça em direção à porta, insinuando que é hora de ir embora.

— Até amanhã, Sr. Cooper — diz ela.

— Tem certeza, Eddie? — pergunta Will para ela. — Ou será que amanhã você e sua amiga aqui não vão tirar outro cochilo no pátio?

Eddie olha para mim e coloca a mão na frente da boca aberta, fingindo estar surpresa. Will e eu nos levantamos enquanto todos se afastam.

— Pode deixar Kel na minha casa essa noite — diz ele quando todos se afastam. — Eu o levo para a escola amanhã. Eles já devem estar dormindo agora de qualquer jeito.

— Tem certeza?

— Claro, sem problema.

— Tá certo, obrigada.

Nós dois ficamos parados, sem saber como nos despedir. Ele sai da minha frente.

— Até amanhã — diz ele. Eu sorrio e passo, depois alcanço Eddie.

— Por favor, mãe? Por favor? — diz Kel.

— Kel, vocês já passaram a noite juntos *ontem*. Tenho certeza de que o irmão dele quer passar um tempinho com ele.

— Não, não quer, não — diz Caulder.

— Viu? A gente fica no nosso quarto. Eu juro — diz Kel.

— Tá bom. Mas Caulder, amanhã à noite você precisa ir para casa. Vou sair para jantar com Lake e Kel.

— Sim, senhora. Vou avisar meu irmão e pegar minhas roupas.

Kel e Caulder correm para a porta da frente. Eu me inquieto no sofá enquanto abro o zíper da bota. Esse jantar que ela mencionou deve ser porque chegou o momento; ela vai nos *apresentar* a alguém. Decido pressioná-la um pouco mais.

— A gente vai jantar onde? — pergunto.

Ela se aproxima do sofá e se senta, pegando o controle para ligar a televisão.

— Em qualquer canto. Talvez a gente coma aqui mesmo, não sei. Só queria um tempinho só da gente, só nós três.

Tiro as botas e fico segurando.

— Nós três — murmuro, indo para meu quarto. Fico pensando nisso enquanto jogo as botas no armário e deito na cama. Antigamente éramos "nós quatro". Depois virou "nós três". Agora, em menos de sete meses, ela está fazendo com que sejamos "nós quatro" mais uma vez.

Quem quer que ele seja, nunca será incluído na mesma contagem que Kel e eu. Ela não sabe que sei a respeito dele. Ela nem sabe que já me refiro mentalmente aos dois como "eles dois", e a Kel e eu como "nós dois". Dividir para conquistar. Esse é o meu novo lema familiar.

Já estamos em Ypsilanti há um mês, e passei todas as noites de sexta-feira no meu quarto. Pego o telefone e mando uma mensagem para Eddie, torcendo para que ela e Gavin não se incomodem se eu for de vela no cinema dos dois. Ela me responde em questão de segundos, dizendo que tenho meia hora para me arrumar. Não é tempo suficiente para curtir um banho com calma, então vou ao banheiro e retoco a maquiagem. As cartas estão empilhadas na bancada ao lado da pia, e eu pego e dou uma olhada. Todos os três envelopes estão com um carimbo vermelho. "Redirecionar para Novo Endereço" consta por cima do nosso endereço antigo do Texas.

Mais oito meses. Mais oito meses e eu me mudo de volta para casa. Estou pensando em pendurar um calendário na parede, só para ficar marcando quantos dias faltam para isso. Jogo os envelopes de volta no balcão, e o conteúdo de uma das cartas cai no chão. Ao pegar, vejo os números impressos no canto superior direito da folha.

$178.343,00

É um extrato bancário. É um saldo de conta. Pego o resto das cartas, corro para o meu quarto e fecho a porta.

Olho para as datas no extrato e depois examino os outros envelopes. Um deles é de uma empresa de hipotecas, então eu abro. É uma cobrança de seguro. O seguro da nossa casa no Texas que, pelo que me disseram, tinha sido vendida. Meu Deus, que vontade de *matá-la*. Não estamos falidos! Nem vendemos a casa! Ela nos tirou do único lar que tivemos na vida por causa de um cara qualquer? Eu a odeio. Preciso sair dessa casa antes que eu exploda. Pego o telefone e jogo os envelopes na bolsa.

— Vou sair — digo ao passar pela sala de estar em direção à porta.

— Com quem? — pergunta ela.

— Com Eddie. Vamos ao cinema. — Respondo de maneira curta e gentil para que ela não perceba a fúria por trás da minha voz. Meu corpo inteiro está tremendo com a raiva que sinto. Tudo que quero é sair de casa e ter tempo de processar isso antes de confrontá-la.

Ela se aproxima de mim, tira o celular da minha mão e começa a apertar as teclas.

— Que diabos está fazendo? — grito, enquanto tiro o aparelho da mão dela.

— Sei o que você está fazendo, Lake! Não tente fingir.

— O que é que estou fazendo? Adoraria saber!

— Ontem à noite você e Will saíram, os *dois*. Ele tinha chamado uma babá, convenientemente. Hoje à noite o irmão dele diz que vai passar a noite aqui e meia hora depois você *está de saída*? Você não vai a lugar algum!

Jogo o telefone na bolsa e a coloco no ombro enquanto vou em direção à porta.

— Eu vou sair, sim. Com *Eddie*. Vai poder ver daqui quando eu for embora com *Eddie*. E quando eu *voltar* com Eddie. — Saio pela porta, e ela vem atrás de mim. Felizmente, Eddie já estava chegando na entrada da casa.

— Lake? Volte aqui! Precisamos conversar — grita ela da porta.

Abro a porta do carro de Eddie e me viro na direção da minha mãe.

— Tem razão, mãe, mas acho que é você quem precisa conversar comigo. Sei por que vamos sair pra jantar amanhã! Sei por que nos mudamos para o Michigan! Sei de tudo! Então nem venha dizer que não é para *eu* esconder coisas de você!

Não espero ela responder; entro no banco de trás e bato a porta com força.

— Me tira daqui, rápido — digo para Eddie.

Começo a chorar enquanto nos afastamos. Não quero voltar nunca.

— Aqui, beba isso. — Eddie empurra mais um refrigerante por cima da mesa, e ela e Gavin me observam enquanto bebo; e choro. Paramos no Getty's porque Eddie disse que a pizza deles era a única coisa que me ajudaria nesse momento. Não consegui comer.

— Desculpe por ter arruinado a noite de vocês — digo para os dois.

— Não arruinou nada. Ela arruinou, amor? — diz Eddie, virando-se para Gavin.

— De jeito nenhum. É uma boa mudança na rotina — diz ele, guardando a pizza numa embalagem para viagem.

Meu telefone está vibrando novamente. É a sexta vez que minha mãe me liga, então pressiono o botão de desligar e o jogo de volta na bolsa.

— Ainda dá tempo de a gente ver o filme? — pergunto.

Gavin olha para o relógio e faz que sim com a cabeça.

— Claro, se quiser mesmo.

— Quero, sim. Preciso parar de pensar nisso por um tempinho.

Pagamos a conta e vamos ao cinema. O filme não é com Johnny Depp, mas neste momento qualquer ator serve.

10.

She puts her hands against
the life she had.
Living with ignorance,
Blissful and sad.
But nobody knows what lies behind
The days before the day we die.*

— THE AVETT BROTHERS, "DIE DIE DIE"

CHEGAMOS A MINHA CASA ALGUMAS HORAS DEPOIS. Não saio do carro imediatamente; respiro fundo algumas vezes, preparando-me para a briga que sei que está prestes a acontecer.

— Layken, me liga mais tarde. Quero saber de tudo. Boa sorte — diz Eddie.

— Obrigada, ligo sim. — Saio do carro e me aproximo da porta enquanto os dois vão embora. Quando entro, vejo que minha mãe está deitada no sofá. Ela escuta a porta fechar e se levanta num pulo. Fico imaginando que ela vá re-

---

*Ela põe as mãos/na vida que tinha./Vivendo num estado de ignorância/Feliz e triste./Mas ninguém sabe o que está por trás/Dos últimos dias antes do dia em que morremos.

começar a gritaria, mas ela corre na minha direção e joga os braços ao redor do meu pescoço. Fico parada.

— Lake, me desculpe, de verdade. Devia ter contado pra você. Desculpe mesmo. — Ela está chorando.

Eu me afasto e sento no sofá. As duas mesinhas estão cobertas de lenços de papel. Ela chorou um bocado. Ótimo, é mesmo para ela se sentir mal. É até para ela se sentir *péssima*.

— Seu pai e eu íamos contar para você antes de ele...

— Papai? Você estava saindo com ele mesmo antes de papai *morrer*? — Eu me levanto e ando de um lado para o outro. — Mãe! Há quanto tempo isso está acontecendo? — Agora estou gritando. E chorando mais uma vez.

Olho para ela, esperando que se defenda de seu comportamento repulsivo, mas ela apenas fica olhando a mesinha à sua frente.

Ela se inclina para a frente e vira a cabeça para mim.

— Saindo com *quem*? O que você acha que está acontecendo?

— Não *sei* com quem! A pessoa que escreveu aquele poema que está na sua mesa de cabeceira! A pessoa com quem você sai quando diz que vai resolver coisas. A pessoa pra quem você diz "eu te amo" no telefone. Não sei *quem* é e também não me importa.

Ela se levanta e coloca as mãos nos meus ombros.

— Lake, não estou saindo com *ninguém*. Você entendeu tudo errado. Tudo.

Dá para perceber que está sendo sincera, mas ela ainda não respondeu nada.

— E o bilhete? E os extratos bancários? Não estamos falidos, mãe. E você nem vendeu a casa! Você mentiu para nos trazer para cá. E se não foi por causa de um sujeito qualquer, então por quê? Por que estamos aqui?

Ela tira as mãos dos meus ombros e olha para o chão, balançando a cabeça.

— Ah, Lake. Achei que você soubesse. Achei que você tinha descoberto. — Ela se senta no sofá de novo e olha para as mãos.

— Pelo jeito, não — digo. Isso é tão frustrante. Não imagino o que é que o Michigan pode ter de tão importante para ela querer nos tirar de nossas próprias vidas. — Então me conte.

Ela olha para mim e coloca a mão no lugar ao seu lado.

— Sente-se. Por favor, sente-se.

Sento no sofá e fico esperando que ela explique tudo. Ela para por um bom tempo enquanto organiza os pensamentos.

— O bilhete, isso foi só algo que seu pai escreveu. Era uma brincadeira. Ele fez um desenho no meu rosto uma vez e deixou aquele bilhete no meu travesseiro. Eu guardei. Eu amava seu pai, Lake. Sinto tanta falta dele. Nunca faria algo assim com ele. Não existe outra pessoa.

Ela está sendo sincera.

— Então por que nos mudamos para cá, mãe? Por que você fez a gente se mudar?

Ela respira fundo e se vira na minha direção, colocando as mãos em cima das minhas. A expressão em seus olhos faz meu coração ficar apertado. É a mesma expressão de antes, de quando ela veio me dar a notícia sobre meu pai no corredor do colégio. Ela respira fundo mais uma vez e aperta minhas mãos.

— Lake, estou com câncer.

* * *

Negação. Com certeza, estou na fase da negação. E da raiva. Da barganha? Isso também. Estou nas três. Estou em todas as cinco, talvez. Não consigo respirar.

— Seu pai e eu íamos contar. Mas, depois que ele morreu, vocês ficaram tão arrasados. Não consegui falar com vocês sobre isso. Quando comecei a piorar, quis voltar a morar aqui. Brenda implorou para que eu fizesse isso e disse que ajudaria a tomar conta de mim. É com ela que tenho falado ao telefone. Tem um médico em Detroit que é especialista em câncer de pulmão. É para lá que tenho ido.

Câncer de pulmão. A coisa tem um nome específico. Assim fica mais real ainda.

— Estava planejando contar para você e Kel amanhã. Está na hora de vocês dois saberem, para que possam se preparar.

Afasto minhas mãos dela.

— Preparar... para o *quê*, mãe?

Ela coloca os braços ao meu redor e começa a chorar de novo. Eu a afasto novamente.

— Preparar para o *quê*, mãe?

Assim como o rechonchudo diretor Bass, ela não consegue me olhar nos olhos. Está com *pena* de mim.

Não me lembro de sair da casa, nem de atravessar a rua. A única coisa que sei é que é meia-noite e estou batendo na porta de Will.

Quando ele abre, não faz nenhuma pergunta. Percebe pela expressão no meu rosto que eu só preciso que ele seja Will. Só um pouquinho. Ele coloca o braço ao redor dos meus ombros e me leva para dentro enquanto fecha a porta.

— Lake, o que foi?

Não consigo responder. Não consigo respirar. Ele coloca os braços ao meu redor no instante em que começo a desmoronar no chão e a chorar. E, assim como fiz no corredor do colégio com minha mãe, ele vem para o chão comigo. Coloca minha cabeça debaixo de seu queixo, alisa meu cabelo e simplesmente deixa que eu chore.

— Conte o que aconteceu — sussurra ele por fim.

Não quero falar. Se eu disser em voz alta, vai se tornar real. *É* real.

— Ela está morrendo, Will — digo, entre soluços. — Ela está com câncer.

Ele me aperta mais ainda, me põe no colo e me leva para seu quarto. Então me coloca na cama e puxa as cobertas para cima de mim. A campainha toca. Ele beija minha testa e sai do quarto.

Dá para escutar a voz dela após ele abrir a porta, mas não o que ela está dizendo. Will está falando baixo, mas consigo entender o que ele diz.

— Deixe ela ficar aqui, Julia. Ela está precisando de mim agora.

Mais algumas coisas são ditas, mas não consigo distinguir. Depois de um tempo, escuto ele fechar a porta, e ele volta para o quarto. Sobe na cama, coloca os braços ao meu redor e me abraça enquanto choro.

parte dois

11.

Who cares about tomorrow?
What more is tomorrow,
Than another Day?*

— THE AVETT BROTHERS, "SWEPT AWAY"

A janela está na parede errada do quarto. Que horas são? Estico o braço até o outro lado da cama para pegar o telefone na mesa de cabeceira. Meu telefone não está lá. Nem o móvel. Sento na cama e esfrego os olhos. Este não é o meu quarto. Quando começo a me lembrar das coisas, deito de novo e me cubro até a cabeça, desejando que tudo desapareça.

— Lake.

Acordo de novo. O sol não está tão forte, mas ainda não é o meu quarto. Cubro a cabeça mais ainda.

— Lake, acorde.

Alguém está puxando as cobertas da minha cabeça. Gemo e seguro nelas com mais força ainda. Tento desejar

---

*Quem se importa com o amanhã?/O que é o amanhã/além de mais outro dia?

mais uma vez que tudo desapareça, mas minha bexiga está latejando. Tiro as cobertas de cima do corpo e vejo que Will está sentado à beira da cama.

— Você não é *mesmo* de acordar cedo — diz ele.
— Banheiro. Onde é o banheiro?

Ele aponta para o outr,o lado do corredor. Pulo da cama, na esperança de conseguir aguentar até lá. Corro para o vaso e sento, mas quase caio dentro dele. O assento está levantado.

— Garotos — murmuro, enquanto abaixo o assento.

Quando saio do banheiro, vejo que Will está sentado ao balcão da cozinha. Ele sorri e empurra uma xícara de café para o lugar vazio ao lado dele. Eu me sento e pego o café.

— Que horas são? — digo.
— Uma e meia.
— Ah. Bem, sua cama é bem confortável.

Ele sorri e empurra meu ombro de leve.

— Pelo jeito, é — diz ele.

Tomamos o café em silêncio. Num silêncio *confortável*.

Will leva minha caneca vazia para a pia e a enxágua, antes de colocar na lava-louças.

— Vou levar Kel e Caulder para uma matinê — diz ele. Ele liga a lava-louças e enxuga a mão num pano. — Vamos sair daqui a alguns minutos. Depois, devo levá-los para jantar, então só devemos voltar lá pelas seis horas. Assim, você e sua mãe vão ter tempo de conversar.

Não gosto da maneira como ele solta essa última frase no meio da conversa; como se eu fosse suscetível à sua manipulação.

— E se eu não quiser conversar? E se eu quiser ir para a matinê?

Ele coloca os cotovelos no balcão e se inclina na minha direção.

— Você não precisa ver um filme. Precisa é conversar com sua mãe. Vamos. — Ele pega as chaves e o casaco e começa a ir em direção à porta.

Eu me recosto na cadeira e cruzo os braços.

— Acabei de acordar. A cafeína nem fez efeito ainda. Posso ficar aqui um pouquinho?

Estou mentindo. Quero só que ele vá embora, assim poderei voltar para sua confortável cama.

— Tá certo. — Ele vem na minha direção e me dá um beijo na testa. — Mas não o dia inteiro. Precisa conversar com ela.

Ele veste o casaco e sai, fechando a porta. Vou até a janela e vejo Kel e Caulder entrando no carro e indo embora. Olho para minha casa do outro lado da rua. Minha casa que não é um lar. Sei que minha mãe está lá dentro, a apenas alguns metros de distância. Não faço ideia do que diria para ela, se fosse lá agora. Decido não ir neste instante. Não gosto do fato de estar com tanta raiva. Sei que não é culpa dela, mas não sei mais a quem culpar.

Meu olhar para no duende com o chapéu vermelho quebrado, na entrada da casa. Ele está olhando direto para mim e sorrindo. É como se soubesse. Ele sabe que estou aqui do outro lado, com medo demais para ir até lá. Está me provocando. Quando estou prestes a fechar a cortina, reconhecendo sua vitória, Eddie chega de carro na minha casa.

Abro a porta da casa de Will e, quando ela sai do carro, aceno.

— Eddie, estou aqui!

Ela olha para mim, olha de novo para minha casa, depois para mim de novo com uma expressão confusa no rosto. Então, atravessa a rua.

Ótimo. Por que fiz isso? Como é que vou explicar?

Dou um passo para o lado e seguro a porta enquanto ela entra, olhando a sala de estar com curiosidade.

— Você está bem? Liguei mil vezes! — diz ela. Ela se joga no sofá, coloca o pé na mesinha e começa a tirar as botas. — De quem é essa casa?

Não preciso responder nada. O retrato de família pendurado na parede responde por mim.

— Ah — diz ela. Mas é tudo que diz. — E então? O que aconteceu? Ela disse quem é ele? Você o conhece?

Vou até o sofá, passo por cima das pernas dela e sento ao seu lado.

— Eddie? Está pronta para escutar a história da coisa mais idiota que já fiz?

Ela ergue as sobrancelhas e espera que eu desembuche.

— Eu estava errada. Ela não está saindo com ninguém. Ela está doente. Está com câncer.

Eddie coloca as botas ao seu lado e põe os pés de volta na mesinha enquanto se recosta no sofá. As meias são diferentes uma da outra.

— Caramba, que surreal — diz ela.

— É, mas é real para mim.

Ela fica lá sentada por um instante, mexendo nas unhas pintadas de preto. Dá para perceber que não sabe o que dizer. Em vez disso, ela simplesmente se inclina e me abraça antes de se levantar com um pulo.

— E aí, o que o Sr. Cooper tem para beber por aqui? — Ela vai até a cozinha, abre a geladeira e pega um refrigerante. Alcança dois copos, enche de gelo e traz de volta para a sala de estar, onde serve o refrigerante. — Não encontrei vinho. Que mala — diz. Ela me entrega o copo e coloca as pernas no sofá. — Então, qual é o prognóstico dela?

Dou de ombros.

— Não sei. Mas não parece nada bom. Fui embora logo depois que ela me contou, ontem à noite. Não consegui encará-la depois disso. — Viro a cabeça em direção à janela e olho para nossa casa novamente. Sei que é inevitável. Sei que vou ter de encará-la; só queria mais um dia de normalidade.

— Layken, você precisa falar com ela.

Reviro os olhos.

— Caramba, parece Will falando.

Ela dá um gole no refrigerante e coloca o copo de volta na mesa.

— Falando em *Will*.

E lá vamos nós.

— Layken, estou tentando ao máximo ficar na minha. Estou mesmo. Mas você está na casa dele! E está com as mesmas roupas que usou ontem para sair comigo. Se não tentar pelo menos negar que tem alguma coisa acontecendo entre vocês, então vou ter de imaginar que você está *admitindo* que seja verdade.

Suspiro. Ela tem razão. Do seu ponto de vista, parece que está acontecendo mais do que está. Não tenho escolha a não ser contar a verdade, ou ela vai ficar pensando mal dele.

— Tudo bem. Mas, Eddie, você precisa...

— Juro. Nem para Gavin.

— Tá bom. Bem, eu o conheci no dia em que nos mudamos para cá. Tinha um clima entre a gente. Ele me convidou para sair, e nós saímos. Nos divertimos bastante. Nos beijamos. Provavelmente deve ter sido a melhor noite da minha vida. Aliás, *foi* mesmo a melhor noite da minha vida.

Agora ela está sorrindo. Hesito antes de continuar. Ela percebe pela minha linguagem corporal que o final não é feliz, e o sorriso desaparece

— Não sabíamos. Só fui saber que ele era professor no meu primeiro dia de aula. Ele não sabia que eu estava no colégio.

Ela se levanta.

— O corredor! Foi isso que aconteceu no corredor.

Faço que sim com a cabeça.

— Minha nossa. Então, ele acabou tudo?

Faço que sim novamente. Ela se deixa cair no sofá mais uma vez.

— Merda. Que saco.

Faço que sim com a cabeça de novo.

— Mas você está aqui. Passou a noite aqui — diz ela, sorrindo. — Ele não conseguiu se segurar, não é?

Balanço a cabeça.

— Não foi nada disso. Eu estava chateada, e ele me deixou ficar. Não aconteceu nada. Ele está apenas sendo meu amigo.

Ela dá de ombros e faz um bico, deixando na cara que queria que não tivéssemos resistido.

— Só mais uma pergunta. Seu poema. Foi sobre ele, não foi?

Faço que sim com a cabeça.

— Legal — diz ela, rindo. Fica em silêncio novamente, mas não por muito tempo. — Só mais uma pergunta. Juro. De verdade.

Olho para ela, mostrando que não me incomodo.
— Ele beija bem?
Sorrio. Não consigo deixar de sorrir.
— Meu Deus, ele é *tããо* gostoso!
— Eu sei! — Ela junta as mãos e se joga no sofá.

Nossas risadas diminuem à medida que a realidade do momento volta à tona. Viro e olho pela janela mais uma vez, fitando nossa casa do outro lado da rua enquanto ela leva os copos para a pia. Ao voltar para a sala, segura minha mão e me puxa pra longe do sofá.

— Vamos, a gente vai falar com sua mãe.

A gente? Não reclamo. Eddie tem um certo jeitinho; é impossível reclamar de algo que ela diz.

12.

With paranoia on my heel
Will you love me still
When we awake and you see that
*The sanity has gone from my eyes?**

— THE AVETT BROTHERS, "PARANOIA IN B-FLAT MAJOR"

EDDIE NUNCA TINHA ENTRADO NA MINHA CASA. Ninguém diria isso pela maneira como sai em disparada pela porta. Ela ainda está me puxando quando entramos na sala. Minha mãe está sentada no sofá, observando essa desconhecida com um sorriso no rosto vir a mil em sua direção, arrastando a filha emburrada atrás de si. Tenho de admitir que a expressão de surpresa no rosto da minha mãe foi algo gratificante.

Eddie me puxa até o sofá e empurra meus ombros para baixo até eu sentar do lado da minha mãe. Em seguida, senta-se na mesinha na frente de nós duas, muito ereta e com a cabeça erguida. É ela quem está no comando.

---

*Com a paranoia nos meus calcanhares/Será que você ainda vai me amar/Quando acordarmos e você vir que/A sanidade sumiu dos meus olhos?

— Meu nome é Eddie, sou a melhor amiga da sua filha — diz para minha mãe. — Pronto, agora que já nos conhecemos, vamos ao que importa.

Minha mãe olha para mim, depois para Eddie, e não responde. Na verdade eu também não tenho nada a dizer. Não sei o que Eddie vai fazer em seguida, então minha única opção é deixar que ela continue.

— Julia, não é? Não é o seu nome? — Minha mãe faz que sim com a cabeça. — Julia, Layken quer fazer umas perguntas. Muitas perguntas. E você tem as respostas. — Eddie olha para mim. — Layken, você faz as perguntas e sua mãe responde. — Ela olha para nós duas. — É assim que funciona. Alguma pergunta? Quero dizer, para mim?

Minha mãe e eu balançamos a cabeça negativamente. Eddie se levanta.

— Então, é isso. Meu trabalho aqui acabou. Me liga mais tarde.

Eddie passa por cima da mesinha e vai em direção à porta da frente, mas se vira e volta para perto de nós. Ela coloca os braços ao redor do pescoço da minha mãe. Minha mãe olha para mim com os olhos arregalados, sem retribuir o abraço. Eddie continua apertando o pescoço dela por um bom tempo antes de finalmente soltar. Sorri para nós, salta por cima da mesinha e sai pela porta. E, então, simplesmente desaparece. Puf.

Nós duas ficamos em silêncio, fitando a porta. Fico confusa, tentando descobrir quando foi que tudo deu errado para Eddie. Ou quando foi que tudo deu *certo*. É difícil distinguir. Olho de novo para minha mãe, e nós duas rimos.

— Nossa, Lake. Você sabe mesmo escolher suas amizades.

— Eu sei. Ela é ótima, né?

Nos acomodamos no sofá. Minha mãe estica o braço e afaga as costas da minha mão.

— É melhor a gente fazer o que ela disse. Faça uma pergunta e eu respondo da melhor maneira possível.

Vou direto ao ponto.

— Você está morrendo?

— Acho que todos nós estamos, não é? — responde ela.

— Isso foi uma *pergunta*. É pra você simplesmente *responder*.

Ela suspira como se estivesse hesitando, sem querer responder.

— Possivelmente. Provavelmente — admite ela.

— Quanto tempo? Qual a gravidade?

— Lake, talvez eu devesse explicar primeiro. Assim, você vai saber melhor com o que estamos lidando. — Ela se levanta, vai até a cozinha e se senta ao balcão. Faz um gesto indicando para que eu me sente a seu lado enquanto pega uma caneta e uma folha de papel e começa a escrever alguma coisa. — Existem dois tipos de câncer de pulmão: o de células não pequenas e o de células pequenas. Infelizmente, eu tenho o de células pequenas, que é o que se espalha mais rápido.

Ela faz um desenho.

— O de pequenas células pode ser limitado ou extensivo. — Ela aponta para uma área dentro de dois pulmões desenhados. — O meu é o limitado. O que significa que ele está contido dentro dessa área. — Ela circula a área dos pulmões e faz uma seta. — Foi aqui que encontraram o tumor. Quando seu pai morreu, eu tinha os sintomas há alguns meses. Ele me obrigou a fazer uma biópsia, e foi então que descobrimos que era maligno. Procuramos médicos por alguns dias e finalmente decidimos que o melhor era vir para um médico que encontramos aqui em Michigan, em Detroit. Ele é especialista em CPPC. Decidimos nos mudar antes mesmo de seu pai morrer. Nós...

— Mãe, calma.

Ela coloca a caneta na mesa.

— Preciso de um instante — digo. — Nossa, parece que estou numa aula de ciências. — Apoio a cabeça nas mãos. Ela teve meses para pensar nisso. E agora está abordando o assunto como se estivesse me ensinando a fazer um bolo!

Ela fica esperando pacientemente enquanto eu me levanto e vou até o banheiro. Molho o rosto e encaro meu reflexo no espelho. Estou um lixo. Não me olho no espelho desde antes de sair com Gavin e Eddie ontem à noite. Meu rímel escorreu para a parte de baixo dos olhos. Que estão inchados. Meu cabelo está bagunçado. Limpo a maquiagem e penteio o cabelo antes de voltar à cozinha para ela me contar como é que vai morrer.

Quando volto, ela fica olhando para mim. Faço que sim com a cabeça, pedindo para que ela continue. Sento ao lado dela.

— Uma semana depois de decidirmos que nos mudaríamos para o Michigan, seu pai morreu. Eu fui tão consumida por isso, pela morte dele e os preparativos e tudo o mais, que apenas tentei ignorar o que estava acontecendo comigo. Fiquei sem ir ao médico por três meses. — A voz dela fica mais baixa. — E, após esse tempo, tinha se espalhado. Não era mais de células pequenas e limitado; era extensivo.

Ela desvia o olhar, enxugando uma lágrima do olho.

— Culpei a mim mesma; pelo ataque cardíaco do seu pai. Sei que o motivo foi o estresse do meu diagnóstico. —

Ela se levanta e volta para a sala. Encosta na janela e fica olhando lá para fora.

— Por que não me contou? Eu poderia ter ajudado você, mãe. Não precisava lidar com tudo isso sozinha.

Ela apoia as costas na parede e olha para mim.

— Agora eu sei disso. Estava numa fase de negação. Estava com raiva. Acho que torcia para que um milagre acontecesse. Não sei. Os dias se transformaram em semanas, em meses. E agora estamos aqui. Recomecei a quimioterapia há três semanas.

Coloco a cadeira para trás e me levanto.

— Isso é bom, não é? Se está fazendo quimioterapia, então é porque tem chance de cura.

Ela balança a cabeça.

— Não é para enfrentar o câncer, Lake. É para amenizar minha dor. É tudo que eles podem fazer a esta altura.

As palavras dela fazem com que eu perca o resto de força que tinha nas pernas. Caio no sofá, baixo a cabeça no meio das mãos e choro. É incrível o tanto de lágrimas que uma pessoa só é capaz de produzir. Na noite após a morte do meu pai, chorei tanto que comecei a ficar paranoica achando que aquilo estava fazendo mal aos meus olhos, então fiz uma busca no Google. Pesquisei "Uma pessoa pode chorar demais?". Aparentemente, após um tempo todo mundo acaba pegando no sono e parando de chorar para que o corpo tenha períodos normais de descanso. Então, a resposta era não, ninguém pode chorar demais.

Pego um lenço e respiro fundo algumas vezes, tentando conter o resto das lágrimas. Estou mesmo cansada de tanto chorar.

Minha mãe senta ao meu lado, e sinto seus braços cercarem meu corpo, então eu me viro para ela e a abraço. Meu coração dói por causa dela. Por causa de *nós* duas. Eu a abraço mais forte, com medo de soltá-la. Não posso soltá-la.

Após um tempo, ela começa a tossir e tem de se virar. Fico observando-a enquanto ela se levanta e continua tossindo, respirando com dificuldade. Ela está tão doente. Como é que não percebi? As bochechas estão mais fundas do que antes. O cabelo está mais ralo. Mal a reconheço. Estava tão concentrada nos meus próprios problemas que nem percebi que minha mãe estava sendo tirada de mim diante dos meus próprios olhos.

O ataque de tosse passa, e minha mãe volta a se sentar na frente do balcão.

— Hoje à noite, a gente conta para Kel. Brenda vai chegar aqui às sete. Ela quer estar presente, pois vai ser a tutora dele.

Eu rio. Ela está de brincadeira. *Não está?*

— Como assim a tutora dele?

Ela olha nos meus olhos como se *eu* estivesse sendo insensata.

— Lake. Você ainda está no colégio; logo, vai estar na universidade. Não espero que você abdique de tudo. Não quero que faça isso. Brenda já cuidou de outras crianças. E quer fazer isso. Kel gosta dela.

Apesar de todas as coisas pelas quais passei este ano, este momento, estas palavras que acabaram de sair de sua boca... Nunca senti tanta raiva na vida.

Eu me levanto, seguro a parte de trás da cadeira e a arremesso no chão com tanta força que o assento se desprende da base. Ela se encolhe enquanto corro em sua direção, apontando meu dedo para o peito dela.

— Ela *não* vai ficar com Kel! Você não vai dar *meu* irmão para ela! — grito tão alto que minha garganta arde.

Ela tenta me conter, colocando as mãos nos meus ombros, mas eu me afasto.

— Lake, para com isso! Para! Você ainda está no colégio! Você nem começou a universidade. O que espera que eu faça? Não temos mais ninguém. — Ela vem atrás de mim quando vou em direção à porta da frente. — Não tenho mais ninguém, Lake — diz, chorando.

Abro a porta e me viro para ela, ignorando suas lágrimas e gritando.

— Você não vai contar para ele hoje! Ele não precisa saber disso ainda. Acho bom você não contar!

— Temos de contar. Ele precisa saber — diz ela.

Ela agora está me seguindo pela entrada da casa; eu continuo andando.

— Vai pra casa, mãe! Vai pra casa! Já cansei de falar sobre isso. E, se quiser me ver de novo algum dia, é melhor não contar para ele!

Os soluços dela diminuem à medida que entro na casa de Will e bato a porta. Corro para o quarto dele e me jogo na cama. Eu não apenas choro; eu soluço, gemo, grito.

NUNCA USEI DROGAS na vida. Tirando a vez em que dei um gole no vinho da minha mãe quando tinha 14 anos, nunca nem tomei álcool por vontade própria. Não foi por ter medo demais ou por ser certinha demais. Sinceramente, acho que foi o mero fato de nunca terem me oferecido nada.

No Texas, eu nunca ia a festas. Nunca passei a noite com alguém que tenha tentado me convencer a fazer algo ilegal. Para ser franca, simplesmente nunca estive numa situação em que pudesse sucumbir à pressão das pessoas. Eu passava as noites de sexta nos jogos de futebol. Nas noites de sábado, meu pai costumava nos levar ao cinema e para jantar. No domingo, eu fazia o dever de casa. Essa era minha vida.

Houve uma exceção. Foi quando a prima de Kerris ia casar e me convidou para a festa. Eu tinha 16 anos, Kerris tinha tirado a carteira recentemente e a cerimônia terminara havia pouco. Ficamos até tarde para ajudar na limpeza. Tomamos ponche, comemos o bolo que tinha sobrado, dançamos e tomamos mais ponche. Notamos que alguém tinha batizado o ponche ao percebermos que estávamos nos divertindo. Não sei o quanto tomamos. Mas ficamos bêbadas a ponto de não saber mais quando era a hora de parar de beber. Entramos no carro e fomos para casa; nem pensamos duas vezes. Tínhamos percorrido uns 2 quilômetros quando ela perdeu a direção e bateu numa árvore. Fiquei com um corte acima do olho, e ela quebrou o braço. Nós duas estávamos bem. Na verdade, nem o carro teve problemas. Em vez de fazermos o que era certo, esperar ajuda, voltamos para o salão e ligamos para meu pai. A encrenca em que nos metemos no dia seguinte já foi outra história.

Mas teve um instante, logo antes de ela bater na árvore. A gente estava rindo da maneira como ela pronunciava "bolha". Ficamos repetindo a palavra sem parar, até o carro começar a desviar para fora da pista. Eu avistei a árvore e sabia que estávamos prestes a bater nela. Mas foi como se o tempo tivesse ficado mais devagar. A árvore poderia muito bem estar a 5 milhões de metros de distância. Foi o quanto demorou para o carro bater na árvore. E, naquele momento, só consegui pensar em Kel. *Só* nele. Não pensei no colégio, nos garotos, na universidade em que eu não estudaria, caso morresse. Pensei em Kel e em como ele era a única coisa que importava para mim. A única coisa que importava nos segundos em que achei que estava prestes a morrer.

De alguma maneira, terminei cochilando de novo na cama de Will. Percebo isso porque, quando abro os olhos, não estou mais chorando. Está vendo só? As pessoas não são capazes de chorar para sempre. No fim das contas, todo mundo pega no sono.

Fico achando que as lágrimas vão voltar assim que a névoa sumir da minha cabeça, mas, na verdade, noto que estou me sentindo motivada, renovada. Como se estivesse em alguma espécie de missão. Saio da cama e sinto um desejo bizarro de fazer limpeza. E de cantar. Preciso de música. Vou para a sala e imediatamente encontro o que estou procurando. O som. Nem preciso procurar uma música para colocar: já tem um CD dos Avett Brothers lá dentro. Aumento o volume, ponho uma das minhas músicas favoritas e trato de me ocupar.

Infelizmente, a casa de Will é surpreendentemente limpa para uma casa com dois homens, então tenho de procurar bastante para encontrar algo que me deixe ocupada. Primeiro, vou até o banheiro, que já está ótimo. Sei que garotos de 9 anos não têm uma mira muito boa, então começo a esfregar. Esfrego o vaso, o chão, o chuveiro, a pia. Está limpo.

Em seguida, vou para os quartos, onde organizo as coisas, faço as camas, refaço as camas. Depois vou para a sala de estar, onde tiro o pó e passo o aspirador. Passo o esfregão no chão dos banheiros e limpo todas as superfícies que encontro. Termino na pia da cozinha, onde lavo a única louça suja da casa: os copos que eu e Eddie usamos.

São quase 19h quando escuto o carro de Will chegando. Ele e os dois garotos entram na casa e param ao me ver sentada no chão da sala de estar.

— O que está fazendo? — pergunta Caulder.

— Colocando em ordem alfabética — digo.

— Colocando o que em ordem alfabética? — diz Will.

— Tudo. Primeiro foram os filmes, depois os CDs. Caulder, também fiz isso com os livros do seu quarto. E também com alguns jogos, mas um ou outro começava com número, por isso coloquei os números primeiro, depois os títulos. — Aponto para as pilhas na minha frente. — Isso são receitas. Encontrei em cima da geladeira. Estou colocando em ordem alfabética de acordo com a categoria, tipo: cordeiro, frango, porco, vaca. E dentro das categorias estou colocando em ordem alfabética por...

— Meninos, vão pra casa de Kel. Vão avisar a Julia que vocês voltaram — diz Will, me observando.

Os garotos não se mexem. Ficam apenas olhando para as receitas na minha frente.

— Agora! — grita Will. Os dois desviam o olhar e vão em direção à porta.

— Sua irmã é estranha. — Escuto Caulder dizer enquanto eles vão embora.

Will senta-se no sofá na minha frente e fica me observando enquanto eu continuo a colocar as receitas em ordem alfabética.

— Você que é o professor — digo. — Devo colocar "Sopa de Batata" em sopa ou em batata?

— Pare — diz ele. Ele parece um pouco mal-humorado.

— Não posso parar, bobo. Ainda estou na metade. Se parar agora, você não vai saber onde encontrar... — Tiro um cartão aleatório do chão. — Frango caipira? — *Bom* exemplo. Jogo a carta novamente na pilha e continuo organizando.

Will dá uma olhada na sala, depois se levanta e entra na cozinha. Vejo-o passando os dedos pelos rodapés. Ainda bem que me lembrei deles. Ele sai pelo corredor e volta alguns minutos depois.

— Você organizou meu armário por cores? — Ele não está sorrindo. Achei que ele fosse ficar feliz.

— Will, não foi tão difícil. Você só tem, tipo, três cores diferentes de camisa.

Ele percorre a sala de estar e se inclina para baixo, agarrando os cartões de receita que eu havia organizado em pilhas.

— Will! Pare! Demorei um tempão pra fazer isso! — Arranco-os da mão dele com a mesma rapidez com que ele tentava pegar.

Finalmente ele joga tudo no chão, segura meus pulsos e tenta me levantar, mas eu começo a chutar as pernas dele.

— Me solta! Eu... não... acabei!

Ele solta minhas mãos, e caio novamente no chão. Cato os cartões de receita e começo a reorganizá-los em pilhas. Por causa dele, vou ter de recomeçar do zero! Não consigo achar nem o cartão do Bife. Viro duas cartas que estão de cabeça para baixo, mas...

— Que porra! — grito. Subitamente fiquei ensopada de água.

Olho para cima e Will está do meu lado, com uma jarra vazia na mão e um olhar de raiva no rosto. Eu me jogo para a frente e começo a esmurrar suas pernas. Ele se afasta quando começo a bater, tentando me levantar.

Por que diabos ele acabou de fazer isso? Vou dar um murro bem na cara dele! Levanto e tento acertá-lo, mas ele dá um passo para o lado, agarra meu braço e gira para trás do meu corpo. Eu balanço o outro braço na direção dele, e ele me empurra em direção ao corredor até chegarmos ao banheiro. Antes mesmo que eu perceba, seus braços estão ao redor do meu corpo e ele me ergue. Afasta a cortina do box e me empurra para dentro. Tento dar um murro nele, mas seus braços são mais compridos que os meus. Ele me mantém presa na parede com um braço e liga o chuveiro com o outro. Um jato de água gelada jorra no meu rosto. Fico sem ar.

— Babaca! Idiota! Desgraçado!

Ele continua me segurando enquanto abre a água quente.

— Tome um banho, Layken! Tome logo um maldito banho! — Ele me solta e sai do banheiro, batendo a porta com força ao sair.

Pulo para fora do box; minhas roupas estão encharcadas. Tento abrir a porta do banheiro, mas não consigo, porque ele está segurando a maçaneta do outro lado.

— Deixe eu sair, Will! Agora! — Bato na porta e tento girar a maçaneta, mas ela não se mexe.

— Layken — responde ele calmamente do outro lado da porta. — Não vou deixar você sair do banheiro até você tirar a roupa, entrar no chuveiro, lavar o cabelo e se acalmar.

Mostro o dedo do meio para ele. Claro que ele não vê, mas mesmo assim isso me faz bem. Tiro as roupas molhadas e jogo no chão, na esperança de sujar alguma coisa. Entro no chuveiro. É gostoso sentir a água quente na minha pele. Fecho os olhos e deixo a água escorrer pelo cabelo e pelo rosto.

Droga. Will estava certo *de novo*.

— PRECISO DE uma toalha! — grito. Estava no banho há bem mais de meia hora. O chuveiro de Will tinha o jato ajustável. Aproveitei e o deixei um tempão bem na parte de trás do pescoço. Isso alivia mesmo a tensão.

— Está na pia. Suas roupas também — diz ele, do lado de fora do banheiro.

Puxo a cortina e vejo que tem mesmo uma toalha lá. E roupas. Roupas *minhas*. Roupas que ele obviamente acabou de pegar na minha casa e que, de alguma maneira, colocou no banheiro. *Enquanto* eu tomava banho.

Desligo a água, saio do box e me seco. Coloco a toalha na cabeça e visto minhas roupas. Ele trouxe meu pijama. Talvez isso signifique que hoje vou dormir em sua cama confortável mais uma vez. Hesito ao virar a maçaneta, imaginando que ainda não vou conseguir abri-la, mas ela abre.

Ao me ouvir abrir a porta do banheiro, ele pula por cima do sofá e corre na minha direção. Eu me encosto na parede, com medo de que ele vá me empurrar de novo para dentro do banheiro, mas ele apenas coloca os braços ao meu redor e me abraça.

— Desculpe, Lake. Me desculpe por ter feito isso. É que você estava *surtando*.

Eu o abraço de volta. *Claro* que eu o abraço de volta.

— Tudo bem. Eu meio que tive um dia ruim — digo.

Ele se afasta e coloca as mãos nos meus ombros.

— Então, somos amigos? Não vai tentar dar um soco em mim de novo?

— Amigos — digo, relutante. É a última coisa que quero ser. *Amiga* dele. — Como foi a matinê? — pergunto, enquanto percorremos o corredor.

— Você conversou com sua mãe? — Ele ignora minha pergunta.

— Nossa. Que mudança de assunto.

— Falou com ela? Por favor, não diga que passou o dia inteiro fazendo limpeza. — Ele entra na cozinha e tira dois copos do armário.

— Não. O dia *inteiro*, não. Nós conversamos.

— E?

— E... ela tem câncer — respondo com franqueza.

Ele olha para mim e franze o rosto. Reviro os olhos para ele e coloco os cotovelos na mesa, segurando minha testa entre as mãos. Meus dedos encostam na toalha que está na minha cabeça. Eu me curvo para longe do balcão, tiro a toalha e jogo a cabeça para a frente, desembaraçando o cabelo com os dedos.

Depois de tirar todos os nós, levanto a cabeça de novo enquanto Will desvia o olhar para a xícara em suas mãos, que agora está com o leite transbordando. Finjo que não percebi e continuo mexendo no cabelo enquanto ele enxuga o leite com um pano.

Ele tira algo do armário e pega uma colher na gaveta. Está fazendo *achocolatado* para mim.

— Ela vai ficar bem? — pergunta.

Suspiro. Ele não desiste mesmo.

— Não. Provavelmente não.

— Mas está fazendo tratamento?

Consegui passar o dia inteiro sem pensar nisso. Estou confortavelmente anestesiada desde que acordei do cochilo. Sei que aqui é a casa dele, mas estou começando a querer que ele vá embora de novo.

— Ela está morrendo, Will. *Morrendo*. Provavelmente vai morrer em um ano, talvez até menos. Ela está fazendo quimioterapia apenas para se sentir melhor. Enquanto *morre*. Porque ela está *morrendo*. Pronto. Era isso que queria ouvir?

A expressão em seu rosto suaviza enquanto ele coloca o leite na minha frente. Tira algumas pedras de gelo da geladeira e coloca na minha caneca.

— Com gelo — diz ele.

Ele é muito bom em mudar de assunto, e melhor ainda em ignorar meus comentários cínicos.

— Obrigada — digo. Bebo o leite achocolatado e calo a boca. Sinto como se ele, de alguma maneira, tivesse acabado de vencer nossa briga.

AINDA ESTÁ TOCANDO The Avett Brothers ao fundo quando termino o leite. Vou para a sala de estar e coloco a música para repetir. Deito no chão e fico encarando o teto com as mãos esticadas acima da cabeça. É relaxante.

— Apague as luzes — digo para ele. — Quero ficar apenas escutando a música por um tempo.

Ele apaga, e percebo quando deita ao meu lado no chão. O brilho esverdeado e dançante do som ilumina as paredes, e os Avett Brothers fazem um show de luzes. Meus pensamentos flutuam com a música enquanto ficamos deitados, parados. Quando a canção acaba e começa a tocar de novo, conto para ele o que realmente está tomando conta dos meus pensamentos.

— Ela não quer que eu cuide de Kel. Ela quer dar ele para Brenda.

Ele encontra minha mão na escuridão e a segura. Ele a segura, e eu permito que seja apenas meu amigo.

As luzes se acendem, e imediatamente cubro os olhos. Sento e vejo Will ao meu lado, completamente adormecido.

— Ei — sussurra Eddie. — Bati na porta, e ninguém respondeu. — Ela entra e senta no sofá. Ela fica observando Will roncar, espalhado no chão da sala.

— É sábado à noite — diz ela, revirando os olhos. — Eu avisei que ele era um mala.

Eu rio.

— O que está fazendo aqui?

— Vim ver como você está. Você não atendeu ao telefone nem respondeu minhas mensagens. Sua mãe tem câncer, então você decidiu desistir da tecnologia? Não faz sentido.

— Não sei onde meu telefone está.

Nós duas ficamos encarando Will por um momento. Ele está roncando bem alto. Os garotos devem tê-lo deixado exausto.

— Bom, acho que as coisas não correram tão bem com sua mãe, né? E por isso você está aqui, dormindo no chão. — Ela parece estar irritada com o fato de que Will e eu não estávamos fazendo nada além de dormir.

— Não, nós conversamos.

— E?

Eu levanto e me espreguiço antes de sentar no sofá ao lado dela. Ela já tirou as botas. Imagino que passar tanto tempo sem um lar permanente faz a pessoa se sentir em casa em qualquer canto. Coloco os pés em cima do sofá e me encosto, olhando para ela.

— Lembra na semana passada, no pátio, quando você estava me contando sobre sua mãe e sobre o que aconteceu quando tinha 9 anos?

— O que é que tem? — diz ela, ainda observando Will roncar.

— Bem, eu senti gratidão. Tanta gratidão por saber que nada assim aconteceria com Kel. Gratidão por ele poder ter uma vida normal para um garoto de 9 anos. Mas agora... é como se Deus estivesse implicando com a gente. Por que os dois? Meu pai já não foi o suficiente? É como se a morte tivesse chegado e dado um murro bem no meio da nossa cara.

Eddie para de olhar para Will e se vira para mim.

— Não foi a morte que deu um murro em você, Layken. Foi a *vida*. A vida acontece. Merda acontece. E acontece *muito*. Com *muita* gente.

Nem me dou ao trabalho de contar os detalhes mais graves. Estou com vergonha demais para admitir que minha própria mãe não quer que eu crie o filho dela.

Will se mexe no chão. Eddie inclina-se, dá um abraço em mim e agarra as botas.

— O professor tá acordando, é melhor eu dar o fora. Só queria ver como você estava. Ah, e ache o seu telefone — diz ela, indo em direção à porta.

Fico observando enquanto ela sai pela porta da frente. Sua energia é contagiante, mesmo quando ela fica num lugar por apenas três minutos. Quando me viro, Will está se sentando. Ele olha para mim como se estivesse prestes a me colocar em detenção. Sorrio para ele da maneira mais inocente possível.

— O que diabos ela estava fazendo aqui? — pergunta. Ele consegue ser bem intimidante quando quer.

— Visitando — murmuro. — Vendo como estou. — Se eu falar como se não fosse nada de mais, talvez ele ache a mesma coisa.

— Droga, Layken!

Não. Para ele é mesmo algo de mais.

Ele se levanta do chão e joga as mãos no ar.

— Está tentando fazer com que eu seja *demitido*? Você é tão *egoísta* assim a ponto de não estar nem aí para os problemas das outras pessoas? Sabe o que aconteceria se a notícia se espalhasse por causa dela? — Uma lâmpada acende dentro de sua cabeça, e ele dá um passo na minha direção. — Ela sabe que você passou a noite aqui?

Aperto meus lábios com força e baixo os olhos para o meu colo, evitando o olhar dele.

— Layken, quanto ela sabe? — diz ele, com a voz mais baixa. Então percebe pela minha linguagem corporal que contei tudo. — Nossa, Layken. Vá para casa.

MINHA MÃE JÁ está dormindo. Kel e Caulder estão no sofá vendo televisão.

— Caulder, seu irmão quer que você vá pra casa. Kel e eu temos planos para amanhã, então passaremos o dia fora.

Caulder pega o casaco e vai em direção à porta.

— Tchau, Kel. — Ele coloca os sapatos e vai embora.

Vou até a sala de estar e me jogo ao lado de Kel no sofá. Pego o controle e começo a mudar de canal, tentando tirar da cabeça o fato de eu ter acabado de irritar Will.

— Onde você estava? — pergunta Kel.
— Com Eddie.
— O que estavam fazendo?
— Dirigindo por aí.
— Por que você estava na casa de Caulder quando chegamos do cinema?
— Will me pagou para que eu limpasse a casa.
— Por que mamãe está triste?
— Porque sim. Ela não tem dinheiro suficiente para me pagar para limpar a casa *dela*.
— Por quê? A nossa casa não está suja.
— Quer patinar no gelo amanhã?
— Quero!
— Então, para de fazer tantas perguntas.

Aperto o botão para desligar o controle e mando Kel ir dormir. Quando eu mesma vou deitar, coloco o alarme para as seis da manhã. Quero estar fora dessa casa antes de minha mãe acordar.

KEL E EU passamos o domingo inteiro gastando todos os centavos da minha poupança. Levo-o para tomar café da manhã e cada um pede dois pratos do menu. Vamos patinar no gelo, e nós dois somos péssimos, por isso não ficamos muito tempo. Almoçamos na lanchonete de um fliperama, onde passamos horas. Depois do fliperama, a gente vai ver um filme no cinema e jantamos mais besteiras ainda. Eu até o levaria para comer sobremesa em algum lugar, mas ele já está reclamando de dores no estômago.

Minha mãe já está no trabalho quando chegamos em casa. Isso não foi nenhuma coincidência. Tomo um banho, separo as roupas do colégio e guardo um monte de roupa lavada. Estou tão cansada que pego no sono sem nem ficar pensando em nada.

13.

Shooting off vicious
collections of words
The losers make facts
by the things they have heard
And I find myself
Trying hard to defend them.*

— THE AVETT BROTHERS, "ALL MY MISTAKES"

— Tenho mais uma piada pra você — diz Nick ao se sentar, na manhã de segunda.

Se eu tiver de escutar mais uma piada sobre o Chuck Norris, vou explodir.

— Hoje não, Nick. Estou com dor de cabeça — respondo.

— Sabe o que Chuck Norris faz com a dor de cabeça?

— Nick, estou falando sério. Cala a boca!

Nick se afasta e vira para o coitado do aluno à direita dele.

Will não chegou. A turma está esperando há alguns minutos, meio sem saber o que fazer. Pelo jeito, ele não é de fazer isso.

---

*Dizendo/palavras maldosas sem pensar/Os perdedores criam fatos/a partir das coisas de que ouviram falar/E eu fico tentando/defendê-los a ferro e fogo.

Javi se levanta e pega os livros.

— Regra dos cinco minutos — diz. Ele atravessa a porta, mas volta no mesmo instante, com Will atrás dele.

Will fecha a porta após entrar, vai até a mesa e coloca uma pilha de papéis em cima dela. Ele está nervoso, e todos percebem. Entrega uma pequena pilha de papéis para o primeiro aluno de cada fileira, incluindo eu, para passarmos para trás. Olho para baixo e vejo umas dez folhas grampeadas para cada um. Começo a folhear e vejo numa página o poema de Eddie sobre o balão rosa. Devem ser poemas escritos pelos alunos. Não reconheço nenhum dos outros.

— Alguns de vocês se apresentaram na competição de slam esse semestre. Dou valor a isso. Sei que exige coragem. — Ele ergue sua cópia com os poemas. — Esses são os poemas de vocês. Alguns foram escritos por alunos de outras turmas minhas, outros por alunos daqui. Quero que vocês os leiam. E depois quero que deem uma nota para cada um. Escrevam um número de zero a dez, sendo dez o melhor. Sejam honestos. Se não gostarem, deem uma pontuação baixa. Estamos tentando encontrar o melhor e o pior. Escrevam a pontuação no canto inferior direito de cada página. Vão em frente. — Ele senta à mesa e fica observando a turma.

Não gosto dessa tarefa. Não parece justa. Estou erguendo a mão. Por que estou erguendo a mão? Ele olha para mim e faz que sim com a cabeça.

— Qual é o objetivo dessa tarefa? — pergunto.

Os olhos dele lentamente percorrem a sala.

— Layken, pergunte isso novamente depois que todos terminarem.

Ele está se comportando de uma maneira estranha.

Começo a ler o primeiro poema enquanto Will pega duas folhinhas em sua mesa e passa por mim. Olho para trás no instante em que ele coloca uma delas na mesa de Eddie. Ela a ergue e franze a testa. Ele volta para a frente, soltando a outra folhinha na minha mesa. Eu a ergo e vejo o que é. É um aviso de detenção.

Olho para Eddie, e ela só faz dar de ombros. Amasso o aviso, formando uma bolinha, e o arremesso na lixeira perto da porta, do outro lado da sala. Acerto o alvo.

Após uma meia hora, os alunos começam a terminar as pontuações. Will recebe as folhas de volta à medida que os alunos acabam e soma os totais na calculadora. Ao terminar de computar as últimas pontuações, Will escreve os totais numa folha de papel, vai até a frente da mesa e senta.

Ele ergue o papel no ar e o balança.

— Todo mundo pronto para saber quais poemas foram péssimos? E quais receberam as pontuações mais altas? — Ele sorri enquanto aguarda uma resposta.

Ninguém diz nada. Exceto Eddie.

— Talvez algumas das pessoas que escreveram esses poemas não *queiram* saber a pontuação deles. Eu mesma não quero.

Will dá alguns passos na direção de Eddie.

— Se não se importa com a pontuação, então por que escreveu o poema?

Eddie fica em silêncio por um instante enquanto pensa na pergunta de Will.

— Tirando o fato de eu não querer fazer sua prova final?

Will faz que sim com a cabeça.

— Acho que porque eu tinha algo a dizer.
Will olha para mim.
— Layken, faça sua pergunta novamente.
Minha pergunta. Tento lembrar qual foi minha pergunta. Ah é, qual é o objetivo disso?
— Qual é o objetivo dessa tarefa? — faço a pergunta devagar.
Will ergue o papel que contém as pontuações somadas e o rasga bem no meio. Ele joga o braço para trás, pega a pilha de poemas que todos pontuaram e joga no lixo. Depois, vai até o quadro e começa a escrever algo. Ao terminar, dá um passo para o lado.

"A *pontuação* não é o *objetivo*; o *objetivo* é a *poesia*."
— Allan Wolf.

Todos ficam quietos, assimilando as palavras rabiscadas no quadro. Will deixa o momento de silêncio prosseguir, antes de falar.
— O que as outras pessoas pensam de suas palavras não deve importar. Quando você está no palco, você compartilha um pedaço de sua alma. Não dá para pontuar isso.
O sinal toca. Em qualquer outro dia, os alunos estariam saindo da sala em disparada. Mas ninguém se mexeu; estamos apenas fitando o que está escrito no quadro.
— Amanhã estejam preparados para aprender *por que* é importante que vocês escrevam poesia — diz ele.
Houve um momento, em meio a toda a distração na minha cabeça, em que esqueci que ele era *Will*. Em que prestei atenção como se ele fosse meu *professor*.
Javi é o primeiro a se levantar, e logo os outros alunos fazem o mesmo. Will está de frente para a mesa, de costas

para mim, e Eddie se aproxima dele com o aviso de detenção na mão. Eu já tinha esquecido que ele tinha nos colocado em detenção. Ela me dá uma piscadela ao passar do meu lado e para ao chegar à mesa dele.

— Sr. Cooper? — Está falando de uma maneira respeitosa, mas dramática. — É da minha compreensão que a detenção se inicia após a última aula, às três e meia, aproximadamente. É de meu desejo, assim como tenho certeza de que também é do desejo de Layken, ser pontual, para que possamos cumprir nossas penas justamente merecidas com a diligência devida. Pode ter a gentileza de compartilhar conosco o local em que a pena deverá ser cumprida?

Will não olha para ela enquanto atravessa a porta.

— Aqui. Só vocês duas. Às três e meia.

E simplesmente desaparece. Puf.

Eddie cai na gargalhada.

— O que foi que você fez com ele?

Eu me levanto e vou até a porta com ela.

— Ah, não fui só eu, Eddie. Fomos nós duas. — Ela vira para mim com os olhos arregalados.

— Meu Deus, ele sabe que eu sei? O que ele vai dizer sobre disso?

Dou de ombros.

— Acho que às três e meia a gente vai descobrir.

— Detenção? Durex colocou você em detenção? — Gavin ri.

— Caramba, ele está mesmo precisando pegar alguém — diz Nick.

O comentário de Nick faz Eddie rir e cuspir o leite. Lanço um olhar para ela do tipo nem-pense-nisso.

— Não acredito que ele colocou você em detenção — diz Gavin. — Mas você não tem certeza de que o motivo é esse, né? Matar aula? Quero dizer, ele mencionou isso na competição semana passada, mas não parecia estar com tanta raiva assim.

Eu sei o motivo da detenção. Will quer se certificar de que pode confiar em Eddie, mas não vou dizer isso para Gavin.

— Ele disse que foi por não entregarmos o dever do dia em que matamos aula.

Gavin se vira para Eddie.

— Mas você fez esse dever, eu lembro — afirma ele. Eddie olha para mim e depois para Gavin.

— Devo ter perdido — diz ela, dando de ombros.

Eddie e eu nos encontramos na frente da sala de Will perto das três e meia.

— Sabe, quanto mais eu penso nisso, mais eu acho um saco — diz Eddie. — Por que ele não podia simplesmente me ligar, se queria falar sobre o que eu sei? Eu tinha planos para hoje.

— Talvez a gente não precise ficar tanto tempo — digo.

— Odeio detenção. É entediante. Prefiro deitar no chão de Will com você do que ficar sentada na detenção — diz ela.

— Talvez a gente pudesse tentar se divertir.

Ela se vira para abrir a porta, mas hesita, então se vira e olha para mim.

— Sabe, você tem razão. Vamos, sim, nos divertir. Tenho certeza de que a detenção dura uma hora. Sabe quantas piadas do Chuck Norris podemos contar em uma hora?

Sorrio para ela.

— Não tantas quanto o próprio Chuck Norris contaria.

Ela abre a porta para começarmos a detenção.

— Boa tarde, Sr. Cooper — diz Eddie, entrando apressada.

— Sentem-se — diz ele, apagando o objetivo da poesia do quadro.

— Sr. Cooper, o senhor sabia que até os assentos *se levantam* quando o Chuck Norris entra numa sala? — diz ela.

Rio e vou atrás de Eddie. Em vez de nos sentarmos na frente, ela continua andando até chegar ao fundo da sala, onde junta duas carteiras. Sentamos o mais longe possível do professor.

Will não ri. Ele nem sorri. Senta-se na cadeira e nos fulmina com o olhar enquanto damos risadinhas; como duas colegiais.

— Escutem — diz ele. Ele se levanta e vem em nossa direção, depois se apoia na janela e cruza os braços sobre o peito. Ele encara o chão como se estivesse pensando numa maneira delicada de abordar o assunto.

— Eddie, preciso saber o que você está pensando. Sei que esteve na minha casa. Sei que você sabe que Layken dormiu lá. Sei que ela contou sobre o nosso encontro. Só quero saber o que planeja fazer a respeito, se está planejando fazer *algo* a respeito.

— Will — digo. — Ela não vai dizer nada. Não há nada para ser dito.

Ele não olha para mim. Continua olhando para Eddie, esperando a resposta dela. Imagino que a minha não foi o suficiente. Não sei se é o nervosismo ou o fato de os últimos três dias terem sido os mais bizarros da minha vida, mas caio na gargalhada. Eddie lança um olhar interrogativo para mim, mas não consegue se conter. Ela também começa a rir.

Will joga as mãos no ar, exasperado.

— O que foi? O que *diabos* é tão *engraçado*?

— Nada — digo. — É que é estranho, só isso. Você nos colocou em detenção, Will. — Inspiro enquanto tento controlar o riso. — Não podia simplesmente ter, tipo, passado lá em casa hoje, algo assim? Conversar com a gente lá? Pra que nos colocar em detenção?

Ele espera que paremos de rir antes de continuar. Quando finalmente ficamos em silêncio, endireita a postura e se aproxima de nós.

— É a primeira chance que tive de conversar com vocês duas. Não dormi nada a noite inteira. Não sabia nem se ainda teria um emprego hoje de manhã. — Ele olha para Eddie. — Se alguma coisa escapar... se alguém descobrir que uma aluna dormiu na minha cama comigo, eu seria demitido. Seria expulso da universidade.

Eddie enrijece a postura e se vira para mim, sorrindo.

— Você dormiu na cama dele com ele? Está deixando de contar coisas muito importantes. *Isso* você não contou — diz ela, rindo.

Will balança a cabeça, vai até a frente da sala e se joga na cadeira. Ele apoia os cotovelos na mesa e afunda o rosto entre as mãos. Está na cara que a detenção não está correndo como ele planejou.

— Você dormiu na *cama* dele? — sussurra Eddie, baixinho para que Will não a ouça.

— Não aconteceu nada — digo. — É como você disse, ele é um *mala*.

Eddie ri de novo, fazendo com que eu perca minha compostura.

— Estão achando graça? — diz Will de sua mesa. — Isso é piada para vocês?

Vejo pelos olhos dele que estamos gostando da detenção mais do que devíamos. Eddie, contudo, fica na mesma.

— Você sabia que Chuck Norris não tem um lado engraçado? Uma vez o lado engraçado dele tentou fazer ele rir, daí ele foi lá e o arrancou do corpo — diz ela.

Will encosta a cabeça na mesa, desistindo. Eddie e eu olhamos uma para a outra e nossas risadas param, pois respeitamos o fato de ele estar tentando ter uma conversa séria conosco. Eddie suspira e se endireita na carteira.

— Sr. Cooper? — diz ela. — Não vou dizer nada. Juro. E, de qualquer maneira, isso não é nada de mais. — Ele olha para ela.

— *É* sim algo de mais, Eddie. É o que estou tentando *explicar* para vocês duas. Se não tratarem isso como algo importante, vão terminar se descuidando. Algo pode escapar. Tenho muitas coisas em jogo.

Nós duas suspiramos. Agora não há nenhuma energia na sala. É como se um buraco negro tivesse sugado toda a diversão. Eddie também percebe isso e tenta remediar a situação.

— Sabia que Chuck Norris gosta de carne mal...

Eddie não termina a frase, pois Will chega a seu limite. Ele bate com o punho na mesa e se levanta. Eddie e eu não estamos mais rindo a esta altura. Com os olhos arregalados, viro para ela e balanço a cabeça, indicando que estava na hora de Chuck Norris sumir.

— Isso aqui não é *piada* — diz ele. — É *algo muito importante*. — Ele estica o braço, tira algo da gaveta e vem para perto de nós, no fundo da sala. Espalma uma foto em cima da fenda entre nossas carteiras e a vira. É uma foto de Caulder.

Ele coloca o dedo na foto e diz:

— Esse garoto. Esse garoto é *muito* importante. — Então dá um passo para trás, pega uma carteira, vira em nossa direção e senta.

— Não sei se estamos acompanhando, Will — digo. Olho para Eddie, e ela balança a cabeça, concordando. — O que Caulder tem a ver com o que Eddie sabe?

Ele respira fundo, inclinando-se para a frente e ergue a foto de novo. Pela expressão em seus olhos, percebo que se lembrou de algo desagradável. Ele encara a foto por um tempo, coloca-a de volta na carteira, e se encosta, cruzando os braços. Ele continua olhando para a foto, evitando nossos olhos.

— Ele estava com eles... quando aconteceu. Caulder viu os dois morrerem.

Inspiro fundo. Eddie e eu ficamos em silêncio, em respeito a Will, e esperamos ele continuar. Estou começando a me sentir bem pequena.

— Disseram que foi um milagre ele ter sobrevivido. O carro foi perda total. Quando a primeira pessoa chegou ao local do acidente, Caulder ainda estava preso pelo cinto ao que restava do banco traseiro. Estava gritando, chamando minha mãe, tentando fazer com que ela se virasse para ele. Teve de ficar lá parado e sozinho por cinco minutos, assistindo a morte deles.

Will limpa a garganta. Eddie coloca o braço debaixo da mesa, segura minha mão e a aperta. Nenhuma de nós diz uma palavra.

— Fiquei no hospital com ele por seis dias enquanto se recuperava. Nunca saí do lado dele; nem para ir ao funeral. Quando meus avós vieram buscá-lo para levá-lo para a casa deles, ele chorou. Não queria ir. Queria ficar comigo. Implorou para que eu o levasse para o campus comigo. Eu não tinha um emprego. Não tinha seguro. Tinha 19 anos. Não sabia nem o básico sobre como cuidar de um garoto... Então deixei que o levassem.

Will se levanta e vai até a janela. Não diz nada por um tempo; fica apenas observando o estacionamento à medida que ele lentamente se esvazia. Sua mão vai até o rosto, e parece que ele está limpando os olhos. Se Eddie não estivesse aqui agora, eu o abraçaria.

Depois de um tempo, ele se vira mais uma vez na nossa direção.

— Caulder ficou com ódio de mim. Ficou com tanta raiva que passou dias sem me ligar. Estava no meio de um jogo de futebol americano quando comecei a questionar a escolha que tinha feito. Estava olhando a bola nas minhas mãos, passando os dedos pelo couro, pelas letras da marca impressas na lateral. Aquele esferoide alongado que não pesava nem meio quilo. Estava escolhendo a ridícula bola de couro nas minhas mãos em vez da minha própria carne e sangue. Estava colocando eu mesmo, minha namorada, minha bolsa de estudos, estava colocando tudo isso, na frente desse garotinho que era a coisa que eu mais amava na vida.

"Soltei a bola e saí do campo. Cheguei na casa dos meus avós às duas da manhã e tirei Caulder da cama. Levei-o para casa naquela noite. Eles imploraram para que eu não fizesse isso. Disseram que seria muito difícil para mim e que eu não seria capaz de dar o que ele precisava. Eu sabia que eles estavam errados. Sabia que tudo de que Caulder precisava... era de *mim*.

Lentamente, ele volta para a carteira à nossa frente e põe as mãos no encosto dela. Olha para nós duas, que estamos com lágrimas escorrendo.

— Passei os dois últimos anos da minha vida tentando convencer a mim mesmo de que tomei a decisão certa para o bem dele. E quanto ao meu *emprego*? À minha *carreira*? À vida que estou tentando construir para esse garotinho? Eu levo isso muito a sério. É, sim, algo importante. É muito importante *mesmo* para mim.

Ele coloca a carteira no lugar com bastante calma, volta para a frente da sala, pega suas coisas e vai embora.

Eddie se levanta, vai até a mesa de Will e pega uma caixa de lenços. Ela traz a caixa e senta novamente. Puxo um lenço, e nós duas enxugamos os olhos.

— Nossa, Layken. Como é que você consegue? — diz ela. Ela assoa o nariz e puxa outro lenço.

— Como eu consigo o quê? — Dou uma fungada, enquanto continuo enxugando as lágrimas.

— Como consegue não se *apaixonar* por ele?

As lágrimas começam a escorrer com a mesma rapidez com que pararam. Pego mais um lenço.

— Eu *não* não me apaixono por ele. Eu *não* não me apaixono por ele mesmo!

Ela ri e aperta minha mão. Nós duas passamos a próxima hora sozinhas, sentadas por vontade própria na nossa detenção bastante merecida.

14.

> *And I know you need me in the next room over*
> *But I am stuck in here all paralyzed.**
>
> — THE AVETT BROTHERS, "TEN THOUSAND WORDS"

NUNCA TRANSEI COM NINGUÉM. QUASE ACONTECEU UMA vez, mas perdi a coragem no último minuto. Meu namoro mais longo foi com um garoto que Kerris me apresentou pouco antes de fazer 17 anos.

Kerris tinha um irmão que estava na universidade e, dois anos antes, durante as férias, ele trouxe um amigo para casa. O nome dele era Seth e tinha 18 anos. Eu achava que o amava. Mas acho que amava apenas o fato de ter um namorado.

Ele estudava na Universidade do Texas, que fica a quatro horas de carro. A gente se falava muito pelo telefone e pela internet. Quando completamos seis meses juntos, já tínhamos conversado bastante sobre o assunto, então decidi que estava pronta para transar com ele. Eu tinha de voltar para casa antes da meia-noite, portanto alugamos um quarto num hotel e dissemos para minha mãe que íamos ao cinema.

---

*E sei que você precisa de mim no quarto ao lado/Mas estou aqui paralisado.

Quando chegamos, minhas mãos tremiam. Sabia que tinha mudado de ideia, mas estava com medo de contar isso para ele. Ele tinha feito tudo com tanto cuidado. Tinha até levado os próprios lençóis para dar um ar mais íntimo. Estávamos nos beijando na cama há um tempo quando ele tirou minha blusa. Suas mãos estavam indo em direção à minha calça quando comecei a chorar. Imediatamente, ele parou. Ele não me pressionou em nenhum momento, nem nunca fez com que eu me sentisse culpada por ter mudado de ideia. Ele apenas me deu um beijo e disse que estava tudo bem. Então, ficamos na cama e alugamos um filme.

Sete horas depois, quando já era dia, finalmente acordamos. E surtamos. Ninguém sabia onde estávamos; deixamos os celulares desligados a noite inteira. Sabia que meus pais deviam estar loucos de preocupação. Ele estava com medo de confrontá-los comigo, então me deixou em casa e foi embora. Eu me lembro de ficar olhando para minha casa, querendo estar em qualquer outro lugar que não fosse ali. Sabia que iriam me obrigar a conversar com eles, a contar onde estava. Eu odiava confrontos.

AGORA ESTOU NA frente do meu jipe, fitando o jardim cheio de gnomos da casa que não é o nosso lar. No fundo do meu estômago, sinto aquela mesma trepidação. Sei que minha mãe vai querer conversar sobre tudo. Sobre o câncer. Sobre Kel. Ela vai querer lidar com tudo isso, e eu vou querer me esconder.

Lentamente, vou até a porta da frente e giro a maçaneta, desejando que alguém estivesse mantendo a porta fechada do outro lado. Ela, Kel e Caulder estão sentados na frente do balcão.

Estão esculpindo abóboras. Não dá para conversar agora. Ótimo.

— Olá — digo para ninguém em particular, enquanto atravesso a porta. Ela não me cumprimenta.

— Oi, Layken. Olha só minha abóbora! — diz Kel. Ele a gira na minha direção. Os olhos e a boca são três Xs enormes, e ele colou um pacote de bala na lateral do rosto da abóbora. — Está com uma cara azeda. Porque comeu Skittles azedo — diz ele.

— Que criativo — digo.

— Olha a minha — diz Caulder, enquanto vira a dele para mim. Tem apenas um monte de buracos grandes onde era para ser o rosto da abóbora.

—Ah... o que é isso? — pergunto.

— É um queijo.

Eu inclino a cabeça na direção dele, confusa.

— Um queijo?

Caulder ri.

— Sim, um queijo. — Ele olha para Kel, e, ao mesmo tempo, os dois dizem. — Porque está *cheio de buracos*.

Reviro os olhos e rio.

— Não sei como é que vocês dois se encontraram.

Olho para minha mãe e vejo que ela está me observando, tentando avaliar como está meu humor.

— Oi — digo, especificamente para ela dessa vez.

— Oi — diz ela, sorrindo.

— Então — continuo, esperando que ela capte o duplo sentido do que estou prestes a dizer. — Você se importa se hoje a gente ficar apenas esculpindo abóboras? Tem problema se a gente não fizer *nada* além disso? Só esculpir abóboras?

Ela sorri e volta a atenção para a abóbora à sua frente.

— Claro. Mas não podemos esculpir abóboras todas as noites, Lake. Vai chegar um momento em que a gente vai precisar parar de esculpi-las.

Pego uma das abóboras sobrando no chão, coloco-a em cima do balcão e me sento. Então alguém bate à porta.

— Eu abro — grita Caulder, saltando do banco.

Minha mãe e eu nos viramos para a porta quando ele a abre. É Will.

— Ei, camarada. Já está até abrindo a porta daqui, é? — diz Will para ele.

Caulder segura a mão dele e o puxa para dentro da casa.

— Estamos esculpindo abóboras para o Halloween. Venha, Julia também comprou uma para você. — Ele está rebocando Will pela sala, em direção à cozinha.

— Não, tudo bem. Esculpo a minha outra hora. Só queria levar você pra casa, para que eles pudessem ter um tempinho em família.

Minha mãe puxa o banco do outro lado dela.

— Sente-se, Will. Hoje nós vamos apenas esculpir abóboras. Não vamos fazer *nada* além disso. Só esculpir abóboras.

Caulder já está com uma abóbora nas mãos e a coloca em cima do balcão, na frente de Will.

— Tudo bem, então. Vamos esculpir abóboras — diz Will.

Caulder entrega uma faca para ele, e todos nós ficamos sentados na frente do balcão; somente esculpindo as abóboras.

Kel cria o primeiro momento constrangedor ao perguntar por que cheguei tão tarde do colégio. Mamãe olha para mim, aguardando a resposta, enquanto Will continua cortando a abóbora, sem olhar para cima.

— Eddie e eu tivemos de ficar na detenção — digo.

— Detenção? Por que ficou na detenção? — pergunta minha mãe.

— A gente matou aula semana passada, cochilamos no pátio.

Ela coloca o cinzel na mesa e olha para mim, nitidamente decepcionada.

— Lake, por que fez algo assim? Que aula você matou?

Não respondo. Aperto os lábios e inclino a cabeça na direção de Will no instante em que ele olha para cima.

Ele dá de ombros e ri.

— Ela matou minha aula! Era para eu ter feito o quê?

Minha mãe se levanta e dá um tapinha nas costas dele enquanto pega a lista telefônica.

— Só por causa disso seu jantar é por minha conta.

A NOITE INTEIRA foi surreal. Todo mundo comendo pizza, conversando, rindo, inclusive minha mãe. É gostoso escutar a risada dela. Noto que hoje ela está diferente. Acho que só o fato de ter me contado que está doente diminuiu um pouco o estresse. Dá para ver em seus olhos que está mais à vontade.

Ficamos escutando Kel e Caulder falarem sobre as fantasias que querem para o Halloween. Caulder está em dúvida entre um Transformer e um Angry Bird. Kel ainda não decidiu nada.

Limpo os restos de abóbora do chão, levo o pano para a pia e lavo. Então coloco os cotovelos no balcão e apoio o queixo nas mãos enquanto os observo. É mais do que provável que esta seja a última vez em que minha mãe vai esculpir abóboras. Mês que vem será o último Dia de Ação de Graças dela. Depois seu último Natal. E mesmo assim ela está ali sentada, conversando com Will sobre os planos para o Halloween, rindo. Queria poder congelar esse momento. Queria que pudéssemos ficar esculpindo abóboras para sempre.

Will e Caulder vão embora depois que minha mãe vai para o quarto se arrumar para o trabalho. Termino de limpar a cozinha, junto os sacos com restos de abóboras e coloco tudo dentro de um grande saco de lixo. Levo-o para o meio-fio no fim da entrada da casa, e Will aparece do lado de fora com seu próprio saco de lixo. Ele só percebe que estou ali quando chega ao meio-fio. Sorri para mim e levanta a tampa, jogando o saco dentro.

— Oi — diz. Ele coloca as mãos nos bolsos do casaco e vem em minha direção.

— Oi — respondo.

— Oi — diz ele de novo. Passa por mim e se senta no para-choque do meu jipe.

— Oi — respondo, enquanto me encosto no jipe, ao lado dele.

— Oi.

— Para — digo, rindo.

Um fica esperando que o outro fale primeiro, fazendo surgir um silêncio constrangedor. Odeio silêncios constrangedores, então acabo logo com isso.

— Desculpe por ter contado para Eddie. É que ela é tão inteligente. Deduziu tudo sozinha e ficou imaginando que estava acontecendo mais do que está, então tive de contar a verdade. Não queria que ela ficasse pensando mal de você.

Ele inclina a cabeça para trás e encara o céu.

— Eu confio no seu bom senso, Lake. Até confio em Eddie. Só precisava que ela soubesse o quanto esse trabalho é importante para mim. Ou talvez eu tenha dito tudo aquilo para você saber o quanto isso é importante para mim.

Meu cérebro está cansado demais para que eu seja capaz de analisar esse comentário.

— Seja como for — digo. — Sei que foi difícil para você... contar tudo daquela maneira. Obrigada.

Ficamos observando um carro passar e estacionar na casa ao lado. Uma mulher sai dele e, em seguida, duas garotas. Todas com abóboras.

— Sabe, não conheço ninguém nessa rua além de você e Caulder — digo.

Ele direciona o olhar para a casa onde as três pessoas acabaram de entrar.

— Aquela é Erica. Ela está casada com Gus, há uns vinte anos, acho. Eles têm duas filhas, ambas adolescentes. A mais velha é quem toma conta de Caulder às vezes.

"O casal à direita de nossa casa é que está aqui há mais tempo, Bob e Melinda. O filho deles acabou de entrar para o exército. Foram muito prestativos depois que meus pais morreram. Todos os dias, durante meses, Melinda cozinhava algo para nós. Ela ainda traz comida uma vez na semana."

Ele aponta mais à frente na rua.

— Está vendo aquela casa ali? É dele a casa que vocês estão alugando. O nome dele é Scott. Tem seis casas só nessa rua. É um cara legal, mas seus inquilinos variam muito. E são essas as únicas pessoas que conheço que ainda moram aqui.

Olho para todas as casas ao longo da rua. Todas são tão parecidas que é inevitável ficar pensando nas diferenças de cada uma dessas famílias. Será que tem alguém escondendo segredos? Alguém se apaixonando? Ou desapaixonando. Será que são felizes? Tristes? Será que estão com medo? Falidos? Carentes? Será que dão valor ao que têm? Será que Gus e Erica dão valor à saúde que têm? Será que Scott dá valor à renda extra dos aluguéis? Porque tudo isso, toda ínfima parte, tudo é passageiro. Nada é permanente. A única coisa que todos temos em comum é o inevitável: todos morreremos um dia.

— Tinha uma garota — diz Will. — Ela se mudou para uma casa daqui da rua há um tempinho. Ainda me lembro do instante em que a vi chegar no caminhão da U-Haul. Ela dirigia aquilo com tanta segurança. Era cem vezes maior do que ela, e ainda assim deu ré perfeitamente, sem nem pedir ajuda. Fiquei observando enquanto ela colocava o caminhão em ponto morto e apoiava a perna em cima do painel, como se dirigisse aquilo todos os dias. Maior moleza.

"Eu precisava ir trabalhar, mas Caulder já tinha corrido para o outro lado da rua. Estava lutando com espadas imaginárias com o garotinho que estava dentro do caminhão. Eu ia apenas gritar para que ele viesse para dentro do carro, mas havia algo naquela garota. Eu simplesmente tinha que conhecê-la. Atravessei a rua, mas ela nem percebeu que eu estava me aproximando. Estava observando o irmão brincar com Caulder, com um olhar distante no rosto.

"Fiquei parado ao lado do caminhão, apenas observando. Eu a encarei enquanto ela continuava olhando para o nada, com a expressão mais triste nos olhos. Queria saber em que estava pensando, o que se passava em sua mente. O que a fez ficar tão triste? Queria tanto abraçá-la. Quando finalmente saiu do caminhão e eu me apresentei, tive de usar todas as minhas forças para conseguir soltar sua mão. Queria segurá-la para sempre. Queria que ela soubesse que não estava sozinha. O fardo que ela estivesse carregando, seja ele qual fosse, eu queria carregá-lo *por* ela."

Eu apoio a cabeça no ombro dele, e ele coloca o braço ao meu redor.

— Queria ser capaz de fazer isso, Lake. Queria ser capaz de fazer tudo isso desaparecer. Infelizmente, não é assim que as coisas funcionam. Não vai desaparecer assim do nada. É isso que sua mãe está tentando te dizer. Ela precisa que você aceite isso e que Kel também saiba a verdade. Você precisa dar isso a ela.

— Eu sei, Will. Mas simplesmente não consigo. Ainda não. Não estou pronta para encarar tudo isso ainda.

Ele me puxa para perto e me abraça.

— Você nunca estará pronta, Lake. Ninguém nunca se sente pronto. — Ele me solta e se afasta. E novamente ele tem razão, mas desta vez não me importo.

— Lake? Posso entrar? — diz minha mãe, do lado de fora da porta do meu quarto.

— Está aberta — digo.

Ela entra e fecha a porta. Está de uniforme. Senta-se ao meu lado na cama enquanto continuo escrevendo no caderno.

— O que está escrevendo? — pergunta.

— Um poema.

— Para o colégio?

— Não, para mim.

— Não sabia que você escrevia poemas. — Ela tenta dar uma olhada por cima do meu ombro.

— Na verdade, não escrevo. Mas se lermos um poema nosso no Club N9NE, não precisamos fazer a prova final. Estou pensando em apresentar um, mas não sei ainda. Só de pensar em ficar na frente de todas aquelas pessoas, já fico nervosa.

— Amplie seus limites, Lake. É para isso que eles existem.

Viro o poema para baixo e me sento.

— Então, está tudo bem?

Ela sorri para mim, estica o braço na direção do meu rosto e põe uma mecha de cabelo atrás da minha orelha.

— Sim, não é nada de mais — diz ela. — É que eu tinha alguns minutos livres antes de ir trabalhar e achei que poderíamos conversar. Queria que você soubesse que hoje é minha última noite. Não vou mais trabalhar depois disso.

Eu desvio o olhar, me inclino para a frente e pego a caneta. Coloco a tampa e fecho o caderno, guardando as duas coisas dentro da mochila.

— Ainda estou esculpindo abóboras, mãe.

Ela inspira lentamente, se levanta, hesita por um instante e depois vai embora.

15.

Forever I will move like the world that turns beneath me
And when I lose my direction, I'll look up to the Sky
And when the black cloak drags upon the ground
I'll be ready to surrender, and remember
Well we're all in this together
If I live the life I'm given, I won't be scared to die.*

— THE AVETT BROTHERS, "ONCE AND FUTURE CARPENTER"

Will entra na sala de aula carregando um pequeno projetor. Ele o coloca em cima da mesa e começa a ligá-lo ao laptop.

— O que vamos fazer hoje, Sr. Cooper? — pergunta Gavin.

Will continua preparando o projetor enquanto responde:

— Quero mostrar a vocês porque devem escrever poesia. — Ele passa a tomada para o outro lado da mesa e a liga na parede.

---

*Para sempre vou me mover como o mundo que gira abaixo de mim/E, quando eu me perder, olharei para o céu/E, quando o manto escuro se arrastar no chão,/Estarei pronto para me render; lembre bem que/Estamos todos juntos nisso/Se eu viver a vida que me foi dada, não terei medo de morrer.

— Eu sei por que as pessoas escrevem poesia — diz Javi. — É porque são um bando de bobões sentimentais que não têm nada pra fazer e que só ficam reclamando das ex-namoradas e dos cachorros que morreram.

— Errado, Javi — digo. — Isso é música country.

Todo mundo ri, inclusive Will. Ele se senta à mesa, liga o laptop e olha para Javi.

— E daí? Se alguém se sente melhor ao fazer um poema sobre o cachorro que morreu, então ótimo. Que façam isso. E se alguma garota partisse seu coração, Javi, e você decidisse desabafar com papel e caneta? É da sua conta, não de mais ninguém.

— Tudo bem — diz Javi. — As pessoas são livres para escreverem o que quiserem. Mas o que me incomoda é: e se a pessoa que escreveu não quiser reviver a situação? E se um cara apresentar na competição de slam um poema sobre um fim de namoro ruim, mas depois superar isso e partir para outra? Ele se apaixona por alguma outra garota, mas agora provavelmente vai ter esse vídeo dele no YouTube divulgado por toda a internet, em que ele só faz falar todo triste sobre como o seu coração estava partido. Isso é um saco. Se a pessoa apresentar, ou se até escrever, um dia vai ter de reviver isso.

Will para de mexer no projetor, se levanta e vai até o quadro. Pega um pedaço de giz, escreve algo e dá um passo para o lado.

The Avett Brothers

Will aponta para o nome no quadro.

— Alguém já ouviu falar deles?

Ele olha para mim e balança sutilmente a cabeça, dizendo que não quer que eu fale.

— Parece familiar — diz alguém no fundo da sala.

— Bem — diz ele, andando pela sala. — São filósofos famosos que falam e escrevem palavras de extrema sabedoria, fazendo a pessoa pensar mais sobre as coisas.

Tento conter a risada. Mas em boa parte ele tem mesmo razão.

— Uma vez perguntaram a eles exatamente isso. Acho que estavam fazendo uma *leitura*. Alguém fez uma pergunta sobre a *poesia* deles, se era difícil ter de reviver as palavras toda vez que se apresentavam. A resposta foi que, apesar de o ideal ser eles *superarem* aquilo (a pessoa ou o evento que inspirou as palavras naquela época), isso não significa que uma pessoa que estiver escutando não tenha passado pela *mesma* coisa.

"E daí? E *daí* que a dor sobre a qual você escreveu ano passado não é o que você está sentindo hoje? Pode ser exatamente o que a pessoa na primeira fila está sentindo. O que você está sentindo agora, e a pessoa a quem suas palavras talvez afetem daqui a cinco anos — é por isso que se escreve poesia."

Ele liga o projetor de teto, e eu reconheço imediatamente as palavras projetadas na parede. É o poema que ele apresentou na competição de slam no nosso encontro. O poema sobre a morte.

— Estão vendo isso? Escrevi há dois anos, depois que meus pais morreram. Eu estava com raiva. Estava magoado. Escrevi *exatamente* o que estava sentindo. Quando leio agora, não sinto essas mesmas coisas. Mas será que me arrependo de ter escrito? Não. Pois existe uma chance de alguém bem nessa sala se sentir tocado por isso. Pode ser que isso signifique algo para essa pessoa.

Ele move o mouse, e o projetor dá um zoom, destacando uma das frases do poema.

> As pessoas não gostam de *falar* sobre a morte porque isso as deixa *tristes*.

— Nunca se sabe, talvez alguém bem nessa sala se sinta tocado por isso. Falar sobre morte deixa a pessoa triste? Claro que sim. A morte é um saco. Não é divertido falar sobre ela. Mas, às vezes, é *preciso* falar sobre ela.

Percebo o que ele está fazendo. Cruzo os braços por cima do peito e o fulmino com o olhar enquanto ele me observa. Ele volta a olhar para o computador, deixando outra frase em destaque.

> Se *ao menos*, elas tivessem se *preparado*, *aceitado* o *inevitável*, feito *planos*,

— E essa frase? Meus pais não estavam preparados para *morrer*. Fiquei com *raiva* deles por causa disso. Sobraram para mim as contas, as dívidas e uma *criança*. Mas e se eles tivessem sabido com antecedência? Se tivessem tido a oportunidade de discutir o assunto, de fazer planos? Se falar sobre a morte não fosse algo tão fácil de evitar, talvez não tivesse sido tão difícil lidar com a morte deles quando tudo aconteceu.

Ele olha diretamente para mim enquanto coloca outra frase em destaque.

> *compreendido* que *não* se tratava apenas da vida *delas*.

— Todo mundo imagina que vai ter pelo menos mais um dia de vida. Se meus pais tivessem ideia do que estava prestes a acontecer com eles antes que acontecesse, teriam feito tudo que fosse possível para nos preparar. *Tudo*. Não é que eles não estivessem pensando em nós, é que não estavam pensando na morte.

Ele destaca a última frase do poema.

Morte. A única coisa inevitável na *vida*.

Olho para a frase e a leio. Leio de novo. E de novo, de novo e de novo. Leio até a aula terminar, até todo mundo ao meu redor ter ido embora. Todo mundo, menos Will.

Ele está sentado à mesa e me observando. Esperando que eu compreenda.

— Entendi, Will — sussurro afinal. — Entendi. Na primeira frase, quando você disse que a morte era a única coisa inevitável na vida... você enfatizou a palavra *morte*. Mas quando falou a mesma coisa no final do poema, você não enfatizou a palavra morte, você enfatizou a palavra *vida*. Você *enfatiza* a *vida* no final. Entendi, Will. Você tem razão. Ela não está tentando nos preparar para a morte dela. Está tentando nos preparar para a vida *dela*. Para o tempo de vida que ela ainda tem.

Ele se inclina para a frente e desliga o projetor. Pego minhas coisas e vou para casa.

SENTO NA BEIRADA da cama da minha mãe. Ela está dormindo bem no meio. Ela não dorme mais de um lado específico, pois agora dorme sozinha.

Ainda está com o uniforme do hospital. Quando acordar e tirá-lo, será a última vez que vai tirar um uniforme.

Fico me perguntando se não é por causa disso que ela ainda está com ele: por também perceber esse fato.

Fico observando o ritmo de seu corpo enquanto ela respira. A cada respiração, escuto o esforço de seus pulmões dentro do peito. O esforço dos pulmões que a deixaram na mão.

Estico o braço e afago seu cabelo. Ao fazer isso, alguns fios caem nos meus dedos. Afasto a mão de novo e lentamente seguro os fios ao redor do dedo enquanto vou até meu quarto e pego a fivela roxa no chão. Abro a fivela, coloco os fios de cabelo dentro e fecho. Guardo a fivela debaixo do travesseiro na minha cama e volto para o quarto da minha mãe. Deito ao lado dela na cama e a abraço. Ela encontra minha mão, e nós entrelaçamos nossos dedos enquanto conversamos sem dizer uma única palavra.

16.

""
— THE AVETT BROTHERS,
"COMPLAINTE D'UN MATELOT MOURANT"

Quando minha mãe pega no sono de novo, vou até o mercado. A comida preferida de Kel é basanha. É como ele costumava chamar a lasanha, e a gente ainda fala assim. Compro tudo que vou precisar para a refeição, volto para casa e começo a cozinhar.

— Que cheiro de basanha — diz mamãe ao sair do quarto. Ela está com roupas normais. Deve ter tirado o uniforme pela última vez.

— Sim. Imaginei que seria bom fazer a comida preferida de Kel. Ele vai precisar.

Ela vem até a pia e lava as mãos antes de começar a me ajudar a fazer camadas com a massa.

— Então, terminamos de esculpir abóboras? — pergunta ela.

— Sim — respondo. — Todas as abóboras já foram esculpidas.

Ela ri.

— Mãe? Antes de ele chegar, a gente precisa conversar. Sobre o que vai acontecer com ele.

— Eu *quero* conversar sobre isso, Lake. Eu *quero*.

— Por que você não quer que ele fique comigo? Acha que não sou capaz? Que eu não seria uma boa mãe?

Ela coloca a última camada de massa antes de eu cobrir com o molho.

— Lake, não acho isso de jeito nenhum. Só quero que você possa viver sua própria vida. Passei os últimos dezoito anos inteirinhos criando você, ensinando a você tudo que sei. Agora é hora de você fazer besteiras. Cometer erros. Não cuidar de uma criança.

— Mas, às vezes, a vida não acontece em ordem cronológica — digo. — Você é o melhor exemplo disso. Se acontecesse na ordem certa, você só morreria quando fosse para morrer. Quando tivesse uns 77 anos, algo assim. As pessoas normalmente só morrem com essa idade.

Ela ri e balança a cabeça.

— Sério, mãe. Quero ficar com ele. Eu *quero* cuidar dele. Ele vai querer ficar comigo; você sabe que vai. Precisa nos dar essa opção. Nós não tivemos nenhuma escolha em nada disso. Tem de deixar pelo menos essa para nós.

— Tá bom — diz ela.

— Tá bom? Tá bom você vai pensar nisso? Ou *tá bom*, tá bom?

— *Tá bom*, tá bom.

Eu a abraço. Com mais força do que jamais a abracei.

— Lake? — diz ela. — Você está me sujando toda com molho de basanha.

Eu me afasto e percebo que ainda estou segurando a espátula, que está pingando sem parar nas costas dela.

* * *

— Por que ele não pode ficar aqui? — pergunta Kel depois que paro o carro na entrada e digo para Caulder ir para casa.

— Já disse. Mamãe quer conversar com a gente.

Entramos em casa, e minha mãe está colocando a basanha no forno.

— Mãe, adivinha só? — diz Kel, correndo para a cozinha.

— O que foi, querido?

— Nossa escola vai fazer uma competição de fantasias no Halloween. O vencedor ganha cinquenta paus!

— Cinquenta paus? Nossa. Você já decidiu o que vai querer ser?

— Ainda não. — Ele se aproxima do balcão e joga a mochila no chão.

— Sua irmã falou que hoje nós vamos ter uma conversa?

— Falou. Mas nem precisava. A gente vai comer basanha.

Minha mãe e eu olhamos para ele.

— Toda vez que comemos basanha é porque tem alguma notícia ruim. Vocês fizeram basanha quando vovô morreu. Fizeram basanha quando me disseram que papai tinha morrido. E fizeram basanha quando me disseram que a gente ia se mudar para o Michigan. E estão fazendo basanha agora. Ou alguém está morrendo ou a gente vai voltar para o Texas.

Minha mãe olha para mim espantada, imaginando se já não é a hora certa. Ele parece ter deixado as portas abertas para a discussão acontecer mais cedo do que planejamos. Ela se aproxima dele e senta. Eu faço o mesmo.

— Sem dúvida, você é muito observador — diz ela.

— Então, qual dos dois? — pergunta ele, olhando para ela.

Ela coloca a mão na lateral do rosto dele e o afaga.

— Estou com câncer de pulmão, Kel.

Imediatamente, ele joga os braços ao redor dela e a abraça. Ela afaga a parte de trás da cabeça dele, mas ele não chora. Os dois ficam em silêncio por um tempo enquanto mamãe espera que ele fale alguma coisa.

— Você vai morrer? — pergunta finalmente. A voz dele está abafada por estar com a cabeça afundada na camisa dela.

— Vou sim, querido. Só não sei quando. Mas até lá vamos passar muito tempo juntos. Pedi demissão hoje para poder passar mais tempo com vocês.

Não sabia como ele ia reagir. Por só ter 9 anos, provavelmente só vai entender de verdade a situação quando ela morrer mesmo. A morte do meu pai foi repentina e inesperada, o que fez ele reagir de maneira mais dramática.

— Mas e depois que você morrer? Com quem a gente vai morar?

— Sua irmã agora é adulta. Você vai morar com ela.

— Mas eu quero ficar aqui, perto de Caulder — diz ele enquanto afasta a cabeça da minha mãe e olha para mim. — Layken, você vai me obrigar a voltar para o Texas com você?

Até este exato segundo, eu tinha toda a intenção de voltar para o Texas.

— Não, Kel. Vamos ficar bem aqui.

Kel suspira, assimilando tudo que acabou de escutar.

— Você está com medo, mãe? — pergunta para ela.

— Agora, não — diz ela. — Tive muito tempo para aceitar isso. Na verdade, sinto que tenho sorte. Pelo menos, no meu caso, eu soube com antecedência; não foi como seu pai. Agora poderei passar mais tempo com vocês dois aqui em casa.

Ele solta minha mãe e coloca os cotovelos no balcão.

— Layken, você precisa me prometer uma coisa.

— Tá bom — respondo.

— Nunca mais faça basanha para mim.

Todos nós rimos. Todos nós *rimos*. Isso foi a coisa mais difícil que eu e mamãe tivemos de fazer na vida e agora estamos *rindo*. Kel é fantástico.

UMA HORA DEPOIS, a imensa refeição está pronta, com basanha, grissini e salada. A gente nunca seria capaz de comer tudo isso.

— Kel, por que não vai ver se Caulder e Will já jantaram? — diz minha mãe, olhando para a comida ao mesmo tempo que eu. Kel sai em disparada pela porta.

Ela coloca mais dois lugares na mesa enquanto eu encho os copos com chá.

— Precisamos conversar com Will para ele ajudar com Kel — digo para ela.

— Will? Por quê?

— Porque quero levar você para os tratamentos de agora em diante. É demais para Brenda. Posso perder um dia de aula de vez em quando, ou podemos ir quando eu sair do colégio.

— Tudo bem. — Ela olha para mim e sorri.

Kel e Caulder entram correndo pela porta da frente, e um instante depois chega Will.

— Kel disse que vamos comer basanha? — pergunta Will, hesitante.

— Sim, senhor — diz minha mãe, colocando basanha nos pratos.
— O que é basanha? Lasanha à bolonhesa?
Ele parece estar com medo.
— É basanha. E é a última vez que comeremos isso, então é bom você gostar — diz ela.
Will se aproxima da mesa e espera mamãe e eu nos sentarmos antes de sentar.
Nós passamos o grissini e a salada pela mesa até que os pratos de todos estejam cheios. E, assim como ontem à noite, Kel é o primeiro a criar um momento constrangedor.
— Minha mãe está morrendo, Caulder.
Will olha para mim, e eu dou um meio sorriso para ele saber que nós três conversamos.
— Quando ela morrer, vou morar com Layken. Assim como você mora com Will. É como se a gente fosse ficar igual. Todos os nossos pais vão ter morrido, e a gente vai morar com os nossos irmão e irmã.
— Legal. Que maluquice — diz Caulder.
— Caulder! — grita Will.
— Tudo bem, Will — diz minha mãe. — Na verdade, é mesmo uma maluquice do ponto de vista de um garoto de 9 anos.
— Mãe — diz Kel. — E seu quarto? Posso ficar com ele? É maior que o meu.
— Não — digo. — Tem um banheiro nele. Eu que fico com o quarto dela.
Kel fica com um ar triste. Mas não mudo de ideia. Eu vou ficar com a suíte.
— Kel, você pode ficar com meu computador — diz mamãe.
— Eba!

Olho para Will, torcendo para que a conversa não o esteja assustando, mas ele está rindo. É exatamente isso que estava esperando que acontecesse. *Aceitação*.

Durante o jantar, nós discutimos o que vai acontecer nos próximos meses e planejamos o que fazer com Kel e Caulder enquanto mamãe estiver em tratamento. Will concordou em deixar Kel ir para a casa dele quando quisesse e disse que vai continuar levando os dois para a escola. Eu vou buscá-los todos os dias quando estiver vindo para casa, a não ser que esteja no tratamento com mamãe. Ela fez com que Will concordasse em deixá-la fazer o jantar para eles na maioria das noites, em retribuição pela ajuda. A noite inteira foi um sucesso. Sinto como se juntos tivéssemos dado um murro bem na cara da morte.

— Estou exausta — diz minha mãe. — Preciso tomar um banho e me deitar.

Ela entra na cozinha, onde Will está lavando os pratos na pia. Coloca os braços ao redor dele e o abraça por trás.

— Obrigada, Will. Por tudo.

Ele se vira e retribui o abraço.

Ao passar por mim a caminho do quarto, ela me dá um leve empurrão com o ombro. Não fala nem uma palavra, mas sei o que está querendo dizer; está me dando sua aprovação. De novo. Que pena que não vale.

Limpo a mesa e vou lavar o pano na pia.

— O aniversário de Eddie é na quinta. Não sei o que comprar para ela.

— Bem, eu sei o que você *não deve* comprar para ela — diz ele.

— Pois é, eu sei — digo, rindo. — Acho que Gavin vai sair com ela na quinta à noite. Talvez eu faça algo na sexta.

— Ah, falando em sexta. Vocês precisam que eu tome conta de Kel? Esqueci que eu e Caulder vamos a Detroit nesse fim de semana.

— Não, tudo bem. Coisas de família?

— É. A gente passa o fim de semana na casa dos nossos avós uma vez por mês. É meio que uma trégua que fizemos depois que eu roubei Caulder no meio da noite.

— Parece justo — digo. Inclino-me em direção à pia e tiro o ralo.

— Então, você não vai para a competição de slam na quinta? — pergunta ele.

— Não. Mas podemos tomar conta de Caulder de noite. É só mandar ele pra cá depois da escola.

Ele coloca o último prato na secadora e enxuga a mão na toalha.

— É bem estranho, não é? A maneira como as coisas aconteceram? Vocês se mudando para cá nessa época? Kel e Caulder se conhecendo bem no momento em que Kel mais precisava de um melhor amigo? E ele aceitando a notícia da sua mãe tão bem? Tudo deu certo.

Ele se vira em minha direção e sorri.

— Estou orgulhoso de você, Lake. Você fez uma coisa boa hoje. — Ele dá um de seus longos beijos na minha testa e depois vai até a sala. — Caulder ainda precisa tomar banho, então é melhor a gente ir. Até amanhã — diz ele.

— Tá certo. Até.

Suspiro enquanto penso na única coisa em que ele *não está* pensando. A única coisa incrivelmente relevante que *não* deu certo: nós dois.

Estou começando a aceitar isso. Que não ficaremos juntos. Que *não podemos* ficar juntos. Especialmente com as últimas duas noites em que ele esteve aqui. Parece mesmo que fizemos a transição. Com certeza, ainda acontecem alguns momentos entre nós, mas nada que a gente não consiga superar. Estamos apenas em outubro, e ele será meu professor até junho. São oito meses bem longos. Quando olho para as mudanças que ocorreram na minha vida nos últimos oito meses, percebo que não dá para ter a mínima ideia de como minha vida vai estar daqui a esse mesmo tempo. Ao deitar e fechar os olhos, tomo uma decisão. Will não vai ser mais minha prioridade número um. Minha mãe vem primeiro, depois Kel e, por último, a *vida*.

Finalmente. Ele não mexe mais comigo.

— Eddie, pode ir pegar um achocolatado pra mim, amor? Eu esqueci. — Gavin está olhando para Eddie com cara de cachorro pidão. Eddie revira os olhos e se levanta. Assim que ela sai da mesa, ele se vira para mim e começa a sussurrar.

— Amanhã à noite. No Getty's. Às seis. Leve um balão rosa. Depois a gente vai pra competição de slam.

— Gavin, está maluco? Isso não tem graça, ela vai ficar com ódio — sussurro.

— Confie em mim.

Ela volta para a mesa com o achocolatado.

— Tome. Está me devendo cinquenta centavos.

— Estou te devendo meu coração — diz Gavin, enquanto pega o leite.

Ela dá um tapinha na cabeça dele.

— Ah, deixe de ser mulherzinha. Você é tão sentimental — diz ela, antes de beijá-lo na bochecha.

* * *

Relutante, entro no Getty's Pizza com um balão rosa na mão. Gavin e Nick estão numa mesa na parte de trás do restaurante. Ele faz um gesto para que eu me aproxime. Tem tantos balões rosa. Ela vai odiar.

Gavin pega meu balão e escreve alguma coisa nele com um marcador.

— Tome — diz Gavin, enquanto me entrega um monte de balões. — Leve isso e vá lá pra trás, para perto dos banheiros. Quando chegar a hora eu vou atrás de você, já, já ela chega.

Ele me empurra em direção ao banheiro antes que eu possa reclamar. Fico num canto do corredor entre o banheiro dos homens e o armário do zelador. Olho para todos os balões e percebo que há nomes escritos em cada um deles.

Momentos depois, um senhor vem pelo corredor em minha direção.

— Você é Layken? — pergunta ele.

— Sim — respondo.

— Sou Joel, o pai adotivo de Eddie.

— Ah, oi.

— Gavin quer que você vá lá pra frente; eu fico com os balões agora. Eddie está lá fora. Ela acha que eu vim ao banheiro, então não diga nada sobre os balões.

— Hum, tá bom. — Entrego os balões para ele e volto para a mesa.

— Layken! Você veio! Gente, que coisa mais fofa — diz Eddie. Ela começa a se sentar, mas Gavin a levanta de novo.

— Não vamos comer ainda. Precisamos ir lá fora.
— Lá fora? Mas está frio.
— Vamos — diz ele, puxando-a em direção à porta.

Todos nós seguimos Gavin lá para fora e ficamos ao lado de Eddie. Olho para Nick, e ele dá de ombros, indicando que também não sabe o que está acontecendo. Gavin tira um pedaço de papel do bolso e fica na frente de Eddie.

— Não escrevi essa carta, Eddie. Mas pediram que eu a lesse.

Eddie olha para nós e sorri, tentando encontrar alguma pista nas nossas expressões. O que não acontece, pois também não sabemos de nada.

Você veio para mim no 4 de julho. Dia da Independência. Tinha 14 anos. Você entrou em disparada pela porta e foi direto para a geladeira, dizendo que precisava de Sprite. Eu não tinha Sprite. Você me disse que não tinha problema e então pegou um Dr Pepper. Fiquei assustado com você. Avisei à assistente social que nunca poderia ficar com você. Nunca havia acolhido uma adolescente antes. Ela me disse que encontraria outro lugar para você no dia seguinte, que só precisava ficar naquela noite.

Fiquei tão nervoso. Não sabia o que dizer para uma garota de 14 anos. Não sabia de que tipo de coisas ela gostava, que programas de televisão via. Não tinha a mínima ideia. Mas você fez tudo ser tão fácil. Você ficou tão preocupada em fazer com que eu me sentisse à vontade.

Mais tarde, naquela noite, quando estava escuro lá fora, nós escutamos o barulho de fogos. Você segurou minha mão, me puxou para longe do sofá e me arrastou lá para fora. Nós nos deitamos na grama do jardim e ficamos observando o céu. Você não calava a boca. Contou tudo sobre as família com quem esteve antes. E eu prestei atenção o tempo inteiro. Fiquei prestando atenção naquela garotinha, tão cheia de vida. Tão animada e encantada com uma vida que tentou derrubá-la tantas vezes.

Eddie fica boquiaberta ao ver Joel na janela do restaurante, com dúzias de balões rosa. Ele sai e fica ao lado de Gavin, que continua lendo a carta.

Nunca fui capaz de dar muitas coisas a você. Fora ensiná-la a dirigir, nunca fui capaz de ensinar muitas coisas a você. Mas você não tem ideia do tanto que me ensinou. E, neste aniversário tão especial, o seu aniversário de 18 anos, você não pertence mais ao estado do Michigan. E, a partir de agora, você não pertence mais a mim legalmente. Você não pertence a nenhuma das pessoas que controlaram você e seu passado.

Joel começa a ler os nomes em voz alta enquanto solta os balões um por um. Eddie está chorando, enquanto todos nós observamos os balões desaparecerem lentamente na escuridão. Ele continua soltando, até os nomes de todos os 29 irmãos e 13 pais terem sido lidos e soltos.

Ele ainda está com um balão rosa na mão. Na frente, com letras enormes e pretas, está escrito PAI.

Gavin dobra o papel e dá um passo para trás enquanto Joel caminha em direção a Eddie.

— Espero que você aceite este presente de aniversário — diz Joel, enquanto entrega o balão rosa para ela. — Quero ser seu pai, Eddie. Quero ser sua família pelo resto da sua vida.

Eddie o abraça, e eles choram. O restante de nós volta devagar para dentro do restaurante, deixando os dois terem um momento a sós.

— Meu Deus, preciso de um guardanapo. — Fungo enquanto procuro algo para limpar os olhos. Pego alguns guardanapos no balcão e olho para Nick e Gavin. Eles estão chorando. Pego mais guardanapos para eles, e voltamos para nossa mesa.

17.

If I get murdered in the city
don't go revengin' in my name
One person dead from such is plenty
No need to go get locked away*

— THE AVETT BROTHERS, "MURDER IN THE CITY"

Posso dizer com sinceridade que sinto como se tivesse passado pelas cinco fases do luto em todos os aspectos da minha vida.

Aceitei a morte do meu pai. Aceitei a morte dele meses antes de nos mudarmos para o Michigan. Aceitei o destino da minha mãe. Sei que ela não morreu ainda, e que as fases do luto recomeçarão quando isso acontecer. Mas também sei que não será tão difícil.

Aceitei o fato de morarmos no Michigan. A música que escutei várias vezes na casa de Will chamava-se "Weight of Lies". Um trecho da letra diz:

---

*Se eu for assassinado na cidade/não vá se vingar em meu nome/Já basta uma pessoa ter morrido/Não tem pra que você ser preso.

The weight of lies will bring you down, follow you to every town 'cause
Nothing happens here that doesn't happen there.*

Toda vez que a música repetia, tudo que eu escutava era a parte que falava das mentiras; e de como elas se tornam um fardo pesado para a pessoa. Hoje à noite, ao dirigir para Detroit no meu jipe, entendo o verdadeiro significado dessas palavras. Não é só às *mentiras* que a música está se referindo. É à *vida*. Não dá para fugir para outra cidade, outro lugar, outro estado. A coisa de que a pessoa está fugindo, seja ela qual for, vai junto com ela. E fica com ela até a pessoa descobrir uma maneira de confrontá-la.

O que quer que estivesse me fazendo querer fugir para o Texas terminaria dando um jeito de me encontrar novamente. Então, aqui estou, em Ypsilanti, no Michigan; onde vou ficar. E não vejo problema algum nisso.

Aceitei a situação com Will. Não o culpo pela escolha que fez. Claro que tive fantasias em que ele me pega no colo e diz que não precisa de uma *carreira*, porque tudo que importa é o *amor*. Mas a verdade é que, se ele tivesse colocado os sentimentos por mim em primeiro lugar, teria sido difícil aceitar o fato de que ele era capaz de descartar as coisas mais importantes de sua vida com tanta facilidade. Isso indicaria coisas ruins a respeito de seu caráter. Por isso, não o culpo e o respeito. E, algum dia, quando eu estiver pronta, eu o agradecerei.

* * *

---
*O peso das mentiras vai acabar com você, vai seguir você por todas as cidades, pois/não há nada que aconteça aqui que não aconteça lá também.

Chego à boate um pouco depois das oito. Gavin tinha preparado uma surpresa para Eddie, e eles fizeram um desvio e disseram que chegariam mais tarde. O estacionamento está bem mais lotado do que o normal, então tenho de pegar uma vaga atrás do prédio. Ao sair do carro, respiro fundo e me preparo. Não sei quando foi que decidi que me apresentaria hoje, mas agora estou em dúvida.

As palavras da minha mãe se repetem na minha mente enquanto caminho em direção à porta. *"Amplie seus limites, Lake, é para isso que eles existem."*

Sou capaz de fazer isso. São apenas palavras. É só repeti-las e pronto. Simples assim.

Atravesso a porta com alguns minutos de atraso. Dá para perceber que o sacrifício está prestes a se apresentar, pois está um silêncio incrível. Entro discretamente e vou até o fundo do lugar em silêncio. Não quero chamar atenção, então me sento numa mesa vazia. Pego o telefone, abaixo o volume e mando uma mensagem para Eddie avisando onde sentei. É então que ouço.

Will está no palco, na frente do microfone, apresentando um poema como sacrifício.

Eu costumava *amar* o oceano.
Amava *tudo* a seu respeito.
Os *recifes* de corais, as *cristas* espumosas, as *ondas*
barulhentas, as *rochas* que elas *saltam*, as lendas de *piratas*
e as caudas de *sereias*,
Tesouros *perdidos* e tesouros *encontrados*...
E *TODOS*
Os *peixes*
No *mar*.
Sim, eu costumava *amar* o oceano,

Amava *tudo* a respeito dele.
A maneira como ele *cantava* até eu *dormir* enquanto eu
ficava *deitado* na *cama*
e depois me *acordava* com uma *força*
Que *logo* passei a *temer*.
As *fábulas*, as *mentiras*, os olhos *enganadores*,
Eu o drenaria até que *secasse*
Se me *importasse* tanto assim.
Eu costumava *amar* o oceano,
Amava tudo a respeito dele.
Os *recifes* de corais, as *cristas espumosas*, as *ondas*
barulhentas, as rochas que elas *saltam*, as lendas de *piratas*
e as caudas de *sereias*,
Tesouros *perdidos* e tesouros *encontrados*...
E *TODOS*
Os *peixes*
No *mar*.
Bom, se você já tentou *navegar* um *veleiro*
em seus *mares* tempestuosos, *percebeu* que as *cristas
espumosas* são suas *inimigas*. Já tentou *nadar até a costa*
quando sua *perna* está com *cãibra* e você acabou de comer
uma *refeição enorme* de hambúrgueres do *In-N-Out*, que
o estão deixando mais *pesado*, e as *ondas barulhentas* o
estão deixando sem *fôlego*, enchendo seus *pulmões* com
água enquanto você *agita* os braços, tentando chamar a
atenção de alguém, mas seus amigos
só fazem
acenar
de volta?
E se você cresceu com *sonhos* na *cabeça*
sobre a *vida* e como qualquer dia desses você roubaria o
próprio navio e teria a *própria* tripulação e *todas*

as sereias
amariam
apenas
você?
Bem, assim você *perceberia*...
Assim como terminei percebendo...
Que todas as coisas **boas**?
Toda a **beleza**?
Não é **real**.
É **mentira**.
Então, pode **ficar** com seu **oceano**,
Que eu **fico** com meu **Lago**.

Ar. Ou água. Não sei de qual dos dois preciso. Saio da mesa e vou em direção à porta da frente, mas termino indo direto para o banheiro. Só preciso de silêncio.

Ao abrir a porta do banheiro, vejo que os cubículos estão vazios. Tem uma garota lavando as mãos na única pia disponível, então decido esperar para pegar água. Escolho o cubículo maior. Entro, tranco e me encosto na porta.

Será que isso acabou mesmo de acontecer? Será que ele sabe que estou aqui? Não, não sabe. Eu disse que não viria. Ele não queria que eu escutasse aquilo. Ainda assim, *escreveu* aquilo. Ele mesmo disse que escreve o que está sentindo. Meu Deus, ele me *ama*. Will Cooper está *apaixonado* por mim.

Sempre soube o que ele sente por mim. Dá para perceber pela maneira como me olha. Mas escutar suas palavras e os sentimentos por trás delas; a maneira como ele disse meu nome. Como vou encará-lo depois disso? Não vai ser necessário. Ele ainda não sabe que estou aqui. Só preciso ir embora. Preciso ir antes que ele me veja.

Abro a porta do banheiro e dou uma olhada, mas não o vejo. Felizmente, outra pessoa está no palco, e a maioria dos olhos está voltada para lá. Passo pela entrada sorrateiramente e saio pela porta da frente.

— Layken! Olha o que Gavin me deu! — Eddie está entrando, segurando o cabelo para trás, querendo que eu olhe para suas orelhas.

— Eddie, preciso ir.

O sorriso dela desaparece.

— Ligo para você mais tarde. — Passo por ela, sem olhar para os brincos. — Você não me viu aqui! — grito ao sair.

Chego à parte de trás do prédio e esbarro em Javi quando ele está dobrando a esquina. *Minha nossa*! Será que a turma inteira veio? Alguém vai acabar deixando escapar que estive aqui. Não quero que Will saiba que eu o vi.

— Ei, pra que tanta pressa? — pergunta, enquanto passo entre ele e a parede.

— Tenho de ir. Até amanhã. — Rapidamente me afasto. Não tenho tempo de bater papo. Só quero entrar no jipe e sair desse estacionamento o mais rápido possível.

— Espere, eu acompanho você até o carro — diz ele quando me alcança.

— Estou bem, Javi. Pode ir lá pra dentro, eles já começaram.

— Layken, estamos em Detroit. Você estacionou atrás de uma boate. Vou acompanhá-la até seu carro.

— Tá bom. Mas ande rápido.

— Por que está com pressa? — pergunta ele, enquanto vamos para a parte de trás do prédio.

— Só estou cansada. Preciso dormir. — Eu desacelero o passo, sentindo-me mais segura de que Will não me viu.

— Tem um café mais pra frente aqui na rua. Quer ir até lá tomar alguma coisa? — pergunta ele.

— Não, obrigada. Não preciso de cafeína, preciso da minha cama.

Ao chegarmos ao meu jipe, abaixo o braço para pegar as chaves na minha... Merda! Minha bolsa. Deixei a bolsa na mesa.

— Merda! — digo. Chuto o cascalho na minha frente. Meu sapato faz um pedaço de pedra se soltar, e ela rebate na porta do meu jipe.

— O que foi? — pergunta ele.

— Minha bolsa. Esqueci as chaves e a bolsa lá dentro. — Cruzo os braços na frente do peito e me apoio no jipe.

— Não é tão ruim assim. É só a gente voltar lá dentro e pegar.

— Não, não quero. Você se incomodaria em ir buscar para mim? — Sorrio para ele, esperando que isso seja o suficiente.

— Layken, não precisa ficar aqui atrás sozinha.

— Tudo bem. Vou mandar uma mensagem para Eddie e pedir para ela trazer. Está com seu telefone?

Ele apalpa os bolsos.

— Não, está na minha caminhonete. Vamos, eu pego para você — diz Javi, pegando minha mão e me levando na direção da caminhonete. Ele destranca a porta e pega o telefone lá dentro. — Está sem bateria. — Ele liga no carregador. — Espera uns dois minutos para carregar, daí você liga para ela.

— Obrigada — digo, e me encosto na caminhonete para esperar.

Ele fica do meu lado enquanto aguardamos o telefone carregar.

— Começou a nevar de novo — diz Javi, limpando algo no meu braço.

Olho para cima e vejo os flocos caindo, contrastando com o céu escuro. Acho que finalmente estamos prestes a ver como é o verdadeiro inverno do Michigan.

Eu me viro para Javi. Estou prestes a perguntar algo sobre pneus de neve ou sobre o limpa-neve, mas esqueço assim que a mão dele agarra meu rosto e sua língua tenta entrar na minha boca. Viro o rosto e empurro o peito dele com a mão. Ao perceber minha resistência, seu rosto se afasta, mas seu corpo continua pressionado contra o meu, empurrando-me contra o metal frio da caminhonete.

— O que foi? — diz ele. — Achei que queria que eu a beijasse.

— Não, Javi! — Ainda o estou empurrando com as mãos, mas ele não se mexe.

— Qual é — diz ele com um sorriso convencido no rosto. — Você não esqueceu as *chaves* lá dentro. Você *quer* isso. — A boca dele cerca a minha mais uma vez, e minha pulsação dispara no peito. É diferente de quando Will faz meu pulso disparar. Desta vez, é mais algo instintivo, dizendo para eu fugir ou lutar. Tento gritar com ele, mas as mãos dele estão puxando meu rosto em sua direção com tanta força que mal consigo respirar. Tento me mexer, mas ele está usando o corpo para me prender na caminhonete, fazendo com que fique impossível de eu me soltar.

Fecho os olhos. *Pense*, Layken. *Pense*.

Quando estou prestes a morder o lábio dele, Javi se afasta. Mas ele continua indo para trás. Alguém o está puxando para longe de mim. Ele cai no chão, Will pula em cima dele, segura sua camisa e o acerta bem no queixo. Javi cai de novo, mas se vira e ergue o corpo, fazendo Will cambalear para trás.

— Parem! — grito.

Will cai no chão quando Javi revida o murro. Fico com medo de que Javi vá bater nele novamente, e me jogo entre os dois no instante em que Javi impulsiona o braço para esmurrar Will — mas termina acertando minhas costas. Caio para a frente, em cima de Will. Tento respirar, mas não consigo. Não consigo puxar o ar.

— Lake — diz Will, me girando para o chão ao lado dele. Mas a preocupação logo desaparece e a raiva toma conta de seus olhos. Ele se segura na maçaneta do carro ao nosso lado e começa a se erguer.

— Não queria bater em você, Layken — diz Javi, vindo em minha direção.

Estou no chão, então não vejo o que acontece em seguida, mas escuto uma pancada e vejo que os pés de Javi não estão mais no chão. Olho para cima no instante em que Will se inclina na direção de Javi e o esmurra novamente.

— Will, larga ele! — grita Gavin. Ele está puxando Will para trás e os dois caem no chão.

Eddie corre para o meu lado e me ajuda a levantar.

— Layken, o que aconteceu? — Ela está com os braços ao meu redor, e eu estou apertando meu peito. Sei que fui golpeada nas costas, mas sinto como se meus pulmões fossem feitos de concreto. Me esforço para respirar, e não consigo responder.

Will se solta das mãos de Gavin e se levanta. Ele vem até mim e segura minha mão enquanto Eddie sai da frente dele. Ele me ergue, coloca meu braço ao redor de seu ombro, põe o outro braço ao redor da minha cintura e começa a me ajudar a andar.

— Vou levar você para casa — diz.

— Espere — grita Eddie, correndo na nossa frente. — Encontrei sua bolsa.

Estico o braço, pego a bolsa e tento sorrir. Ela leva a mão até a altura da orelha, imitando o formato de um telefone enquanto faz com a boca: Me liga.

Will me ajuda a entrar no carro, e eu me encosto no banco. Meus pulmões estão cheios de ar mais uma vez, mas quando respiro é como se eu tivesse uma faca nas costas. Fecho os olhos e me concentro em inspirar e expirar pelo nariz enquanto vamos embora.

Nenhum de nós diz nada. Eu, porque não posso. Will porque... não sei por quê. Ficamos em silêncio até estarmos quase na entrada de Ypsilanti.

Will puxa o carro para o acostamento e o coloca em ponto morto. Dá um murro no volante antes de sair do carro e bater a porta. Sua silhueta é iluminada pelos faróis do carro enquanto ele se afasta do veículo, chutando o chão esporadicamente e soltando palavrões. Finalmente ele para e coloca as mãos nos quadris. A cabeça está inclinada para trás, e ele olha para o céu, deixando que a neve caia em seu rosto. Fica parado assim por um tempo e depois volta para o carro, senta-se e calmamente fecha a porta. Ele coloca o carro em primeira e nós continuamos em silêncio.

Já consigo andar, minha respiração voltou ao normal e a faca nas minhas costas agora parece mais um caroço. Ainda assim, ele me ajuda a entrar na casa dele.

— Deite-se no sofá, vou pegar gelo — diz.

Faço o que ele pede. Eu me acomodo no sofá de barriga para baixo e fecho os olhos, pensando no que diabos foi isso que aconteceu esta noite.

Sinto a mão dele no sofá enquanto ele se ajoelha ao meu lado.

— Will! — Fico boquiaberta ao abrir os olhos e ver o rosto dele direito. — Seu olho. — Há um fio de sangue escorrendo pelo pescoço, vindo de um corte acima do olho.

— Está tudo bem. Vou ficar bem — diz ele, inclinando-se sobre mim. — Você se importa? — A mão dele segura a beirada da minha camisa.

Faço que não com a cabeça.

Ele puxa minha camisa para cima pelas costas, e eu sinto algo gelado pressionando a pele. Ele coloca a bolsa térmica em cima do machucado, levanta-se e abre a porta da frente, fechando-a após sair.

Ele *foi embora*. Acabou de ir embora sem dizer nada. Fico lá deitada por mais alguns minutos, esperando ele voltar logo, mas ele não volta. Rolo de lado e deixo a bolsa térmica cair no sofá. Ajeito a camisa mais uma vez e, quando estou me preparando para levantar, a porta se abre rapidamente e minha mãe entra correndo.

— Lake? Querida, você está bem? — Ela joga os braços ao meu redor. Will entra depois dela.

— Mãe — chamo com voz fraca. Retribuo o abraço e choro.

— Está tudo bem, mãe, sério. — Ela está me colocando para dormir, perguntando como minhas costas estão pela centésima vez nos últimos dez minutos, que é o tempo que estou em casa. Ela sorri e afaga meu cabelo. É exatamente disso que mais vou sentir falta. A maneira como afaga meu cabelo e me olha com tanto amor nos olhos.

— Will disse que você levou uma pancada nas costas. Quem bateu em você?

Faço uma careta enquanto me encosto no travesseiro.

— Javi. Ele é da minha turma. Estava tentando dar um soco em Will, mas eu entrei no meio dos dois.

— Por que ele estava tentando dar um soco em Will?

— Porque Will deu um soco *nele*. Javi me acompanhou até o jipe quando saí da boate. Ele achou que eu queria que ele me beijasse. Estava tentando afastá-lo de mim; não consegui fazer com que ele parasse. E, quando percebi, Will estava em cima dele, batendo.

— Que horrível, Lake. Sinto muito. — Ela se inclina para a frente e beija minha testa.

— Está tudo bem, mãe. Estou bem. Só preciso dormir.

Ela afaga minha cabeça de novo, antes de se levantar e apagar as luzes.

— E Will? O que ele vai fazer? — pergunta, antes de fechar a porta.

— Não sei — respondo. De início, achei que a pergunta dela era sobre o que ele ia fazer a respeito de Javi. Mas depois que fecha a porta percebo que estava perguntando o que ele vai fazer a respeito do *emprego*.

Fico deitada por horas depois disso, examinando a situação. Não estávamos dentro do colégio. Ele estava me defendendo. Talvez Javi não vá dizer nada. Mas Will deu *mesmo* o primeiro murro. E o terceiro. E o quarto. E provavelmente teria dado o quinto, se Gavin não tivesse chegado. Tento me lembrar de todos os mínimos detalhes da noite inteira, caso me peçam para defender as ações dele amanhã.

* * *

No dia seguinte, acordo e encontro Caulder comendo cereal na minha cozinha com Kel.

— Oi. Meu irmão não pode levar a gente hoje. Disse que tinha uma coisa para resolver.

— O que é que ele tinha para resolver?

Caulder dá de ombros.

— Não sei. Ele trouxe seu jipe para casa agora de manhã. Depois foi embora de novo. — Ele coloca a colher cheia de Froot Loops na boca.

Mal aguento as duas primeiras aulas. Eddie e eu passamos a segunda aula inteira trocando bilhetes. Contei para ela tudo que aconteceu ontem à noite. Tudo, menos o poema de Will.

Sinto como se estivesse flutuando enquanto vamos para a terceira aula. Quase como nos meus sonhos, quando estou pairando sobre mim mesma, observando enquanto eu mesma ando. Sinto como se não estivesse no controle de minhas próprias ações; apenas as observo enquanto elas acontecem. Eddie abre a porta e entra primeiro. Vou atrás dela lentamente e entro na sala. Will ainda não chegou. Nem Javi. Inspiro e me sento. A barulheira da conversa entre os outros alunos é brevemente interrompida por um estalido no alto-falante.

— Layken Cohen, por favor, compareça à administração.

Imediatamente me viro e olho para Eddie. Ela me dá um sorriso não muito convincente e faz sinal de positivo com os polegares. Está tão nervosa quanto eu.

Há muitas pessoas na secretaria quando chego. Reconheço o diretor, o Sr. Murphy, que está falando com dois homens que não sei quem são. Ao perceber minha presença, ele assente e faz um gesto para que o siga. Quando entro na sala, vejo que Will está sentado com os braços cruzados na frente da mesa e não olha para mim. Isso não parece nada bom.

— Srta. Cohen, sente-se, por favor — diz o Sr. Murphy. Ele se senta na cabeceira da mesa, de frente para Will.

Escolho a cadeira mais perto.

— Este é o Sr. Cruz, o pai de Javier — diz o Sr. Murphy, apontando para um dos homens que não reconheci.

O Sr. Cruz está na minha frente. Ele se levanta um pouco, estica o braço por cima da mesa e aperta minha mão.

— Este é o Policial Venturelli — diz, apontando o outro homem.

Ele faz o mesmo e estica o braço por cima da mesa, apertando minha mão.

— Tenho certeza de que você sabe por que está aqui. É de nosso conhecimento que houve um incidente fora do colégio envolvendo o Sr. Cooper — diz ele, pausando, caso eu quisesse protestar. Não protesto. — Apreciaríamos se você pudesse nos contar sua versão dos acontecimentos.

Olho para Will, e ele faz que sim com a cabeça de maneira muito sutil, indicando que queria que eu contasse a verdade. Então, é o que faço. Durante dez minutos, explico em detalhes e com franqueza tudo que aconteceu ontem à noite. Tudo, menos o poema de Will.

Após eu terminar de contar os detalhes e todas as perguntas terem sido feitas, sou liberada para voltar à aula. Enquanto me levanto para ir embora, o Sr. Cruz me chama.

— Srta. Cohen?

Eu me viro e olho para ele.

— Só queria pedir desculpas. Peço desculpas pelo comportamento do meu filho.

— Obrigada — digo. Eu me viro e volto para a sala de aula.

Uma professora substituta está dando a aula de Will. É uma senhora mais velha que já vi pelos corredores algumas vezes, então ela também deve ser professora regular daqui. Eu me sento discretamente. Não consigo pensar em nada, só em Will e na possibilidade de ele perder o emprego por minha causa.

Quando o sinal toca, a turma começa a se dispersar, e eu me viro para Eddie.

— O que aconteceu? — pergunta ela.

Conto tudo e digo que ainda não sei de nada. Fico mais um tempo na entrada da sala, esperando que Will volte, mas ele não aparece. Durante o quarto tempo, percebo que não estou com cabeça para aprender nada e me dou o resto do dia de folga.

Ao chegar à nossa rua, vejo que o carro de Will está na entrada de sua casa. Aproximo o jipe do meio-fio e nem me dou ao trabalho de parar na entrada. Coloco o carro em ponto morto e atravesso a rua rapidamente. Quando estou prestes a bater na porta, ela se abre, e Will aparece de casaco e com a bolsa cruzada por cima do ombro.

— O que está fazendo aqui? — diz ele com uma expressão de surpresa no rosto.

— Vi seu carro. O que aconteceu?

Ele não me convida para entrar. Em vez disso, sai e tranca a porta.

— Pedi demissão. Eles cancelaram meu contrato. — Ele continua indo em direção ao carro.

— Mas só faltam oito semanas pra você como professor-estudante. Não foi culpa sua, Will. Eles não podem fazer isso! — Ele balança a cabeça.

— Não, não foi nada do tipo. Não fui demitido. É que achamos que seria melhor se eu terminasse as semanas de professor-estudante em outro colégio, longe de Javier. Tenho uma reunião com meu orientador em meia hora, é para lá que estou indo. — Ele abre a porta, tira o casaco e a bolsa e joga tudo no banco do passageiro.

— Mas e seu emprego? — pergunto, enquanto seguro a porta, sem querer que ele a feche. Tenho tantas perguntas a fazer. — Então, está dizendo que não tem mais renda? O que vai fazer?

Ele sorri para mim, sai novamente do carro e coloca as mãos nos meus ombros.

— Layken, acalme-se. Eu dou um jeito. Mas agora tenho de ir. — Ele volta para dentro do carro, fecha a porta e abaixa a janela. — Se não chegar em casa a tempo, Caulder pode ficar com vocês depois da escola?

— Claro — digo.

—Amanhã vamos sair bem cedo para ir para a casa dos meus avós. Não deixe ele comer açúcar, pode ser? Ele precisa dormir cedo — diz, enquanto sai de ré devagar.

— Claro — digo.

— Layken. Acalme-se.

— Claro — digo de novo.

E ele simplesmente desaparece. Puf.

18.

Close the laundry door
Tiptoe across the floor
Keep your clothes on
I got all that I can take
Teach me how to use
The Love that people say you made.*

— THE AVETT BROTHERS, "LAUNDRY ROOM"

Passo o resto da tarde ajudando minha mãe a limpar a casa. Assim, ocupo a mente. Em nenhum momento ela me pergunta por que não estou no colégio. Imagino que agora esteja deixando que eu tome as decisões a respeito das coisas mais triviais. Quando chega a hora de buscar Caulder e Kel, Will ainda não voltou. Levo os dois para minha casa, e nós começamos mais uma discussão sobre fantasias de Halloween.

— Eu já sei o que quero ser — diz Kel para minha mãe.

Ela está dobrando roupas na sala de estar. Coloca uma toalha no encosto do sofá e olha para Kel.

---

*Feche a porta da lavanderia/Venha na ponta dos pés/Não tire a roupa/Já não aguento mais/Me ensine como aproveitar/O amor que dizem que você fez.

— O que você vai ser, querido?

Ele sorri para ela.

— Seu câncer de pulmão — diz ele.

Ela está tão acostumada com as coisas que saem da boca de Kel que não demora nem um segundo para responder.

— Ah, é? E eles vendem essa fantasia no Walmart?

— Acho que não — diz ele, tirando algo para beber da geladeira. — Talvez você pudesse fazer. Quero ser um pulmão.

— Ei — diz Caulder. — Posso ser o outro pulmão?

Minha mãe ri enquanto pega uma caneta e um papel no balcão e depois se senta.

— Bom, então acho melhor a gente descobrir como costurar um par de pulmões cancerosos.

Kel e Caulder vão em disparada para o lado dela e começam a dar ideias.

— Mãe — digo secamente. — Não está falando sério.

Ela desvia o olhar do desenho para mim e sorri.

— Lake, se meu garotinho quiser ser um pulmão canceroso no Halloween, então vou fazer de tudo para que seja o melhor pulmão canceroso e cheio de tumor do mundo.

Reviro os olhos e me junto a eles no balcão, fazendo a lista de coisas de que vamos precisar.

Após voltarmos da loja com os materiais e tecidos necessários para as fantasias de pulmões cancerosos, Will chega na entrada de sua casa.

— Will! — Caulder atravessa a rua correndo e segura a mão dele, puxando-o em direção à nossa casa. — Você precisa ver isso!

Will ajuda a tirar os tecidos da caminhonete, e todos nós entramos.

— Adivinha o que a gente vai ser no Halloween? — Caulder está com os olhos brilhando, parado na cozinha, apontando para os tecidos no chão.

— Hum...

— O câncer da Julia! — diz Caulder animado.

Will ergue as sobrancelhas e olha para minha mãe, que acabou de voltar de seu quarto com uma máquina de costura.

— A gente só vive uma vez, não é? — E coloca a máquina em cima do balcão.

— Ela vai deixar a gente fazer os tumores dos pulmões — diz Kel. — Quer fazer um? Deixo você fazer um grandão.

— Hum...

— Kel — digo. — Will e Caulder não vão poder ajudar, eles vão passar o fim de semana fora. — Carrego as duas sacolas até o balcão e começo a tirar as coisas.

— Na verdade — responde Will, pegando mais sacolas do chão. — Isso foi antes de eu saber que a gente ia fazer câncer de pulmão. Acho que vamos precisar remarcar a viagem.

Caulder corre até Will e o abraça.

— Valeu, Will. E elas também vão precisar tirar minhas medidas enquanto fazem. Tenho crescido muito.

E, de novo, pela terceira vez na semana, nós formamos uma grande família feliz.

RESOLVEMOS BOA PARTE do formato, e agora precisamos tirar as medidas para o modelo.

— Onde está a fita métrica? — pergunto para minha mãe.

— Não sei — diz ela. — Na verdade, não sei se temos uma.

— Will tem uma, podemos usar a dele — digo. — Will, você se incomoda de ir lá pegar?

— Eu tenho fita métrica? — pergunta ele.

— Sim, está no seu kit de costura — comento.

— Eu tenho um kit de costura?

— Está na área de serviço. — Não acredito que ele não sabe disso. Limpei a casa dele somente uma vez e sei onde as coisas estão mais do que ele? — Está ao lado da máquina de costura na prateleira atrás dos moldes da sua mãe. Eu os organizei por ordem cronológica de acordo com os nú... Deixa pra lá — digo, me levantando. — Eu mostro pra você.

— Você colocou os moldes em ordem cronológica? — pergunta minha mãe, perplexa.

Eu me viro enquanto estamos indo em direção à porta.

— Eu estava tendo um dia ruim.

Will e eu atravessamos a rua, e aproveito a oportunidade para perguntar a respeito do estágio. Não queria perguntar na frente de Caulder, pois não tinha certeza se ele sabia.

— Não fui tão repreendido — diz ele, enquanto saímos. — Eles me disseram que, como eu estava defendendo outra aluna, não seria correto me punir.

— Que bom. E seu estágio? — pergunto, atravessando a cozinha e entrando na área de serviço, onde pego o kit de costura.

— Bom, é um pouco complicado. Os únicos que têm vaga são aqui em Ypsilanti, mas todos em escolas de ensino fundamental. Vou me formar em ensino médio, então me colocaram num colégio de Detroit.

Paro o que estou fazendo e olho para ele.

— Como assim? Vocês vão se mudar?

Ele vê a preocupação tomar conta do meu rosto e ri.

— Não, Lake, não vamos nos mudar. São apenas oito semanas. Mas vou ter de dirigir um bocado. Na verdade, eu ia até falar sobre isso mais tarde com você e sua mãe. Não vou poder levar os garotos para a escola, nem buscá-los. Vou passar muito tempo fora. Sei que não é uma boa hora para pedir a ajuda de vocês...

— Pode parar. — Pego a fita métrica e coloco as outras coisas de volta na caixa. — Você sabe que a gente vai ajudar.

Will me acompanha até a área de serviço, e eu guardo o kit ao lado da máquina de costura. Minha mão encosta nos moldes que estão empilhados em ordem cronológica enquanto lembro de tudo que limpei e organizei no fim de semana passado. Será que tive um lapso momentâneo de sanidade? Balanço a cabeça, estico o braço e, quando estou apagando a luz, esbarro em Will. Ele está encostado no vão da porta, com a cabeça apoiada na parede, me observando. Agora está escuro, mas seu rosto está ligeiramente iluminado pelo brilho da cozinha atrás dele.

Uma sensação de calor percorre meu corpo, e tento não ficar muito esperançosa. Ele está com aquela expressão nos olhos mais uma vez.

— Ontem à noite — sussurra ele. — Quando vi Javi beijando você... — A voz dele vai diminuindo e ele fica em silêncio por um instante. — Achei que você o estava beijando também.

Apesar de ser difícil com ele tão perto de mim, tento me concentrar ao máximo e processar a confissão que ele acabou de fazer. Se ele achou que eu estava deixando Javi me beijar, então por que o puxou para longe de mim? Por que deu um murro nele? E então percebo. Will não estava me *defendendo* ontem à noite. Ele estava com *ciúmes*.

— Ah. — É tudo que consigo dizer.

— Só soube a história inteira hoje de manhã, quando você contou sua versão — diz ele, enquanto continua na minha frente, me deixando na escuridão. Ele passa a mão no cabelo e suspira. — Nossa, Lake. Você não tem ideia da raiva que me dominou. Queria tanto machucá-lo. E agora? Agora que sei que ele *estava* mesmo machucando você? Quero *matá*-lo. — Ele se vira para outra direção e apoia as costas no vão da porta.

Penso novamente na noite de ontem e em todas as emoções que Will deve ter sentido. Confessar seu amor por mim no palco num minuto e depois achar que eu estava me agarrando com Javi no outro? Não é de surpreender que ele estivesse com tanta raiva na volta para casa.

Ele ainda está bloqueando o caminho. Não que eu esteja planejando escapar para algum canto. Meu corpo inteiro fica tenso, sem saber o que ele está prestes a dizer ou fazer. Solto o ar devagar e tento acalmar os nervos. O ritmo da minha respiração aumentou tão rapidamente no último minuto que meus pulmões estão começando a doer de novo, o inchaço nas minhas costas começando a me lembrar de sua existência.

— Como você... — gaguejo. — Como soube que eu estava lá?

Ele fica de frente para mim, colocando uma mão de cada lado do portal. Sua altura e a maneira como está me bloqueando é intimidante, mas de uma maneira muito boa.

— Eu vi você. Quando terminei o poema, vi você indo embora.

Meus joelhos começam a balançar, então coloco a mão na secadora atrás de mim para me apoiar. Ele sabe que eu vi a apresentação? Por que está me dizendo isso? Eu me esforço para não ficar com muita esperança, mas talvez agora que ele não é mais meu professor nós possamos finalmente ficar juntos. Talvez seja isso que ele está tentando me dizer.

— Will, isso significa que...

Ele dá um passo na minha direção, sem deixar nenhum espaço entre nós. Passa os dedos na minha bochecha e observa meu rosto. Coloco as mãos no peito dele, e ele põe os braços ao meu redor, me puxando para perto dele. Tento dar um passo para trás para poder terminar a pergunta, mas seu corpo pressiona o meu contra a secadora.

Quando estou prestes a perguntar de novo, ele encosta os lábios nos meus, me deixando sem palavras. Imediatamente paro de resistir e deixo que ele me beije. *Claro* que deixo que ele me beije. Sinto uma fraqueza no corpo inteiro. Meus braços caem para o lado e solto a fita métrica no chão.

Ele me pega pela cintura e me ergue, me colocando em cima da secadora. Nossos rostos agora estão na mesma altura. Ele me beija como se estivesse compensando um mês inteiro de beijos roubados. Não sei onde minhas mãos acabam e as dele começam enquanto puxamos um ao outro loucamente. Coloco minhas pernas ao redor de seu corpo e puxo sua boca para o meu pescoço, para poder recobrar o fôlego. Tudo que sinto por ele vem à tona de uma só vez. Tento conter as lágrimas quando percebo o quanto realmente o amo. Meu Deus, eu o *amo*. Estou apaixonada por Will Cooper.

Não tento mais controlar a respiração, seria inútil.

— Will — sussurro. Ele continua explorando meu pescoço com os lábios. — Quer dizer que... quer dizer que não precisamos mais... fingir? — Estou respirando tão forte que mal consigo formar uma frase de maneira coesa. — Podemos ficar juntos? Agora que você... você não é mais meu professor?

As mãos dele perdem um pouco da firmeza nas minhas costas, e seus lábios se fecham devagar, se afastando do meu pescoço. Tento puxá-lo para perto de mim novamente, mas ele resiste. Coloca a mão nas minhas panturrilhas e tira minhas pernas de sua cintura enquanto dá passos para trás e se encosta na parede, evitando meu olhar.

Minha mão segura a beirada da secadora enquanto desço rapidamente.

— Will? — digo, enquanto dou um passo na direção dele.

A luz da cozinha faz uma sombra que cobre seu rosto, mas dá para ver a mandíbula tensa. Os olhos estão cheios de vergonha enquanto ele me encara com jeito de quem pede desculpas.

— Will? Me responda. As regras ainda se aplicam a nós?

Ele nem precisa responder; vejo pela sua reação que, sim, elas ainda se aplicam.

— Lake — diz ele baixinho. — Foi um momento de fraqueza. Desculpe.

Empurro o peito dele com as mãos.

— Um momento de *fraqueza*? É esse o nome que você dá? Um momento de *fraqueza*? — grito. — O que pretendia fazer, Will? Quando é que ia parar de se agarrar comigo e me expulsar de sua casa? — Eu me viro, saio da área de serviço e vou até a cozinha.

— Lake, não. Desculpe. Desculpe mesmo. Não vai acontecer de novo, eu juro.

Eu paro e me viro na direção dele.

— Não vai mesmo, pode ter certeza! Eu finalmente aceitei, Will! Depois de um mês de tortura, finalmente estava conseguindo ficar na sua *presença* novamente! E aí você vai e faz *isso*! Pra mim não dá mais — grito. — A maneira como você consome minha mente quando não estamos juntos? Não tenho mais tempo para isso. Tenho de pensar em coisas mais importantes, não nos seus *momentos de fraqueza*.

Atravesso a sala de estar, abro a porta da frente e paro.

— Pegue a fita métrica — digo calmamente.

— O... o quê? — diz ele.

— Está na porcaria do chão! Pegue a fita métrica pra mim!

O barulho de seus passos diminui quando ele entra na área de serviço. Pega a fita e traz para mim. Ele aperta minha mão ao colocar a fita nela e olha nos meus olhos demoradamente.

— Não faça com que eu seja o vilão, Lake. *Por favor*.

Afasto minha mão da dele.

— Bem, o mártir com certeza você não é mais. — Eu me viro e saio, batendo a porta com força. Atravesso a rua e não olho para trás para ver se ele está me observando. Não quero mais saber.

Paro na entrada da nossa casa e respiro fundo enquanto enxugo os olhos. Abro a porta da frente do meu *lar*, coloco um sorriso no rosto e ajudo minha mãe a fazer as últimas fantasias de Halloween que ela vai fazer na vida.

19.

Ain't like most people
I'm no different
We Love to talk on things
*We don't know about.**

— THE AVETT BROTHERS, "TEN THOUSAND WORDS"

No fim das contas, Will e Caulder terminam viajando. Mamãe e eu passamos boa parte do sábado e do domingo fazendo os ajustes finais nas fantasias. Conto para ela a respeito dos horários de Will e de como agora nós vamos ajudá-los mais um pouco. Por mais que eu esteja morrendo de raiva, não quero que Caulder e Kel sofram por causa disso. Na noite de domingo, quando Will chega em casa, nem percebo, pois não estou nem aí.

— Kel, ligue para Caulder e diga para ele vir pra cá vestir a fantasia — digo para Kel, enquanto o arrasto para fora da cama. — Will vai ter de sair mais cedo mesmo. Diga que ele pode se arrumar aqui.

---

*A maioria das pessoas não é assim?/Não sou diferente/Adoramos falar de coisas/Sobre as quais não conhecemos.

É Halloween, o dia dos pulmões cancerosos. Kel corre até a cozinha e pega o telefone.

Tomo um banho, termino de me arrumar e depois acordo minha mãe para que veja os garotos prontos. Após se vestir, ela fecha os olhos, a pedido de Caulder e Kel. Eu a levo até a sala de estar e a coloco na frente dos dois.

— Espera! — diz Caulder. — E Will? Ele também precisa ver a gente.

Empurro minha mãe de volta para o corredor, corro até a porta da frente, calço as botas e vou lá para fora. Will está tirando o carro da entrada da casa, então aceno para ele. Vejo pela expressão em seu rosto que está com expectativa de que eu o tenha perdoado. Acabo imediatamente com quaisquer falsas esperanças.

— Você continua sendo um babaca, mas seu irmão quer que você veja a fantasia dele. Vem cá um instante. — Volto para casa.

Quando Will entra, coloco minha mãe e ele na frente dos garotos e digo para abrirem os olhos.

Kel é o pulmão direito; Caulder é o esquerdo. O tecido foi costurado de maneira que os braços e a cabeça passem por pequenas aberturas, e a parte de baixo fica aberta nas cinturas e nas pernas. Tingimos o tecido para que ele ficasse com manchas espalhadas. Há caroços maiores aparecendo em vários cantos dos pulmões; são os tumores. Will e minha mãe demoram um bom tempo antes de reagir.

— É nojento — diz Will.
— Repulsivo — acrescenta minha mãe.
— Horrível — digo.

Os garotos fazem um high five. Ou, melhor ainda, os pulmões fazem um high five. Após tirarmos fotos, coloco-os no jipe e deixo o par de pulmões na escola.

* * *

A SEGUNDA AULA não está nem na metade quando meu telefone começa a vibrar. Tiro do bolso e vejo o número. É Will. Ele nunca me liga. Imagino que esteja tentando pedir desculpas, então coloco o telefone de volta no casaco. Ele vibra de novo. Eu me viro e olho para Eddie.

— Will não para de me ligar. Será que devo atender? — falo. Não sei por que estou perguntando para ela. Talvez ela tenha algum conselho maravilhoso.

— Não sei — diz ela.

Talvez não.

Na terceira tentativa, pressiono o botão de atender e coloco o telefone no ouvido.

— Alô? — sussurro.

— Layken, sou eu. Olha, você precisa ir à escola. Aconteceu alguma coisa, e não estou conseguindo falar com sua mãe. Estou em Detroit, não posso ir.

— O quê? Com quem? — sussurro.

— Os dois, eu acho. Eles não se machucaram, só precisam que alguém vá buscá-los. Vá! Me ligue depois.

Peço baixinho ao professor para me retirar. Eddie vem atrás de mim.

— O que aconteceu? — diz ela, enquanto vamos para o corredor.

— Não sei. Alguma coisa com Kel e Caulder — digo.

— Vou com você — diz ela.

AO CHEGAR À escola, vou correndo lá para dentro. Estou sem fôlego e à beira de um ataque histérico quando entramos na secretaria. Kel e Caulder estão sentados na entrada.

Meus pés não são rápidos o suficiente enquanto disparo na direção deles e os abraço.

— Vocês estão bem? O que aconteceu?

Os dois dão de ombros.

— A gente não sabe — diz Kel. — Eles só disseram pra gente esperar aqui até nossos pais chegarem.

— Srta. Cohen? — diz alguém atrás de mim. Eu me viro e fico de frente para uma ruiva alta e magra. Ela está com uma saia lápis preta que vai até o joelho e uma camisa branca social por dentro da saia. Enquanto a observo, é inevitável pensar que vai ser ótimo se ela não for tão certinha quanto suas roupas. Ela aponta para sua sala, e Eddie e eu vamos atrás dela.

Ela se senta à mesa, inclinando a cabeça em direção às cadeiras na frente dela. Eddie e eu nos sentamos.

— Sou a Sra. Brill, a diretora aqui da Chapman Elementary. Diretora Brill.

A maneira seca como está falando comigo e seu jeito esnobe já fazem com que eu não goste dela.

— Os pais de Caulder vão se juntar a nós? — pergunta ela.

— Os pais de Caulder estão mortos — respondo.

Ela fica boquiaberta e tenta se controlar, endireitando mais ainda a postura.

— Ah, é verdade. Desculpe — diz ela. — É o irmão dele, então? Ele mora com o irmão, não é? — Faço que sim com a cabeça.

— Ele está em Detroit e não vai poder vir. Sou a irmã de Kel. O que aconteceu?

Ela ri.

— Bem, não está na cara? — Ela aponta para eles, do outro lado da janela.

Olho para os garotos. Eles estão rindo e brincando de pedra, papel e tesoura. Sei que ela está se referindo às fantasias, mas, como já perdeu meu respeito por causa de suas maneiras, continuo fingindo que não sei do que se trata.

— Brincar de pedra, papel e tesoura é proibido na escola? — pergunto.

Eddie ri.

— Srta. Cohen — diz a diretora Brill. — Eles estão vestidos de pulmões cancerosos! — Ela balança a cabeça, sem acreditar.

— Achei que fossem feijões podres — diz Eddie.

Nós duas rimos.

— Não acho isso engraçado — diz a diretora. — Eles estão distraindo os outros alunos! Essas fantasias são muito ofensivas e de mau gosto! Sem falar que são nojentas. Não sei quem foi que achou que isso seria uma boa ideia, mas você precisa levá-los para casa e fazê-los trocar de roupa.

Volto a fitar a diretora Brill. Inclino-me para a frente e apoio os braços em sua mesa.

— Diretora Brill — digo calmamente. — Essas fantasias foram feitas por minha mãe. Minha mãe, que está com câncer de pulmão de pequenas células no estágio quatro. Minha mãe, que nunca mais vai ver seu garotinho comemorando outro Halloween na vida. Minha mãe, que muito provavelmente está passando por seu ano de "últimos". Último Natal. Último aniversário. Última Páscoa. E, se Deus quiser, último dia das mães. Minha mãe que, quando seu filho de 9 anos pediu para se vestir de câncer no Halloween, não teve escolha a não ser fazer para ele a melhor fantasia possível de pulmão-infestado-de-câncer. Então, se acha ofensivo, sugiro que você mesma os leve para casa e diga isso na cara da minha mãe. Precisa do meu endereço?

A diretora Bill fica boquiaberta e balança a cabeça. Ela se mexe na cadeira, inquieta, mas não responde. Eu levanto e Eddie vem atrás de mim quando atravesso a porta. Paro bruscamente, viro e volto para a sala dela.

— E mais uma coisa. O concurso de fantasia? Espero que o julgamento seja justo.

Eddie ri enquanto eu fecho a porta.

— O que aconteceu? — pergunta Kel.

— Nada — digo. — Podem voltar para a aula. Ela só queria saber onde compramos o tecido da fantasia de vocês porque ano que vem quer se vestir de hemorroidas.

Eddie e eu tentamos segurar o riso depois que os garotos voltam para a sala de aula. Nós vamos em direção à saída e, assim que abrimos as portas, caímos na gargalhada. Rimos tanto que choramos.

Quando voltamos para o jipe, vejo que tem seis ligações perdidas da minha mãe e duas de Will. Ligo para os dois e os tranquilizo, dizendo que a situação foi resolvida, sem poupar nenhum detalhe da história.

Mais tarde, quando busco os garotos na escola, eles vêm correndo para o carro.

— A gente ganhou! — grita Caulder ao entrar no banco de trás. — A gente ganhou! Cinquenta dólares cada um!

20.

*Well I've been locking myself up in my house for some
Time now
Reading and writing and reading and thinking
And searching for reasons and missing the seasons
The Autumn, the Spring, the Summer, the snow
The record will stop and the record will go
Latches latched the windows down,
the dog coming in and the dog going out
Up with caffeine and down with the shot
Constantly worried about what I've got
Distracted by work but I can't make it stop
and my confidence on and my confidence off
And I sink to the bottom I rise to the top
and I think to myself that I do this a lot
Word outside just goes it goes it goes it goes it goes it goes
...**

— THE AVETT BROTHERS, "TALK ON INDOLENCE"

---

*Bem, há tempos que tenho ficado trancado em casa/Lendo e escrevendo e lendo e pensando/e buscando razões e perdendo as estações/O outono, a primavera, o verão, a neve/O disco vai parar e o disco vai continuar/Os trincos trancam as janelas,/o cachorro entra e o cachorro sai/Acordo com a cafeína e durmo com uma dose/Preocupando-me sem parar/Distraído com o trabalho, mas não consigo parar e minha confiança liga e minha confiança desliga/E eu me afundo até a base, subo até o topo e penso comigo mesmo que eu faço isso demais/O mundo lá fora só faz continuar, continuar, continuar, continuar, continuar, continuar..

As próximas semanas vão e vem. Eddie ajuda cuidando dos garotos até Will chegar em casa nos dias em que levo minha mãe para o tratamento. Ele sai toda manhã às seis e meia e só volta depois das cinco e meia. A gente não se encontra. Faço questão de que isso aconteça. Usamos mensagens de texto e telefone para falar sobre Kel e Caulder. Minha mãe tem me pressionado, querendo saber por que ele não vem mais aqui em casa. Eu minto e digo a ela que está apenas ocupado com o estágio.

Ele só veio aqui uma vez nos últimos dois meses. Foi a única vez em que nos falamos de verdade desde o incidente da área de serviço. Veio me dizer que conseguiu um emprego num colégio e que começa em janeiro, daqui a pouco mais de duas semanas.

Fico feliz por ele, mas também sinto uma pontada de tristeza. Sei o quanto o emprego significa para ele e Caulder, mas também sei o que significa para nós dois. No fundo, havia uma parte de mim contando em silêncio até o último dia do estágio. E esse dia finalmente chegou, mas ele já está com outro contrato assinado. Na verdade, isso faz as coisas ficarem bem resolvidas entre nós. Fica bem resolvido que está tudo acabado.

Finalmente colocamos a casa do Texas à venda. Mamãe conseguiu juntar quase $180.000 do seguro de vida que papai tinha. A casa ainda não foi paga, mas devemos receber outro cheque da venda. Mamãe e eu passamos boa parte de novembro nos concentrando nas finanças. Separamos mais dinheiro para pagar nossas universidades, e ela abriu uma poupança para Kel. Pagou todos os cartões de crédito em seu nome e me instruiu a nunca abrir um no meu próprio. Ela disse que me assombraria se eu fizesse isso.

* * *

Hoje é quinta-feira. É o último dia de aula de todos os distritos, incluindo o de Will. Nós saímos mais cedo, então levo Caulder para nossa casa. Normalmente ele dorme conosco às quintas, quando Will vai para a competição de slam.

Não vou ao Club N9NE desde a noite em que Will leu seu poema. Agora entendo o que Javi quis dizer durante a aula; sobre reviver a mágoa do coração partido. É por isso que não vou. O tanto que já revivi aquilo basta para a vida inteira.

Dou comida para os garotos, mando-os irem dormir e vou para o quarto da minha mãe para termos o que passou a ser nossa conversa da noite.

— Feche a porta, esses são os de Kel — sussurra ela.

Ela está embrulhando presentes de Natal. Fecho a porta atrás de mim, sento na cama com ela e a ajudo a embrulhar.

— Quais são seus planos para as férias de Natal? — pergunta.

Ela agora já está sem nenhum cabelo. Preferiu não usar peruca; disse que era como se tivesse um furão cochilando em sua cabeça. Mas mesmo assim ela continua linda.

Dou de ombros.

— Os mesmos que os seus, eu acho.

Ela franze a testa.

— Você vai com a gente para a formatura de Will amanhã?

Ele nos enviou o convite há duas semanas. Acho que cada formando recebe um número limitado de convites, e os avós foram as únicas pessoas que ele convidou, além de nós.

— Não sei, não decidi ainda — digo.

Ela pega uma caixa com um laço e coloca de lado.

— Você devia ir. Independentemente do que aconteceu entre vocês dois. Devia ir mesmo assim. Ele tem nos ajudado muito, Lake.

Não quero admitir para ela que não quero ir por não saber mais ficar na presença dele. Naquela noite, na área de serviço, quando achei por um breve instante que nós finalmente poderíamos ficar juntos, nunca me senti tão feliz. Foi a coisa mais incrível que já senti: poder finalmente ter a liberdade de amá-lo. Mas não foi real. Aquele minuto de pura felicidade que senti e a dor no coração que veio momentos depois é algo que não quero sentir de novo. Cansei de ficar me lamentando.

Minha mãe afasta o papel de presente do colo, estica-se e me abraça. Eu não sabia que estava aparentando estar tão emotiva.

— Desculpe, mas acho que dei um conselho horrível para você — diz.

Eu me afasto e rio.

— Impossível, mãe. Você não sabe fazer nada horrível. — Tiro a caixa do chão, coloco no meu colo enquanto pego um pedaço de papel já cortado e começo a embrulhar.

— Mas foi o que fiz. Sua vida inteira eu tenho dito para você pensar com a cabeça e não com o coração.

Dobro as pontas meticulosamente e pego o rolo de fita.

— Esse conselho não é bom, mãe. É *ótimo*. É exatamente esse conselho que me fez passar por esses últimos meses. — Arranco um pedaço de fita e colo na borda do pacote.

Minha mãe tira a caixa da minha mão antes que eu termine de embrulhar e coloca ao lado dela. Então pega minhas mãos e me vira em sua direção.

— Estou falando sério, Lake. Você tem pensado tanto com a cabeça que tem ignorado completamente o coração. Precisa haver um equilíbrio. O fato de vocês dois estarem deixando outras coisas consumirem vocês está quase arruinando qualquer chance que terão de ser felizes.

Balanço a cabeça, confusa.

— Não tem nada me consumindo, mãe.

Ela balança minhas mãos como se eu não estivesse entendendo.

— *Eu* estou, Lake. Eu *estou* consumindo você. Você precisa parar de se preocupar tanto *comigo*. Vá viver sua vida. Eu ainda não morri, sabia?

Olho para nossas mãos enquanto assimilo as palavras. Eu *tenho* mesmo dado muita atenção a ela. Mas é disso que ela precisa. É disso que nós duas precisamos. Ela não tem mais tanto tempo, e eu quero estar presente em todos os segundos que restarem de sua vida.

— Mãe, você precisa de mim. Você precisa de mim mais do que eu preciso de Will. Além disso, Will já se decidiu.

Ela desvia o olhar e solta minhas mãos.

— Não, Lake, ele não se decidiu. Ele fez o que *achava* que era o melhor, mas ele está errado. Vocês dois estão errados.

Sei que ela quer me ver feliz. Não tenho coragem de contar que está tudo acabado entre nós. Ele tomou uma decisão naquela noite da área de serviço, no instante em que me soltou. Ele tem suas prioridades, e neste momento eu não sou uma delas.

Ela pega a caixa que eu estava embrulhando, coloca à sua frente e começa a embrulhá-la.

— Lembra aquela noite em que eu disse para você que estava com câncer, e você correu para a casa dele? — A voz dela fica mais serena. Ela limpa a garganta, ainda evitando meu olhar. — Preciso contar o que ele disse para mim... na porta.

Lembro da conversa a que ela está se referindo, mas na hora eu não consegui escutar o que eles estavam dizendo.

— Quando ele abriu a porta, eu disse para ele que você precisava vir para casa. Que nós precisávamos conversar sobre o assunto. Ele olhou para mim com uma expressão de mágoa. E disse: "Deixe ela ficar, Julia. Ela está precisando de mim agora."

"Lake, você partiu meu coração. Foi de partir o coração saber que você precisava mais *dele* do que de *mim*. Assim que as palavras saíram da boca de Will, percebi que você tinha crescido... que sua vida não era mais só eu. Will percebeu isso. Ele viu o quanto as palavras dele me magoaram. Quando me virei para voltar para casa, ele me seguiu pelo jardim e me abraçou. Disse que nunca tiraria você de mim. Que ia deixar você em paz... que deixaria você se concentrar em mim e no tempo que me restava."

Ela coloca o presente embrulhado na cama, se aproxima de mim e segura minhas mãos novamente.

— Lake, ele não partiu para outra. Ele não escolheu o emprego e deixou você de lado... ele escolheu nós duas e deixou você de lado. Ele queria que você tivesse mais tempo comigo.

Respiro fundo enquanto absorvo tudo que minha mãe acabou de revelar. Será que ela tem razão? Será que ele me ama a ponto de estar disposto a me deixar em paz?

— Mãe? — digo, com a voz fraca. — E se você estiver errada?

— E se eu *não* estiver, Lake? Questione *tudo*. E se ele *quiser* escolher você? Você nunca vai saber, se não confessar o que sente. Você o tirou completamente de sua vida, e não deu a ele a *oportunidade* de escolher você.

Ela tem razão, eu não fiz isso. Fiquei completamente isolada desde a noite na área de serviço.

— São sete e meia, Lake. Você sabe onde ele está. Vá contar para ele o que sente.

Não me mexo. Minhas pernas parecem gelatina.

— Vá! — diz ela, rindo.

Pulo da cama e corro para o meu quarto. Minhas mãos tremem, e meus pensamentos estão todos embaralhados enquanto troco de calça. Coloco a camisa roxa que usei no nosso primeiro e único encontro. Vou para o banheiro e dou uma olhada no meu reflexo.

Está faltando alguma coisa. Corro para o meu quarto, ponho a mão debaixo do travesseiro e puxo a fivela roxa. Abro-a, tiro os fios de cabelo da minha mãe e os guardo na minha caixa de joias. Volto para o banheiro, penteio minha franja para o lado e prendo a fivela no lugar.

21.

> *Don't say it's over*
> *'Cause that's the worst News I*
> *could hear I swear that I will*
> *Do my best to be here*
> *just the way you like it*
> *Even though it's hard to hide*
> *Push my feelings all aside*
> *I will rearrange my plans and*
> *change for you.**
>
> — THE AVETT BROTHERS, "IF IT'S THE BEACHES"

AO ENTRAR NA BOATE, NÃO PARO PARA PROCURÁ-LO. SEI que está aqui. Não me dou tempo de duvidar de mim mesma; vou andando com uma falsa segurança até a frente do lugar. O MC está anunciando as pontuações da pessoa que acabou de se apresentar quando eu subo no palco. Ele fica apreensivo quando tiro o microfone de suas mãos e me viro em direção à plateia. As luzes estão muito fortes, não consigo ver o rosto de ninguém. Não consigo ver Will.

---

*Não diga que acabou/Pois isso é a pior notícia que eu poderia escutar/Juro que vou/Fazer o meu melhor para ficar ao seu lado do jeito que você gosta/Apesar de ser difícil esconder/De ignorar totalmente meus sentimentos/Vou reajustar meus planos e mudar por você.

— Gostaria de apresentar um poema que escrevi — digo no microfone. Minha voz está estável, mas meu coração está prestes a pular para fora do peito. Agora não posso mais voltar atrás. Tenho de fazer isso. — Sei que não é o procedimento padrão, mas é uma emergência.

A plateia ri. O ruído da multidão está bem alto, fazendo com que eu congele ao pensar no que estou prestes a fazer. Começo a repensar a decisão e me viro para o apresentador, mas ele me empurra de volta, autorizando a ir em frente.

Coloco o microfone no suporte e o ajusto à minha altura. Fecho os olhos e respiro fundo antes de começar.

— Três dólares! — grita alguém da plateia.

Abro os olhos e percebo que ainda não paguei minha taxa. Começo a procurar freneticamente nos bolsos, puxo uma nota de cinco dólares e vou até o apresentador.

Volto para o microfone e fecho os olhos.

— Meu poema se chama...

Alguém está batendo no meu ombro. Abro os olhos e, ao me virar, vejo que o apresentador está segurando duas notas de um dólar.

— Seu troco — diz.

Pego o dinheiro e guardo no bolso. Ele ainda está parado ao meu lado.

— Pode ir! — sussurro, rangendo os dentes.

Ele gagueja e sai do palco.

Mais uma vez, eu me viro para o microfone e começo a falar.

— Meu poema se chama "Lição" — digo. Minha voz está trêmula, e respiro fundo algumas vezes. Só espero conseguir me lembrar de tudo; reescrevi algumas frases no caminho para cá. Inspiro mais uma vez e começo.

Este ano levei a maior *lição*
De *todo mundo*
Do meu irmãozinho...
Dos *Avett* Brothers...
da minha *mãe*, da minha melhor *amiga*, do meu *professor*,
do meu *pai*,
e
de
um
garoto.
Um garoto por quem estou *seriamente*, *profundamente*,
loucamente, *incrivelmente* e *inegavelmente apaixonada*.
Levei a maior *lição* de todas esse ano.
De um garoto de *9* anos.
Ele me ensinou que é *bom* viver a *vida*
um pouco *ao contrário*.
E me ensinou a *rir*
Do que você *acharia*
impossível de rir.
Eu levei a maior *lição* esse ano
De uma *banda*!
Eles me ensinaram a encontrar aquele *sentimento* de
sentir novamente
E me ensinaram a *decidir* o que eu queria *ser*
E a *ser* isso.
Eu levei a maior *lição*
de uma pessoa com *câncer*.
Ela me ensinou *tanto*. E *ainda* me ensina tanto.
Ela me ensinou a *questionar*.
A *nunca* me arrepender.
Ela me ensinou a *ampliar* meus limites,
Porque é *para isso* que eles *existem*.

Ela me disse para encontrar um *equilíbrio* entre *cabeça* e
coração
E então
me ensinou *como* fazer isso...
Eu levei a maior *lição* esse ano
De uma *garota que mora com uma família de
adoção*.
Ela me ensinou a *respeitar* a sorte que me foi *dada*.
E a ter *gratidão* por ao menos ter recebido *alguma*.
Ela me ensinou que *família*
Não precisa ser *de sangue*.
Que, às vezes, sua *família*
são seus *amigos*.
Levei a maior *lição* esse ano
Do meu *professor*,
Ele me ensinou
Que a *pontuação* não é o *objetivo*;
O *objetivo* é a *poesia*...
Eu levei a maior *lição* esse ano
Do meu *pai*.
Ele me ensinou que os *heróis* nem sempre são *invencíveis*
E que a *mágica*
está *dentro de* mim.
Eu levei a maior *lição* esse ano
de
um
garoto.
Um garoto por quem estou *seriamente, profundamente,
loucamente, incrivelmente* e *inegavelmente apaixonada*.
E ele me ensinou que a coisa mais importante de *todas*...
É *enfatizar*
A *vida*.

Qual é a sensação que toma conta de você quando está na frente de uma plateia? Todas aquelas pessoas desejando escutar suas palavras, ansiando para dar uma espiada em sua alma... É emocionante. Empurro o microfone de volta nas mãos do MC e saio correndo do palco. Olho ao redor, mas não o vejo em lugar algum. Olho para a mesa em que nos sentamos no nosso primeiro encontro, mas ela está vazia. Após ficar parada um instante, esperando ser surpreendida a qualquer momento, percebo que ele nem está aqui. Eu me viro, dando uma olhada no lugar pela segunda vez. E pela terceira. Ele não está aqui.

A mesma sensação gloriosa que tive naquele palco... na secadora dele... na mesa aqui no fundo... desapareceu. Não aguento isso de novo. Quero sair correndo. Preciso de ar. Preciso sentir o ar do Michigan no meu rosto.

Empurro a porta e dou um passo para fora quando escuto uma voz sendo amplificada pelos alto-falantes que me faz parar bruscamente.

— Não é uma boa ideia — diz a voz. Reconheço a voz *e* a frase. Lentamente me viro e olho para o palco. Will está lá em cima, segurando o microfone, olhando diretamente para mim. — Não devia ir embora antes de escutar suas pontuações — diz ele, apontando para a mesa dos jurados. Sigo o olhar dele até os jurados, que se viraram para mim. Os quatro parecem estar me encarando; a quinta cadeira está vazia. Fico boquiaberta ao perceber que *Will* era o quinto jurado.

Mais uma vez fico com a sensação de estar flutuando enquanto vou até o centro. Todo mundo está quieto. Olho ao redor e todos me encaram. Ninguém entende o que está acontecendo. Nem eu sei ao certo o que está acontecendo.

Will olha para o apresentador, que está em pé ao seu lado.

— Eu gostaria de apresentar um poema. É uma *emergência* — diz ele.

O apresentador se afasta e autoriza Will a prosseguir. Will se vira novamente em minha direção.

— Três dólares — grita alguém na multidão.

Will lança um olhar para o apresentador.

— Estou sem dinheiro — diz.

Tiro imediatamente os dois dólares do bolso e corro para o palco, espalmando-os no chão ao lado dos pés do apresentador. Ele dá uma olhada no dinheiro.

— Ainda está faltando um dólar — diz ele.

O silêncio é interrompido pelo som de várias cadeiras sendo arrastadas para longe das mesas. Há um ruído leve enquanto as pessoas vêm em minha direção. Fico cercada, sendo empurrada e pressionada em várias direções à medida que a multidão fica mais densa. E, com a mesma velocidade, ela começa a se dispersar. O silêncio vai voltando lentamente enquanto as pessoas retornam para as mesas. Olho novamente para o palco, onde há dúzias de notas de um dólar jogadas de maneira caótica aos pés do apresentador. Meus olhos acompanham uma moeda de 25 centavos que rola até a beirada do palco e cai no chão. Ela balança e gira até parar no meu pé.

O apresentador está concentrado na pilha de dinheiro diante dele.

— Tá bom — diz ele. — Acho que isso dá. Qual é o nome do seu poema, Will?

Will aproxima o microfone da boca e sorri para mim.

— "Mais do que Terceiro Lugar" — diz ele. Eu me afasto alguns passos do palco, e ele começa.

Eu conheci uma garota
Uma garota *linda*
E me apaixonei por ela.
Me apaixonei *pra valer*.
Infelizmente, às vezes, a *vida* fica no *caminho*
A vida *com certeza* ficou no meio do *meu* caminho.
Ficou *totalmente* no meio do meu maldito caminho,
A vida *bloqueou* a *porta* com um monte de tábuas de madeira *gigantes*, marteladas juntas e *grudadas* numa *parede de concreto* de quarenta centímetros, atrás de uma *fileira* de *barras* de aço maciço, *parafusadas* numa *estrutura de titânio* e *não importava* com quanta *força* eu tentasse *empurrar*...
Aquilo
não
se
mexia.
Às vezes, a *vida* não se *mexe*.
Ela apenas vai *bem* para o meio do seu *maldito* caminho.
Ela bloqueou meus *planos*, meus *sonhos*, meus *desejos*, meus
anseios, minhas *vontades*, minhas *necessidades*.
Ela bloqueou aquela garota *linda*
por quem *me apaixonei tanto*.
A *vida* tenta dizer o que é *melhor* para você.
O que deve ter mais *importância* para você.
O que deve vir em *primeiro lugar*
Ou *segundo*
Ou *terceiro*.
Tentei *tanto* deixar tudo *organizado*, *empilhado*, *em ordem alfabética* ou *cronológica*, tudo em seu

espaço perfeito, em seu lugar perfeito.
Achei que era isso que a vida *queria* que eu fizesse.
É isso que a vida *precisava* que eu fizesse.
Não é?
Deixar *tudo ordenado?*
Às vezes, a vida fica no meio do *caminho.*
Fica totalmente no meio do seu maldito *caminho.*
Mas ela não fica totalmente no meio do seu maldito caminho por querer que você *desista* e deixe que *assuma o controle.* A vida não fica totalmente no meio do seu maldito caminho só porque quer que você deixe tudo nas *mãos* dela e seja *levado por ela.*
A vida quer que você *lute.*
Que aprenda a fazer uma vida *sua.*
Ela quer que você pegue um *machado* e *destrua* a *madeira.*
Ela quer que você pegue um *martelo de forja* e *quebre* o *concreto.*
Ela quer que você pegue um *maçarico* e *queime* o *metal* e *aço* até conseguir alcançar lá dentro e *agarrar.*
A vida quer que você *agarre* tudo que há de *organizado, em ordem alfabética* e *cronológica.* Ela quer que você *junte tudo.*
mexa tudo,
misture.
A *vida* não quer que você deixe que ela *diga* que seu *irmão*
mais novo é a *única* coisa que vem em *primeiro lugar.*
A *vida* não quer que você deixe que ela *diga* que sua *carreira* e seu *estudo* são as *únicas* coisas que vêm em *segundo lugar.*

E a vida não quer *mesmo* que *eu*
simplesmente deixe que ela me *diga*
que a *garota* que conheci —
a garota *linda*, *forte*, *incrível* e *corajosa*
por quem me apaixonei *tanto* —
deve vir *somente* em *terceiro lugar*.
A vida *sabe das coisas*.
A vida está tentando me *dizer*
Que a *garota* que eu *amo*
A garota por quem me apaixonei
tanto
Pode sim ficar em *primeiro lugar*.
Eu vou colocá-*la* em primeiro lugar.

Will põe o microfone no suporte e pula do palco. Passei tanto tempo tentando aprender a esquecê-lo, fazer com que ele não mexesse tanto comigo. Não funcionou. Não funcionou nem um pouquinho.

Ele segura meu rosto e enxuga minhas lágrimas com os polegares.

— Eu te amo, Lake. — Ele sorri e encosta a testa na minha. — Você merece ficar em primeiro lugar.

Todo mundo e todas as coisas da boate desaparecem; o único som que escuto é o das paredes que construí ao meu redor, e elas estão desmoronando por completo.

— Eu também te amo. Eu te amo tanto.

Ele encosta os lábios nos meus, e eu jogo meus braços ao seu redor e o beijo de volta. *Claro* que o beijo de volta.

Epílogo

> *My parents taught me to learn*
> *When I miss*
> *Just do your best*
> *Just do your best.**
>
> — THE AVETT BROTHERS, "WHEN I DRINK"

CAMINHO PELA SALA DE ESTAR, DANDO SALTOS ENORMES por cima dos montes de brinquedos enquanto coloco os papéis de presentes e outras coisas dentro do saco.

— Gostaram dos presentes? — pergunto.

— Sim! — gritam Kel e Caulder ao mesmo tempo. Pego o resto do papel de presente, fecho o saco de lixo e vou jogá-lo lá fora.

Enquanto me aproximo do meio-fio, Will sai de casa e corre em minha direção.

— Deixe que eu pego, amor — diz ele, tirando o saco da minha mão e carregando-o até o meio-fio. Ele volta para onde estou e me abraça, aconchegando o rosto no meu pescoço. — Feliz Natal.

---

*Meus pais me ensinaram a aprender/Quando eu errar/Apenas faça seu melhor/Apenas faça seu melhor.

— Feliz Natal — respondo.

É o nosso segundo Natal juntos. O primeiro sem minha mãe. Ela faleceu em setembro deste ano, bem perto do dia em que completaríamos um ano no Michigan. Foi difícil. *Extremamente* difícil.

Quando uma pessoa próxima morre, as lembranças que você tem dela se tornam dolorosas. Só na quinta fase do luto as lembranças não doem mais tanto assim; é quando as recordações se tornam boas. É quando você para de pensar na morte da pessoa e passa a se lembrar de todas as coisas maravilhosas a respeito da *vida* dela.

Ter Will ao meu lado foi o que tornou tudo suportável. Após se formar, ele se inscreveu no mestrado em educação. No fim das contas, não aceitou o emprego no colégio. Em vez disso, viveu por mais um semestre dos empréstimos estudantis, até eu me formar.

Will segura minha mão quando entramos novamente na casa. A quantidade de brinquedos espalhados pela minha sala de estar é mesmo impressionante.

— Já volto. Última viagem — diz Will, pegando uma pilha de coisas de Caulder e voltando para a porta da frente. É a terceira vez que ele vai até o outro lado da rua para levar os brinquedos novos de Caulder para a casa deles.

— Kel, não é possível que isso tudo seja seu — digo, olhando com atenção a sala de estar. — Comecem a pegar tudo e levar para o quarto extra. Preciso passar o aspirador. — Há resquícios do caos que foi a abertura dos presentes no chão inteiro da sala. Depois que termino de passar o aspirador, enrolo o fio e o guardo no armário do corredor. Will volta, com dois sacos de presentes nas mãos.

— Ih. Como é que esquecemos desses? — pergunto, antes de chamar os garotos para a sala.

— Não são para os garotos. São para você e Kel. — Ele vai até o sofá e faz um gesto para que eu e Kel nos sentemos.

— Will, não precisava. Você já me deu os ingressos do show — digo, enquanto me acomodo no sofá.

Ele entrega os sacos para nós e me beija na testa.

— Não fui eu. Não são *meus*. — Ele segura a mão de Caulder, e os dois saem silenciosamente pela porta. Olho para Kel, que só faz dar de ombros.

Rasgamos ao mesmo tempo os sacos e tiramos os envelopes. Tem "Lake" escrito na frente, com a letra da minha mãe. Minhas mãos tremem quando tiro o papel do envelope. Esfrego o braço nos olhos e enxugo as lágrimas enquanto desdobro a carta.

Para os meus bebês,

Feliz Natal. Desculpem se essas cartas pegaram vocês de surpresa. É que tem tantas coisas que ainda quero dizer. Sei que vocês acharam que meus conselhos já tinham acabado, mas não podia partir sem deixar de insistir por escrito em algumas coisas. Talvez vocês não entendam essas coisas agora, mas um dia vão entender. Não consegui ficar com vocês para sempre, mas espero que minhas palavras fiquem.

Não parem de fazer basanha. Basanha é bom. Esperem até um dia em que não tenha nenhuma notícia ruim e preparem uma maldita basanha.

Encontrem um equilíbrio entre cabeça e coração. Espero que tenha encontrado isso, Lake, e pode ajudar Kel a descobrir isso também quando for a hora certa.

Ampliem seus limites, é para isso que eles existem.

Este trecho roubei da sua banda preferida, Lake. "Lembrem-se sempre de que o que mais vale a pena ser compartilhado é o amor que nos faz compartilhar nosso sobrenome."

Não levem a vida tão a sério. Deem um murro bem na cara dela quando ela estiver precisando de uma boa surra. Riam dela.

E riam muito. Nunca passem um dia sem rir pelo menos uma vez.

Nunca julguem os outros. Vocês dois sabem muito bem como acontecimentos inesperados podem mudar quem a pessoa é. Sempre pensem nisso. Nunca se sabe pelo que uma pessoa está passando em sua vida.

Questionem tudo. Seu amor, sua religião, suas paixões. Se não questionarem, nunca vão obter respostas.

Sejam compreensivos. Em relação a tudo. Às diferenças das pessoas, suas semelhanças, escolhas, personalidades. Às vezes, é a variedade que faz uma coleção ser boa. O mesmo se aplica às pessoas.

Escolham bem suas batalhas, mas não escolham muitas.

Tenham uma mente aberta; só assim coisas novas chegarão a vocês.

E, por último, mas nem um tiquinho menos importante. Nunca se arrependam.

Obrigada por vocês dois terem me dado os melhores anos da minha vida.
Especialmente *o último*.
Com amor,
Mamãe

Agradecimentos

À Abigail Ehn do *Poetry Slam, Inc.* por responder a todas as minhas perguntas numa velocidade relâmpago. Às minhas irmãs, Lin e Murphy, por compartilharem em igual medida todos os componentes maravilhosos do DNA do nosso pai. À minha mãe, Vannoy, por amar "Mystery Bob" e por encorajar minha paixão. A meu marido e filhos maravilhosos por não reclamarem das quatro semanas de roupas e pratos sujos que se acumularam quando me tranquei no meu quarto À Jessica Benson Sparks, por seu coração bondoso e seu desejo de ver meu sucesso. E por último, mas não menos importante, à minha *life coach*, Stephanie Cohen, por ser tão borboletamente fantástica!

Este livro foi composto na tipologia Janson Text LT Std,
em corpo 11/15,3, e impresso em papel off-white
no Sistema Cameron da Divisão Gráfica
da Distribuidora Record.